성공하고 싶은 당신에게
소중한 마음을 담아 드립니다.

님께
_____

드림
_____

약손명가 김현숙대표의
남다른 이야기

좋아하는 것보다
잘하는 것에
승부를 걸어라!

500만 원으로
120억을 일군 성공 노하우

내가 책에서 길을 찾고
꿈을 이룬 것처럼,

이 책을 읽는 독자도
자신만의 길을 찾고 꿈을 이루었으면
하는 바램을 가져본다.

약손명가 김현숙대표의 남다른 이야기

좋아하는 것보다
잘하는 것에
승부를 걸어라

김현숙 지음

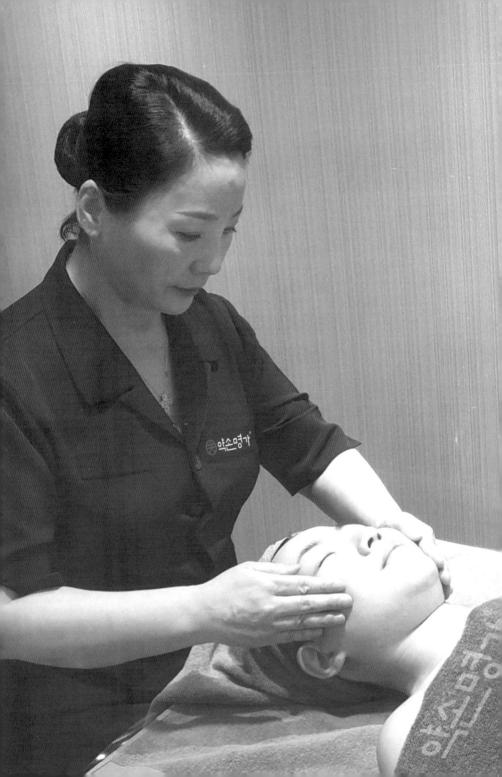

"내가 살아온 삶의 여정과
지금의 성공을 이루게 된 방법을 담아
두 번째 책을 펴낸다"

"세상의 환경과 사람들이
바뀌고 있습니다"

사랑합니다. 약손명가 대표 김현숙입니다.

다시 세상에 책을 내놓게 되었습니다. 그 계기는 처음 자서전을 썼을 때와 거의 비슷합니다. 8년 전, 저는 '도서출판 프로방스' 대표님이 저의 신문 인터뷰 기사를 보고, 요즘 젊은이들을 위해 글을 써보는 것이 어떠냐는 제의를 해왔습니다. 잠시 고민했습니다. 그러나 세상에 대한 나의 지침 중 하나가 '내가 쌓은 노하우를 아낌없이 나누어 세상을 밝힌다.' 입니다. 내 생각과 내 글이 새로 시작하는 사람들에게 조금이라도 도움이 될 수 있다면, 그 또한 내 삶의 지침을 수행하는 일이 라고 생각합니다. 기꺼이 책을 통해 내 생각을 펼쳐보기로 했습니다. 다행히 제 첫 자서전이 독자들의 반응이 좋았습니다. 무려 9쇄까지 발행할 수 있었습니다.

다시 개정판을 쓰게 된 계기도 프로방스 대표님의 권유에 의해서였습니다. '교보문고'와 '예스24' 등 여러 서점에서 계속 연락이 왔는데, 내 책을 찾는 사람들이 꾸준히 있는데도 불구하고 절판이 되어 안타깝다면서 책을 다시 인쇄해 달라고 요청했다고 했습니다. 그러면서 이번 기회에 아예 하고 싶은 말을 더 추가하여 개정판을 내자고 제안했습니다. 아직도 저의 책을 찾는 분들이 많다니, 참으로 고마운 일이 아닐 수 없었습니다. 곰곰이 생각한 끝에, 결국 프로방스 대표님의 제의를 또 받아들이고 말았습니다. 내가 어렵게 쌓은 노하우이지만 아낌없이 내놓으면 누군가 또 새로운 희망을 가질 수 있을 것으로 여겼기 때문입니다.

내가 처음 자서전을 쓴 지 벌써 8년이라는 세월이 지났습니다. 8년은 길면서도 짧은 시간입니다. 그 시간 동안 나는 아주 많은 변화를 겪었습니다. 그러나 예전과 똑같은 나를 유지할 수 있었습니다. 먼저 내가 변하지 않은 것은 다음과 같습니다.

첫째, 감사하는 마음입니다.
예전이나 지금이나 항상 나에게 주어진 환경과 사람들에게 감사함을 느끼고 있으며, 여전히 그 마음을 간직하고 있습니다.

둘째, 보답하는 마음입니다.
여전히 받은 것에 대해 두 배 이상으로 갚기 위해 노력하고 있습니다. 보답하는 마음은 내가 살아가는 목적이기도 합니다.

셋째, 존중하는 마음입니다.

예전보다 더 많이 가지고, 더 많은 것들을 누리며 살고 있지만, 그렇다고 해서 적게 가진 사람이나 예전에 알고 지내던 사람에게 나는 늘 변하지 않은 모습으로 비춰지고 있습니다.

넷째, 공부하는 것입니다.

여전히 공부만이 최상의 살 길이라고 생각하고 있습니다. 지금도 일주일에 한 번씩 'MBC 아카데미'에서 스피치 강의를 들으며, 2주에 한 번씩 경영 코칭 수업을 듣고 있습니다. 또 매일 45분 이상 윌라의 오디오북을 듣고 있으며, 종이 책도 수시로 읽고 있습니다.

다섯째, 약손명가 회장님에 대한 마음입니다.

처음 교육을 받을 때부터 지금까지, 나는 회장님으로부터 많은 것을 배우고 있습니다. 회장님에게 배운 것들은 그대로 쌓아두지 않고 바로 응용하여, 고객들에게 많은 효과를 드렸습니다. 저축하는 좋은 습관을 갖게 해 주신 회장님에 대한 감사한 마음은 지금도 가지고 있습니다. 그에 대한 보답은, 오로지 회장님이 살아 계시는 동안에 회장님이 만든 '약손 테라피'를 전 세계에 알리는 것이며, 꼭 해낼 것입니다.

변한 것은 다음과 같습니다.

첫째, 우리 아들이 벌써 결혼해서 딸, 아들을 낳아 잘 기르고 있습니다. 결혼한 지 6년이 지났지만, 항상 신혼처럼 행복하게 살고 있습니다. 그 덕분에 나 또한 그동안 살아왔던 것이 옳았음을 깨닫고 나에게도 감사하고 있습니다.

둘째, 예전보다 성격이 차분해졌으며, 상대를 인정하고 공감하기 위해 노력하고 있습니다.

셋째, 청량리의 "밥퍼"에 가서 봉사하는 것입니다. 예전에는 기부를 금전적인 것을 주로 했다면 지금은 몸으로 봉사하는 것도 하고 있습니다. 당연히 봉사할 때 몸은 힘들지만 식사를 하러 오시는 분들을 보면서 다시 한번 겸손을 배우게 되었고 봉양중 최고의 봉양은 식사 봉양이라 하니 2주일에 한 번은 꾸준히 해야겠다는 마음으로 실천하고 있습니다.

넷째, 20억이 더 늘어나서, 현재 120억 부자가 되었습니다. 그 20억 중에는 일을 해서 번 것도 있지만, 집값과 빌딩 값이 오른 부분도 포함되어 있습니다. 하지만 나는 집값과 빌딩 값이 더 내려가기를 바라고 있습니다. 그래야만 많은 젊은이들이 꿈을 가지고 기꺼이 일을 하고, 미래를 위해 저축할 수 있기 때문입니다. 또 그래야만 내가 현재 집이나 빌딩을 팔고 다시 이사나 이전하더라도, 좀 더 적은 돈으로 집과 빌딩을 살 수 있기 때문입니다.

마지막으로, 교육 내용이 바뀌었습니다. 세상의 환경과 사람들이 바뀌고 있습니다. 교육 내용 또한 시대의 변화에 따라 바뀌어야 합니다. 나의 교육 또한 마찬가지입니다. 이 책에 직원들을 위해 집중적으로 교육해서 변화시킨 내용을 실었으니, 벤치마킹을 할 수 있다면 꼭 실천해보시기 바랍니다.

끝으로 항상 '약속명가'와 '달리아스파', '여리한다이어트'를 믿고 찾아주시는 고객님들에게 사랑을 전하며, 이병철 회장님과 우리 '약손인' 피부 전문가들과 다이어트 전문가들에게 감사함을 전합니다. 나의 아들 조건홍, 며느리 황인경, 손녀 조서현, 손자 조중현을 위해 앞으로도 계속 미덕을 쌓기 위해 노력할 것을 약속합니다. 이 책을 출판해 주신 도서출판 프로방스의 조현수 대표님께도 감사의 말씀을 드립니다.

모두 감사하고 사랑합니다.

2021년 이른 봄에
김현숙

"내가 쌓은 노하우를
아낌없이 나누어 세상을 밝힌다"

차례 • Contents

"내 자본 500만 원에서
내 재산 120억 원이 되기까지"

나의 성공 공식은 너무나 단순하고 투명하다. 일체의 가식이나 과장, 거품이 없다. 결혼하면서 직장을 잃고 나서 내 자본 500만 원으로 한 평짜리 화장품 가게로 시작했지만, 워낙 작은 규모여서 먹고는 살아도 돈을 모으기는 어려웠다.

과감히 변신을 모색했다. 마침, 여동생이 화장품 가게를 하고 싶다고 해서 나는 미련 없이 그 가게를 거저 넘겼다. 나만 고생하면 되었지, 여동생까지 내가 한 고생을 되풀이하게 할 수는 없다는 생각 때문이었다. '잘 되는데 왜 그냥 넘기느냐? 너무 아깝지 않으냐?'는 사람들이 많았지만, 나는 평소의 소신대로 그렇게 하기로 했다.

그래서 1992년에 수유리 '가든타워' 11층 10평짜리 가게로 옮기면서 천만 원의 빚을 얻어야만 했다. 오피스텔이라서 인테리어 비용은 들지 않았다. 그저 커튼을 치는 정도로 만족했다. 세탁기, 냉장고 같은 기본설비는 물론이고, 슬리퍼마저 구입할 형편이 못 됐다. 그후 약간의 여유가 생겨 슬리퍼를 장만하자, 다들 "김 원장, 그 동안 부자 됐네."라며 함께 기뻐할 정도였다.

'가든타워' 11층에서 빚 천만 원으로 피부 관리실 '난(蘭) 코스메틱'을 시작할 때, 내가 가진 돈은 하나도 없었다. 그러니 2011년에 개인소득세 3억 원을 신고한 것과 비교해 보았을 때, 10여 년간의 변화는 고사성어 뽕나무밭이 푸른 바다로 변했다는 상전벽해(桑田碧海)를 실감나게 할 정도이다.

수유리 '가든타워'에서도 수차례 이전하면서 확장과 축소(11층 10평 → 11층 50평 → 2층 240평 → 19층 40평 → 19층 50평)를 반복했지만, 그래도 폐업까지는 이르지 않고 10여 년을 잘도 버텼다. 그 과정에서 쓰디쓴 실패도 경험했고, 달콤한 성공도 맛보았다. 나에게 수유리 '가든타워'는 오늘에 이르기까지 유난히도 사연이 많았던 곳이다.

나의 비즈니스우먼 시대는 명확히 둘로 나눌 수 있다. 결혼하면서 시작한 난코스메틱운영이 2004년까지였고, 그 후는 백 퍼센트 약손명가와 함께 걷고 뛰고 달렸던 시기였다. 그래서 2004년 이전의 이야기는 순수하면서도 억척스럽게 살아왔던 내용들뿐이다. 약손명가를 만난 2004년, 그 출발은 모험이자 투기였다. 그

러나 1년 뒤, 그 모험은 약속이 되고, 투기는 신화가 되었다. 1991
년부터 2011년까지 내가 낸 소득세만 총 27억 원이며, 그 중에서
도 2011년 한 해의 소득세 납부액만 3억 원이었다.

2012년 첫눈이 내리던 날, 문득 나 자신을 돌아보니 80평 아파트
에서 행복하고 안정적인 가정을 이루고 있었다. 그리고 내 통장
에는 저축한 돈이 2억, 적금으로 모은 돈이 10억 원이나 들어 있
었다. 2009년, 48억에 매입 했던 서울 강남요지의 독립건물(지하
2층, 지상 5층)은 현 시세로 무려 75억을 호가한다. 당시 평가액은
60억이었는데, 융자 24억(지금은 다 갚았다.)에 내 돈 24억을 합쳐
급매로 나왔던 물건을 싸게 매입한 것이다.
나는 이제 '자본금 5백만 원으로 120억 원의 자산을 만들어 드디
어 성공 신화를 이루었다.' 고 누구에게나 당당히 말할 수 있다.
수유리 '가든타워' 만 놓고 보면, 빚 천만 원을 가지고 12년 만에
120억 원을 번 셈이다.

성공신화를 이루기까지 행운은 있었지만 공짜는 없었다. 땀방울
은 있었지만 선물은 그리 많지 않았다. 그러나 어머니로부터 배
운 인생살이, 세상살이 지침들만은 항상 큰 힘이 되었다. 그리고
소녀시절부터 내가 체득하여 체질화시킨 여러 특기들이 지금의
'김현숙 표 마케팅 전략' 이 되었으며, 내 소신이 곧 '난(蘭) 코스

메틱'의 사훈(社訓)이 되었다.

8년 전, 약손명가를 시작할 때도 한 평짜리 가게와 수유리 '가든타워'에서 쌓은 연륜, '난(卵) 코스메틱'의 운영 경험이 큰 밑거름이 되었다. '책임이 제일 중요하다.' '약속이 가장 중요하다.' 는 나의 원칙이 약손명가 "고객과의 약속 제도"를 가능하게 했다.

'내가 한 희생, 내가 겪은 고통은 나 한 사람으로 충분하며, 다른 이들에게는 절대로 같은 희생, 같은 고생을 짐 지울 수 없다.' 는 생각이, 약손 명가에서 열심히 일하면 적어도 10년 안에는 한 샵의 지점을 본인의 이름으로 운영하여 수익금을 가져갈 수 있도록 만들었다.

'뭐든 배워야 한다. 배운 것은 빼앗을 수도 없고 뺏기지도 않는다. 무엇이든 좋은 것은 백 퍼센트 배움에서 나온다.' 는 확신에서 약손명가의 철저한 교육 제일주의가 뿌리 내렸다.

'누구에게나 공평하고 투명해야 불평불만이 없다. 좋은 일은 무조건 공평하게 나누고 나쁜 일은 무조건 나를 비롯한 책임자가 다 떠맡아야 한다.' 는 신념에서 약손명가의 직원제일주의가 탄생했고, 약손명가의 일정한 분배원칙이 둥지를 틀게 되었다. 그 날의 매출이 정해진 목표액을 넘기면, 모든 직원들은 만 오천 원의 수당을 받는다.

어려서부터 늘 어머니가 하시던 말씀중 '돈을 쓰면 쓴 만큼 배우고 얻는 것이 있다.'는 말씀을 나는 항상 가슴에 품고 살아왔다. 그 말씀이 '난(蘭) 코스메틱' 시절에 부화가 되어 약손명가의 특별한 인센티브 전략으로 탄생한 것이다. 6년여 근무한 직원들에게 실력만 있으면 샵을 차려 주고 그 후 갚아 나가게 만들었다. 직원을 자식처럼 여긴다는 뜻이다. 이미 남이 아닌데 무엇이 아깝겠는가? 감히 말하건대, 약손명가의 인센티브 전략은 백 퍼센트 직원사랑에서 나온 것이다.

2년 전, 일본의 한 출판사 제안으로 『약손명가식 셀프관리』를 출간했다. 지금까지 7만 부 이상 판매되어 독자들의 큰 사랑을 받아왔다. 그리고 이번엔 내가 살아온 삶의 여정과 지금의 성공을 이루게 된 방법을 담아 두 번째 책을 펴낸다. 내가 책에서 길을 찾고 꿈을 이룬 것처럼, 이 책을 읽는 독자도 자신만의 길을 찾고 꿈을 이루었으면 하는 바램을 가져본다.

Thank You Message

감사의 메세지

교수들과 원장들이 생각하는
김현숙 대표

"언행일치, 약속준수의 대명사
김현숙 대표"

최경임 화장품약리학 박사
전 대구보건대학교 교수 · 대한피부미용교수협의회 고문

몇 년 전 학생들을 인솔하고 서울의 '약손명가'라는 업체에서 개최하는 장학금 수여식에 참여하게 되었습니다. 전국에서 선택 받은 200명 이상의 학생들이 호텔에 초대받아 푸짐한 뷔페로 식사를 한 후, 학교별로 장학금과 학교발전기금을 받는 행사였습니다.

그 때 처음 만난 분이 김현숙 대표님입니다. 김대표님은 학창시절 장학금으로 학업을 계속할 수 있었습니다. 그래서 다음에 꼭 장학금을 주는 사람이 되겠다고 다짐을 했는데, 이제 줄 수 있는 능력이 되었으며 자신과의 약속을 지킬 수 있게 되었다고 소녀같이 얼굴을 붉히며 설명하던 기억이 아직도 선명합니다. 그 후에도 그 일은 해마다 지금까지 계속되고 있습니다.

김대표님은 낮에는 전국의 대학교에서 특강하시고, 밤에는 하루 일

마친 원장님들 재교육하시며, 오늘은 학생들 실습면접, 내일은 취업면접, 어느 날은 직원 면담, 어느 날은 일본으로, 중국으로, 베트남으로, 싱가포르로, 대만으로 해외 샵 개점에 관여하십니다. 120여개의 샵을 경영하고 있는 회사의 대표이사로서 끊임없이 노력하고 있는 것을 보며, 저렇게 하니까 성공할 수밖에 없다는 생각을 합니다.

김대표님은 직원들의 고충을 한 사람, 한 사람, 면담을 통해 통쾌하게 해결해 주시는 능력자이십니다. 우리 졸업생도 몇 명이나 직접 지방까지 내려오셔서 면담으로 고충을 해결해 주시고, 그 중 두 명은 지금 일본의 약손명가에서 원장과 실장으로 일하고 있습니다.

2007년에 업체에 한 학기 연수를 가게 되어, 약손명가에도 한 달 간 연수를 신청해서 출근하게 되었습니다. 직원과 똑같이 출근 시간 찍고, 약손명가 달리아 샵에서 고객에게 하는 일을 배우고 퇴근시간 찍고 퇴근했습니다. 어느 날, 밤 새벽 한시가 지났는데 원장님들 교육을 하고 계신 대표님과 연락을 하게 되었습니다. 나도 보통 이상이라고 생각하고 있었는데, 저렇게 열정적으로 일을 하는 분도 계시구나 히고 감탄과 감동을 할 때가 한두 번이 아니었습니다. 또한 제가 어느 것보다 제일 김현숙 대표님을 존경하고 대단하다고 생각하는 부분은, 한번 약속한 일은 꼭 지킨다는 것입니다. 손해가 나더라도 한번 하겠다고 한 약속을 지켜왔기 때문에, 나는 그 분이 대표로서 굳건하게 자리매김을 할 수 있었다고 생각합니다.

전국의 피부미용전공 80여 명의 교수님들이 약손명가의 자문위원으로 함께 머리 맞대어 의논하고 개선하여, 제자들이 만족하는 취업지로 첫손꼽는 일자리가 된 것도 김현숙 대표님이 계시므로 가능한 일이었습니다.

피부미용인으로서 가장 성공한 분, 피부미용을 천직으로 생각하고 발전시키기 위해 할 수 있는 최선을 다하는 분, 정직하게 살고, 말과 행동이 일치되도록 노력하고, 약속을 꼭 지키려고 최선을 다하는 분! 짧은 글 솜씨로 다 표현할 수 없지만, 제가 아는 김현숙 대표님은 이런 분입니다.

"번개 같은 추진력이 이어주는
무한대 신뢰의 끈! 김현숙 대표"

김해남
마산대학교 뷰티케어학부 교수

김현숙 대표와의 인연! 스피디한 디지털 시대에서 5년이라는 세월은 길다면 길고, 짧다면 아주 짧다. 하지만 나와 대표님과의 인연의 깊이는, 50여년 함께 우정을 맺어 온 나의 베스트 프랜드 사이다. 동고동락하며 일상을 같이 하고 있는 남편과의 인연만큼이나 나이테가 깊고 굵다.

피부미용 분야에서 약 30년을 종사해오면서 동종 학계와 산업계에서 다양한 인사들을 만나며 소중하게 인연을 쌓아왔는데, 수많은 사람 가운데 김현숙 대표는 그 누구보다도 뛰어나고 번개같이 빠른 추진력으로 무한한 신뢰를 보여주는 대표적인 사람이다. 보통의 사람들이 언행일치의 삶을 산다는 것은 때로 매우 어렵고 힘들다. 그런데도 김현숙 대표는 자신이 말한 바를 곧 바로 행동으로 실천하는 드문 분이다.

(주)약손명가의 자문위원이 되어 첫 자문활동 회의에 참가했을 때였다. 상반기 자문위원회의에 참가하고 6개월 후 다시 후반기 자문위원 회의에 참가하였을 때, 나는 놀라지 않을 수 없었다. '정말 대단한 분이시구나!' 감탄에 감탄을 거듭했다. 상반기 회의 당시에 자문 교수들이 제안했던 회사, 직원, 환경, 현장실습 등에 관한 개선요구 내용을 귀 담아 경청하고 기억해두었다가, 6개월 후 자문위원 회의 시 그때 논의된 수십 개의 제안 및 개선에 대한 내용을 실행했다는 사실을 하나도 빠뜨림 없이 상세히 피드백 하였기 때문이다.

 자문위원회에 참여했던 5년 동안 내내 감탄하였고, 감탄은 경이로움이 되고 나중엔 신뢰가 되었다. 내실 있고 경쟁력 있는 현재의 약손명가가 이렇게 성장·발전한 것은, 대표님의 이러한 추진력과 언행일치의 모습이 견고하고 높은 신뢰의 탑을 쌓게 해주는 원동력으로 작용한 것이 아닐까 생각한다.

김현숙 대표에 대한 두터운 신뢰의 이미지는 1+1=2가 아니라, 3, 5, 10, 100… 이라는 상상할 수 없는 수를 만들 수 있는 시너지 효과를 주는 보배였던 것이다. 또한 추진력을 바탕으로 한 실천하는 무한대의 신뢰는 대표님 자체이기도 하다.

나는 가끔 강의 중 학생들에게 김현숙 대표의 추진력과 언행일치의 사례를 들곤 한다. 그때마다 나는 그분의 추진력을 바탕으로 한 무한대의 신뢰감을 가슴깊이 존경한다는 말을 전하면서, 신뢰의 인성, 덕목을 강조하고 있다.

향후 대표님의 언행일치, 무한대의 신뢰의 끈은 ㈜약손명가에 깊고 두터운 신뢰의 나이테를 두르며 대한민국의 글로벌 피부미용 브랜드 샵으로 무한대로 뻗어 나아갈 것이다. 아울러 K-뷰티케어를 선도하는 가장 큰 핵심 역량이 될 것임을 믿어 의심치 않는다.

"그녀의 역할은 무한대"

김경미
경남정보대학교 미용계열 교수

솔직한 자세는 자석처럼 상대방의 마음을 끌어 당기는 힘이 있다. 김현숙 대표와 대화하다보면, 많은 단어로 이야기를 꾸밀 필요가 없어진다. 고민은 심플해지고, 감사의 줄거리를 찾아 어느덧 긍정의 에너지로 전환된 나 자신을 발견하게 된다.

20년 가까이 지켜본 김현숙 대표는 성실하다. 열심히 일하는 사람이다. 더 많은 보상을 받는 기업을 만들기 위해 쉬지 않고 일하는 모습이 놀라울 정도이다. 일과 사람을 대할 때 보여주는 일관성, 다른 사람의 의견이나 제안을 받아들이는 유연성, 그것을 빠르게 실행하는 속도까지 탁월하다. 이것이 한국의 피부미용 산업을 이끌어가는 여성사업가로서 그녀의 역할이 무한대라고 확신하는 이유이다.

" '최초' 로 시도하고 신뢰가 '최고' 인 피부미용전문가 김현숙 대표님"

이수희
청암대학교 향장피부미용과 교수

꾸준히 연구에 매진하고 뷰티산업을 선도하기 위한 노력을 실천해 왔으며 뷰티산업 발전에 크게 기여하고 책임감과 사명감으로 존경받는 경영자를 선정하여 시상하기 위해 2017년 뷰티산업학회에서 공정한 심사를 통해 뷰티산업경영대상에 대한 심사를 하였습니다. 심사위원회에서는 미용을 진심으로 사랑하고 미용문화를 글로벌하게 선도해 오신 (주)약손명가 김현숙 대표이사를 선정하게 되었습니다. 뷰티산업인의 한 사람으로 27년 넘게 활동해 오시면서 약손명가를 피부미용계에서 독보적 거대기업으로 성장 · 발전 시키셨고 또한 뷰티산업이 성장할 수 있도록 끊임없이 연구하고 경청하는 자세로 산업발전에 기여하였으며 교육을 통해 전문 뷰티인을 양성하는 데도 큰 노력을 하셨기에 심사위원 만장일치로 시상하게 되었던 것입니다.

학생들의 취업은 대학의 사명이며, 보다 좋은 환경으로의 취업은 교수와 학생들의 숙권입니다. 나는 헤어전공 교수로써 2014년 김현숙 대표님을 뵙게 되었던 시기에 헤어 분야의 취업 환경은 대형 브랜드샵의 질적인 개선, 양적인 규모 확장으로 혜택이 보편화된 시기였고, 피부 분야에 관심이 높은 학생들의 취업은 선택의 폭이 크지 않았습니다. 2014년 10여 명의 교수님들이 참석하여 자문위원이 결성되었고, 2015년부터 본격적으로 자문위원 회의가 연 2회 진행되었습니다. 지금은 자문위원 80여 명이 위원회가 구성될 정도로 조직화 및 체계화되어 산학연계를 맺고 있습니다.

내가 고객으로써 관리를 받을 때 피아노 음악 선율 사이로 들리는 약손명가 기업 홍보 멘트를 청취하게 되었고, 눈을 가리는 수건에서 이제 향이 좋은 안대로 더욱 편안함을 주었으며, 관리받을 때 하체를 받쳐주는 쿠션으로 불편함을 해소해 주는 체험을 직접 하게 되었고, 약손 코스메틱제품 사용으로 개선효과를 얻게 되었습니다. 학생들의 취업을 위해 맺게 된 인연에서 이제 약손명가 고객이자 홍보맨이 된 이유는 김현숙 대표님에 대한 신뢰가 더욱 커졌기 때문입니다. 기업의 성공은 소비자의 needs를 파악하고 뛰어난 skill을 바탕으로 최상의 service를 제공하여 고객의 만족을 얻어내는 것이며 재방문으로 평가를 받는 것은 경제학개론입니다. 약손명가의 다른 지점을 방문해도 일관성 있는 테크닉은 신뢰를 주었고, 고급스러운 친절함을 기본으로 새롭게 도입되는 서비스 주기가 매우 빠르다는 경쟁력을 갖고 있기 때문에 믿음과 신뢰로 지속적인 고객이 된 것입니다.

김현숙 대표님은 삶에 목표와 의미가 있고 피부미용 전문가로 넘치는 열정과 일관성으로 수많은 일들에 가치를 부여하며 생활하시는 분입니다. '여성CEO' 라는 위엄보다는 인간미를 느끼게 하는 미용 전문가였고, 1,000여 명 직원 한명 한명의 고충을 해결하려 하고, 최고의 기술을 전수해 주시면서 복지혜택은 최고 수준으로 만들어 가며, 직원들의 성장을 위해 6년에서 이제 2년 만에 원장이 될 수 있는 제도도입으로 비전을 제시해 주셨습니다. 독보적인 약손명가가 성장, 발전, 유지되는 원동력은 리더쉽과 직원들의 애사심 그리고 끊임없이 경청하는 자세에서 비롯되었다고 생각되며 대표님과 직원들이 소통하고 고객들에게 제공되는 신뢰가 지금까지 지속되었기 때문이 아닐까요. 많은 것을 요구하는 전국 미용 관련 교육기관의 협조 요청을 하나도 소홀함이 없이 들어 주고, 발전기금과 장학금을 주는 기부 천사이며, 불철주야 오직 약손명가 직원들의 성장을 위해 기술을 보급히고 새로운 제품개발에 몰입하는 최고의 피부미용 전문가 김현숙 대표님이 있었기에 가능한 일입니다.

여러 가지 고민과 제도적 도입이 필요한 시대에 도래하여 학생들의 실습과 취업 후 근무환경에 대한 요구를 즉각 수용해 주시는 데 있어서 김현숙 대표님의 부담은 무한대로 늘어나고 있지만 긍정적 마인드와 신속한 도입을 추진하며 약속을 지키는 글로벌 유일 기업으로 지속성장하는 이유가 바로 김현숙 대표님의 '최초'로 시도하고 신뢰가 '최고'인 피부미용 전문가이기 때문이며, 좋은 환경을 만들어 주셔서 감사드립니다.

01 사랑합니다, 김현숙 대표님!

교육시간에 "세상은 뿌린 대로 거둔다." "좋은 습관은 좋은 결과를 낳는다."라고 항상 말씀해 주십니다. 이렇게 일관성 있는 가르침 덕분에, 오늘의 저는 직원들에게 존경받는 원장이 되었고, 가정에서는 자랑스런 아내와 엄마의 자리를 만들어 주셨습니다. 대표님은 사회에서도 가정에서도 성공을 이룰 수 있도록 해주신 고마운 분입니다.

대표님께서는 어떠한 어려움을 토로하고 어떠한 어려운 질문을 해도, 노하우와 해답을 아낌없이 주셔서, 긍정의 결과를 만드는데 큰 도움을 주셨습니다. 또한 피부미용인으로서 자부심을 갖도록 피부미용산업의 발전을 위해서 끊임없이 노력하십니다. 피부미용인들이 위상을 높여 자부심을 갖고 일에 보람을 느끼게 해주셔서 감사합니다. 항상 존경하고 감사합니다. ・강남구청역점 원장 **김해란**

02 안녕하세요, 대표님. 강남역점 오미자입니다. 먼저 대표님의 자서선 개정판을 다시 낼 예정이라니 너무 기쁩니다. 개정판 출간을 축하드립니다. 저는 2006년도에 약손명가에 입사한 이래 15년 동안 대표님을 뵈어 왔습니다.

한 마디로 대표님은 대단하십니다. 성공한 사람들의 책을 많이 읽고, 따라하며 실천해서 자수성가하셨고, 약손명가와 스승이신 사부님을 만나서 이 자리에 계신 것에 항상 감사하다며 감사의 행을 하시기 때문입니다.

또, 대표님으로 말하자면, 교육을 빼 놓을 수 없습니다. 지금도 변함없이 열정적으로 하나부터 열까지, 필요할 경우 반복적인 교육을 통해서라도 모든 노하우를 알려주시는 모습은 존경스럽기만 합니다. 많은 교육 중에 대표님은 저에게 기억력과 감사의 행을 콕 심어주셨습니다. 기억력은 기억하면 할수록 더 좋아진다는 말씀과 감사해 하면 감사한 일이 더 많아진다는 말씀을 늘 마음 깊이 새기고 있습니다. 특히 이 교육은 저를 크게 변화시켰고, 저를 가장 성장하게 해준 교육이기도 합니다. 그래서 집중해서 교육을 받고 있으며, 배운 그대로 기억하고 행해서 좋은 결과를 내려고 합니다.

대표님의 아이디어는 샘솟는 것처럼 무궁무진합니다. 코로나19로 어려운 시기인 요즘, '펀~경영'으로 직원들과 즐거운 일터를 만들기 위해 연구 중이시며, "위기가 곧 기회다."라시며, 지금도 어떻게 하면 약손명가를 더 성장시키고, 어떻게 하면 고객님들이 만족하실지, 어떻게 하면 원장과 직원들의 복지를 좋게 할지를 생각하고 계십니다.

교육에서나 일적으로는 엄하시지만, 마음이 그 누구보다 따뜻한 분이십니다. 그러니 제가 어찌 대표님을 존경하지 않을 수 있겠어요. 큰 스승이 계셔서 감사한 마음으로 지금까지 함께 하고 있습니다. 김현숙 대표님 사랑합니다. 고맙습니다. ▪ 강남역점 원장 **오미자**

03 내가 아는 김현숙 대표님은,

첫째, 자신감이 있는 사람입니다. 늘 자신 있게 말씀하시는 모습이 멋집니다.

둘째, 미소가 예쁜 사람입니다. 웃음에 진심이 실려 있고, 기분 좋게 만드는 미소가 아름답습니다.

셋째, 약속을 잘 지키는 사람입니다. 직원들에게 한번 약속하시면, 그 약속을 잊지 않고 지켜주십니다.

넷째, 기억력이 좋은 사람입니다. 많은 사람들과 교류하면서도, 한 명 한 명, 일일이 다 기억하십니다.

다섯째, 부지런한 사람입니다. 항상 본인의 발전을 위해 배움의 자세를 보이십니다.

감사합니다. • 건대점 원장 **정진연**

04 김현숙 대표님은 진정으로 남을 돕는 사람입니다. 그 사람의 문제를 해결할 수 있도록 끊임없이 도와주는 분입니다. 정직한 성품으로, 항상 상대방에게 선입견 없이 진실하게 대해 줍니다. 분석을 잘 해주시고, 질문에는 척척 답변을 주셔서, 저희들끼리 '약손명가의 네이버'라는 별명을 짓기도 했습니다.

또한 사석에서는 엄마 같은 다정함이 느껴지시는 분입니다. 함께 여행을 가서도 인생에 도움이 되는 이야기를 많이 해주셨습니다. 그러면서도 순수한 모습이 느껴지는 분이었습니다.

김현숙 대표님은 한마디로, 백 퍼센트의 믿음이 생기게 하는 멋진 사람입니다. • 광명점 원장 **박수진**

05 　　김현숙대표님 = 여자 백종원. 전문가 그이상의 위엄을 보여
　　주시는 분. 좋은 원장은 좋은샵 만들고, 결국 좋은 직원과 좋은 손님을 끌어 모으기 마련인 모양입니다.

샵을 찾은 손님들에게 진심과 정성을 다해 관리할 수 있도록, 교육을 통해 성장과 실천을 하도록 만들어주시는 대표님. 피부미용업을 시작하는 젊은이들에게 약손명가 원장으로서 모범 사례가 되도록 기회를 만들어 응원해주시며, 모든 지점을 방문하여 꼼꼼하게 점검을 해주십니다. 흔들리지 않는 확고한 직업 철학, 고객을 향한 겸손함을 가지고, 초심을 잃지 않고 한결같은 마음을 가지신 분. 원장들의 말을 끝까지 들어주고 함께 답을 찾는 경청과 소통의 대표님.

항상 연구하고 방법을 찾아다니며 배우려는 태도를 가지고, 우리를 피부미용인으로 성장하고 성공할 수 있도록 아무런 보상 없이 교육으로 나눠주시며. 말과 행동이 일치하는 분.

백종원이 요식업계 대통령이라면, 김현숙 대표님은 피부미용업계에서 여자대통령입니다. • 광주 서구점 원장 **전청화**

06 　　김현숙 대표님은 약속을 잘 지키는 사람입니다. 말에는 힘이
　　있으며 자꾸 말을 해야한다고, 그러면 이룰 수 있다고 알려주셨습니다. 그래서 저는 대표님과의 면담에서나 회사 행사에 늘 "광주에서 원장을 하겠습니다."라는 말을 했으며, 대표님께서는 "고은별을 꼭 광주에서 원장을 시켜 주겠다."라고 하셨습니다. 저의 목표를 위해 열심히 일을 하다 보니, 정말 대표님께서 기억해 주시고 광주 수완점을 낼 수 있게 해주셨습니다. 대표님 덕분에 26살에 한 샵의 오너가 되었습니다.

대표님께서는 노하우를 100% 알려주십니다. 원장, 부원장, 직원들 한 명 한 명 손을 봐주시며, 관리를 잘 할 수 있도록 교육해 주십니다. 또 샵을 운영하는 방법, 고객, 직원과 소통하는 방법 등 대표님의 모든 노하우를 알려주십니다. 그 덕분에 저는 고객님들과 소통은 물론, 샵을 잘 운영할 수 있게 되었습니다. 아낌없이 노하우를 공유해주신 대표님 덕분에 제가 노력한 것에 비해 더 빠른 성공을 할 수 있었으며, 친구들에게는 멋진 사람, 부모님께는 자랑스러운 딸이 될 수 있었습니다.

대표님, 늘 회사를 위해 저희 원장들을 위해 노하우를 알려주셔서 고맙습니다. 저 또한 남에게 베풀 수 있는 사람이 되겠습니다. 고맙습니다.

• 광주 수완동점 원장 **고은별**

07 　제가 아는 김현숙 대표님, 약손명가를 위해서라면 무슨 일이든 앞서서 하시는 그런 위대함이 있습니다. 처음 대표님을 뵈었을 때가 기억납니다. 대표님은 당시 회사에 대한 자부심이 가득했습니다. 그래서 저도 모르게 회사에 대해 또 대표가 열정적인 회사는 어떤 분위기로 운영이 되고 있는지가 궁금했습니다. 그 동안 나는 어떤 회사에서도 회사의 대표라는 분을 단 한 번도 본 적이 없습니다. 심지어 내가 한때 일하던 음식점에서도 사장님은 잘 나오지 않았습니다. 당연히 얼굴도 볼 수 없었습니다.

그러나 저희 약손명가 김현숙 대표님은 다릅니다. 1000명이 넘는 직원들을 한명 한명과 면담하여 힘든 점, 고민, 미래의 목표에 대해 경청해 주시고 면담해 주십니다. 대표님의 이런 모습을 보고 '정말 대단하다.' '회사가 커질 수밖에 없겠다.' 라고 생각해 왔으며, 대표님을 믿고 열심히 노력한 결과 지금의 원장이 되었습니다. 해외지점을 포함하여 국내에 100개나 넘는 지점 원장들의 얼굴과 이름, 했던 말들까지 다 기억해 주시고, 지점마다 잘될 수 있도록 힘도 실어주십니다.

대표님께서는 항상 말씀하십니다. 직원이 있어야 샵이 잘 운영이 된다고 강조하시어, 원장들은 직원들이 필요하다는 것을 실제로 느끼게 해 주십니다. 대표님은 원장들을 성공한 부자로 만들어 주시고, 그것을 본 직원들도 덩달아 성장할 수 있게 해 주십니다. 그래서 회사가 자연스럽게 발전할 수 있는 것 같습니다.

저희 지점 고객님들께서는 항상 말씀하십니다. 약손명가 대표님은 대단하시다고. 그만큼 저뿐만 아니라 모든 지점의 원장님들, 직원들 모두가 저희 대표님의 온 관심은 약손명가라는 회사에 집중과 몰두하고 있다는 것을 알고 있습니다.

김현숙 대표님처럼 회사를 사랑하고 직원을 사랑하는 회사의 대표는 없을 것입니다. 처음 만난 날부터 원장이 된 지금까지도 김현숙 대표님을 대단하신 분으로 존경하고 있습니다. 진정으로 회사를 아끼고 사랑하는 분이 바로 약손명가 김현숙 대표님입니다. 대표님을 100퍼센트 따라가려면 한참 부족하지만, 존경하고 사랑합니다. 김현숙 대표님!

　• 구로디지털점 원장 **손화향**

08　제가 아는 김현숙 대표님은 본받을 점이 많은 분, 솔선수범하시는 분입니다. 약손명가에 입사를 하고 나중에 저도 더 큰 어른이 되면, 꼭 대표님처럼 되고 싶다는 생각을 많이 했습니다. 저는 대표님의 다음과 같은 점을 존경합니다.

첫째, 누구보다 약손명가 직원들이 잘되길 성공을 위해 기꺼이 교육해 주시고, 아낌없이 노하우를 알려주시는 점입니다.

둘째, 모든 사람들이 예뻐질 수 있도록 끊임없이 연구하시고 테크닉을 만들어주시는 점입니다.

셋째, 많이 벌수록 세금도 많이 내고, 또 기부도 많이 하시는 모습입니다.

넷째, 뿌린 대로 거둔다는 말처럼, 더 큰 어른이 되었을 때 당신으로 인해 더 행복한 부자가 생길 수 있도록 그리고 본 받을 수 있도록 솔선수범 하시는 분입니다. • 구리점 원장 **정사라**

09 제가 생각하는 김현숙 대표님은, 언제 어디서든 항상 약손명가를 생각 하시며, 약손명가와 원장들의 성장을 위해 교육해 주시고 힘써 주시는 분입니다. 매 교육마다 직접 교육을 해주셔서 더 큰 동기부여가 될 수 있게 만들어 주십니다. "고맙다." 그리고 "사랑한다."는 말씀을 자주 들을 때마다 더 열심히 해야겠다는 마음이 생깁니다.

때로는 잘못된 부분을 짚어 주시면서 더 좋은 방법으로 개선사항을 제시해주시고, 샵과 원장이 잘 될 수 있고, 직원들이 더 크게 성장 할 수 있도록 알려주심으로써 스스로가 생각하지 못했던 부분들을 다시 고칠 수 있게 해주십니다.

또 대표님이 직접 하셨으며 해 오셨던 노하우를 공유해주시고, 모든 약손명가 사람들이 따라하고 지킬 수 있게, 내 것으로 만들 수 있도록 알려주셔서 성장할 수 있게 도와주십니다.

그리고 항상 모든 일들에 감사해 하십니다. '내가 진짜 힘들고 지친 상황에서도 남한테 감사할 수 있을까?' 라는 생각도 잠시 들었지만, 어떤 일이 있더라도 항상 감사해 하시는 대표님의 모습을 보고 많이 느끼면서 감사하는 마음을 배웠습니다.

매사에 감사하며 모든 노하우들을 공유해, 보고 배우고 성장할 수 있는 기회를 주시고, 저 또한 감사한 사람으로 만들어 주셨습니다. 매번 교육 때마다 뵙고 있지만, 뵐 때마다 아우라가 넘치시고, 열정적이시고, 멋있는 분입니다. 그런 점들을 보고 배우며 스스로 성장하게 됩니다.

• 구미 옥계점 원장 **조화은**

10 　제가 아는 김현숙 대표님은 조력자 즉 도와주는 분입니다. 피부미용(에스테틱)의 특별함을 몸소 알려주시는 김현숙 대표님. 교육을 통하여 노하우를 100% 공유하고, 새로운 것, 내가 알지 못한 것을 내 것으로 만들 수 있도록 끊임없이 본인의 것을 아낌없이 주시는 분입니다. 또 가장 잘할 수 있는 것을 더 잘하는 전문가로 만들어서 성공한 사람으로 완성시켜 주시는 분입니다.

김현숙 대표님을 알고 난 후 변화된 나에게는, 남들처럼 편안하게 사는 것보다 꿈을 이루는 것이 중요합니다. 전문가가 되어서 꾸준히 갈고 닦으면 풍요로운 삶도 당연히 보장됩니다. 한마디로 한결같이 존경할 수 있는 분이 김현숙 대표님입니다. • 김천 율곡점 원장 **오혜성**

11 　제가 대표님을 처음 만났을 때는 2012년이었습니다. 입사 후부터 지금 원장이 되었을 때까지 대표님은 한결같은 분이십니다. 계획을 세워 일을 진행하면 꼭 목표달성을 하셨으며, 하신 말씀은 꼭 지켜주셨습니다. 그런데 그 계획이나 목표, 약속 등은 결과적으로는 본

인을 위한 일이 아니라, 다 약손명가와 모든 원장들, 직원들을 위해서 해주신 일들입니다.

제가 원장이 되고나서도 아낌없이 샵 운영에 대한 노하우를 알려주시고, 제가 더 행복하게 살 수 있도록 도와주셨습니다.

단 한번도, 게으른 모습을 보이거나 귀찮아하지 않고, 매사에 열정적으로 또 일관성 있게 행동하시는 모습을 보면, 저에게는 완벽한 대표님이라서 얼마나 존경스러운지 모릅니다.

덕분에, 부지런하지도 않았던 제가, 인생의 목표가 없고 계획도 없었던 제가, 목표와 그에 맞는 계획을 세워 행동하기 위해 노력하게 되었습니다.

대표님, 늘 회사와 저희를 위해 아낌없이 노하우를 알려주셔서 감사합니다. -합장- • 김해점 원장 **박연지**

12 제가 아는 약손명가 김현숙 대표님은 총명하신 분입니다. 남의 말을 잘 들을 줄 아는 능력을 가진 분이십니다. 대표님은 직원들이 더 좋은 환경에서 일할 수 있도록, 1000여 명이 넘는 직원들의 이야기를 진심으로 귀담아 들어주시고, 그것을 기억하시고, 문제점을 즉시 해결해 주십니다. 한 지점의 직원들도 원장 한 명과 면담하는 것이 쉽지 않은 일인데도, 대표님께서는 원장뿐만 아니라 지점별로 면담을 신경 써서 해주시는 점이 존경스럽습니다.

대표님께서 지점 내 문제점까지 하나 하나 귀 기울여 들어주시어 해결점을 찾아주시고, 현명한 대처방법까지 알려주시는 것이 약손명가가 지금까지 승승장구 할 수 있었던 이유가 아닐까 합니다.

또 칭찬과 지적을 잘해 주십니다. 대표님과 카톡을 주고받으면 항상 '고맙다~^^, '잘했다~^^, '사랑한다.~^^ 라는 말씀을 자주 해 주십니다. 다른 회사에 다녔다면 과연 그 회사의 대표님과 카톡을 주고받는 일이 있을까요? 보통은 회사 대표님들에게 사랑한다는 말과 칭찬을 듣는 일은 쉽지 않은데, 김현숙 대표님께서는 감정에 솔직하시고 표현을 잘해 주십니다

잘못된 점이나 수정해야 하는 일에도 정확하게 어떻게 해야 하는지를 알려주시고, 경험담과 결과를 알려주시며, 좋은 결과를 낼 수 있도록 도와주십니다. 그리고 항상 끝말은 '고맙다~^^, '사랑한다~^^ 같은 표현을 해주시는 따뜻한 분이십니다. • 논현점 원장 **변성희**

13 2009년 늦가을, 압구정 아카데미 지하에서 대표님을 처음 만났습니다. 약손명가에 입사하면서 토요일 밤샘 교육을 들으려고 면담을 했었는데, 과연 '성공한 여성상'을 다룬 책이나 잡지에서 보았던 멋진 여성상이었습니다.

토요 교육을 들으면서 약손명가에 대해 잘 모르던 초보 관리사였던 저에게, 많은 미용 지식과 노하우를 알려 주시며 때로는 안타까워하고, 때로는 엄하게 혼내시던 모습이 기억이 납니다. 약손명가의 일이라면, 저희들의 일이라면, 언제든 진심으로 발 벗고 나서는 엄마나 언니의 모습이었습니다.

한 회사의 대표로서, 직급에 대한 의무가 아닌, 진심으로 회사와 직원들을 아끼고 사랑하는 모습. 때로는 무섭고 엄한 모습이지만, 소녀처럼 귀엽고 순수한 모습에 인간미가 느껴지는 진실한 대표님의 모습을 항상 본받고 싶습니다. 대표님의 교육과 관심, 애정이 없었다면 저 또한 이 자

리에 있을 수 없다는 것을 다시 한 번 생각하게 됩니다.

항상 고맙습니다. 진심으로 감사합니다. •대구 동성로점 원장 **엄선화**

14   제가 생각하는 김현숙 대표님은 현명하고 기억력이 좋으신
분이십니다. 직원들을 항상 생각하시며 목표를 이루고 꿈을
이룰 수 있게 발전시켜 주십니다. 끊임없이 연구하신 테크닉을 통해 약
손명가를 만들어주시고, 항상 모범이 되어주신 대표님을 멘토로 여기고
대구 범물점 직원들에게 배운 대로 실천하며 행하고 있습니다.

대표님을 보면서 '나라면 저렇게 할 수 있을까?' 하는 생각이 들 정도로
배울 점이 많고 존경스런 분입니다. 대표님, 저희들을 발전시켜 주셔서
감사합니다. -합장- •대전 도안점 원장 **박소연**

15   제가 아는 김현숙 대표님은, 굉장히 현명한 분이고 모든 일에
공정한 분이다.

나와 다른 사람의 이익이 서로 상충될 때, 기꺼이 남을 위해서 자신의 이
익을 내어주시는 아주 유능한 분이다.

그러면서도 마음이 따뜻한 분이며 끊임없이 공부하는 분이다.

그래서 계속 확장, 발전하는 분이며 자신으로 인해서 다른 사람들이 잘
되기를 진심으로 바라고 행동하는 분이다.

강해 보이지만, 사석에서는 마음이 여린 분이다.

약손명가 대표님으로 매우 합당한 분이다.

감사합니다. •대전점 원장 **권정희**

16 　제가 아는 대표님은, 제가 아는 가까운 분 중에서 가장 성공
　　하신분이고, 책을 좋아하시고, 누구보다도 명철하고 해박하
시며 기억력이 좋으신 분입니다. 그리고 한번 믿으시면 끝까지 믿어주
시고, 항상 끊임없이 교육해주시고 가르쳐 주시는 스승입니다. 성공할
수 있게 만들어 주시고 직원 한 명 한 명과 면담하면서 그들의 말에 귀
기울여 주십니다.

누구보다도 약손명가를 사랑하며 아낌없이 도와주시십니다. 생각보다
많이 순수하셔서 말씀하실 때 참 재미있습니다. 대표님은 아는 게 많으
셔서 다른 사람은 '네이버'에 검색을 하겠지만, 저는 모르는 게 있으면
대표님께 여쭈어봅니다. 그 정도로 아는 게 많으십니다. 항상 감사하고
미안하다고 말해야 할 일이 있다면 대표님께서 먼저 하십니다. 그래서
배울 점도 정말 많은 대표님입니다. 감사합니다.

* 대전 타임월드점

17 　제가 생각하는 대표님은, '완벽'을 위해 끊임없이 달려가는
　　마라토너 같습니다. 사람은 누구나 완벽하지 않아 미완성의
존재여서, 그것을 그냥 인정하고 살아가는데, 다른 사람들과 달리 대표
님은 부족한 부분을 채우기 위해 항상 공부하고 노력하시는 분입니다.
그리고 원리원칙에 매우 충실한 분입니다. 원리원칙을 위반하면 불의
와 타협하려 하고 기준도 달라집니다. 하지만 대표님은 확고한 자신만
의 기준이 있는 분이어서 절대 흔들리지 않습니다.

* 동탄 나루점 원장 **권채은**

18 　김현숙 대표님은, 안주하지 않고 항상 변화하고 발전하시는
　　　　분이시며, 모든 일에 솔선수범하시며 직원을 아끼는 마음이
크신 분입니다. 과거것을 그대로 답습하지 않고, 시대의 흐름에 따라 미
리 준비하고 끊임없이 공부하고 노력하십니다. 익히고 깨달은 노하우를
직원들과 함께 성장하기 위해 공유하여 주시며, 직원을 위하는 마음으
로 직원이 좋은 길로 갈 수 있도록 조언해 주십니다. 테크닉은 물론, 어
느 분야에서 오래 하거나 익숙해지면 사람은 나태해지고 교만해질 수 있
기 마련인데, 교만하면 안 좋은 일이 생기니 교만하지 않도록 하는 방법
을 알려주시는 등, 항상 직원들이 잘되길 바라는 마음으로 조언을 아끼
지 않으시는 분입니다. 감사합니다. ・ 망원점 원장 **백소영**

19 　저희 사부님이 '약손' 이라면, 저희 대표님은 '명가' 라고 생각
　　　　합니다. 사부님과 대표님이 있기에 저희 '약손명가' 가 있습니
다. 사부님께서 당근을 주신다면 대표님께선 채찍을 주심으로써, 저희
약손명가가 단단함을 유지할 수 있었던 것 같습니다.
대표님은 항상 일관성이 있는 분입니다. 제가 처음 일관성 있게 행동하
려 하다 보니, 그 일관성이 안 좋은 결과가 나타나기도 하였습니다. 그래
서 대표님과 면담 때 일관성 있게 하였는데 안 좋은 결과가 나오는 것 같
다고 말씀드렸더니, 대표님께서 일관성 있게 행동하더라도 결과를 생각
하고 결과가 나쁘다면 바꿔서 좋은 결과가 나올 수 있게 하여야 한다고
이야기 해주셨습니다.
저는 처음 원장이 되었을 때 직원들에게 "혼내지 말아야지." "틀리면 다
시 알려줘야지."라는 마음으로 혼내지 않고 일관성 있게 행동하였습니

다. 하지만 항상 좋은 소리만 하다 보니 직원들이 본인의 실수나 잘못을 제대로 인지하지 못한다는 걸 깨달았습니다. 그래서 지금은 대표님 말씀대로 결과를 먼저 생각하고, 직원들에게 좋은 결과가 나오지 않을 때는 칭찬과 함께 쓴 소리도 할 수 있는 원장이 되었습니다.

직원관리에서부터 매장관리까지, 사회생활 첫 시작을 약손명가와 함께하고 대표님께서 하나부터 열까지 세심하게 교육해주시고 알려주신 덕분에 이렇게 약손명가 원장으로 성장할 수 있었습니다.

감사합니다, 대표님. •본점 **손호용**

20   학창시절에도 많은 스승님이 계셨지만, 제 인생에서 참다운
    스승님은 김현숙 대표님이십니다!

김현숙 대표님을 만나, 부모로서 어른으로서 선배로서 리더원장으로서의 역할과 몫에 대해 그리고 내 삶의 의미와 목표에 대해 깨달음을 얻었습니다.

매사에 기꺼이 행하며 성공하는 삶을 사는 것, 감사함을 알고 행하며 보답하는 삶을 사는 것, 배려와 사랑으로 타인에게 도움이 되는 삶을 사는 것, 나누고 베풀며 행복한 부자의 삶에 사는 것 등. 김현숙 대표님의 가르침 덕분에 제가 살아가는 지금의 삶이기도 합니다. 대표님의 은혜에 항상 감사드립니다. -합장- •부산 센텀시티점 원장 **서희주**

21   제가 본 김현숙 대표님은, 제가 본 여성 중에서 제일 멋진 분
    이십니다.

대표님을 뵌 지가 16년 되었습니다. 그동안 대표님은 일관성 있는 모습

으로, 변함없는 열정으로 저를 사랑해주시고 약손명가를 이끌어 주셨습니다. 세상에 선생님은 많지만, 참스승님은 많지 않다고 합니다. 그런 세상에서 저는 대표님을 만나서 경제적으로 넉넉하게 살고 있고, 약손명가에서는 피부미용 전문가로서 잘 살고 있습니다.

저는 참으로 복 많은 사람입니다. 사랑합니다. 대표님. 김현숙 대표님께 두 손 모아 감사드립니다. 항상 건강하시길 바랍니다.

• 부천점 원장 **양승경**

22 　김현숙 대표님을 사적인 면으로 보면, 섬세하고 여리고 정이 넘쳐나는 분입니다. 사적인 만남에서는 아기같이 순수하고 천진난만한 면도 있습니다. 그러나 공적으로는 아주 엄정하고 다른 면모를 보입니다. 우리 원장들은 높은 반열에 올려놓으려고 냉철하게 대하시며, 대표님이 알고 습득한 모든 것을 기꺼이 교육해주십니다. 다른 이들의 좋은 일에 진심으로 축하 해주시며, 빠른 판단력과 결단력으로 간결하게, 절차대로 공적으로 대합니다. 그런 공과 사가 분명한 점이 저는 좋습니다. 그리고 회장님에 대한 존경심이 남다르셔서 회장님께 모든 것을 올인하는 것을 보면, 일관성 있게 사부님을 아끼고 진정 사랑하는 모습이 아름답게 보입니다.

진정 약손명가를 위해서라면 무엇이든지 주저하지 않는 열정적인 모습이 대단하고 감사합니다. 약손명가가 오래도록 함께 할 수 있는 것은 진실한 마음이 전해지기 때문입니다.

그런 모습을 지켜보는 저 또한 애사심이 생겨나서 더 좋은 모습으로 한 단계 발전하고 싶습니다. 내가 주는 만큼 돌아온다는 진리를 손수 지키시며, 저희들에게 진심어린 당부로 염두에 새겨 행하며 삽니다. 대표님이 계셔서 바른길을 걸어가서 고맙습니다. ◦ 부평점 원장 **신춘자**

23 김현숙 대표님은 '아낌없이 주는 나무'를 생각나게 합니다.
우리가 성장할 수 있도록 교육을 통해 아낌없이 내어주시며,
한 사람, 한 사람 모든 사람들을 사랑하시는 분입니다. 때론 어머니 같이
조건 없이 알려주시고 채워주시는 분으로서, 항상 '하면 된다.'는 자신
감을 주시어 희망도 알게 하셨습니다.
열 손가락 물어 안 아픈 손가락이 없다고 하시며, 부족하고 처지는 사람
들에게 더딘 것을 염려하지 말고 '오늘'이 중요한 사람이 되기를 기다려
주시고 같이 아파하시는 분이십니다.
항상 고맙습니다. ◦ 분당 정자점 원장 **박지현**

24 제가 생각하는 김현숙 대표님은,
기억력이 좋으신 분.
일관성이 있고 긍정적이신 분.
생각만 했던 일들을 현실화 하려고 노력하시는 분.
어제보다 오늘, 오늘보다 내일 더 나은 삶을 살 수 있는 방법과 긍정을
알려주시는 분.
약손명가 원장과 직원, 방문해주시는 고객님들까지 모두가 행복해지기
를 바라시는 분.
약손명가가 더 잘되기를 바라는 마음으로 애정을 가지고 항상 최선을 다
해 주시는 분.

항상 솔선수범해서 교육 해주시고, 그 것이 대단하다고 느껴 배울 점이 많은 분.

믿고 방문하신 고객님께 최선을 다하며, 효과로 보답해 드릴 수 있도록 모든 지점에 노하우를 알려주시려고 노력하시는 그런 분입니다.

• 사당점 원장 **안수진**

25 제가 아는 김현숙 대표님은 쉬는 틈에도 안일하지 않고, 고객 만족과 직원사랑을 바탕으로 끊임없이 최선을 다해 연구하셨습니다. 늘 대단한 분이라 여겼지만, 더 대단한 분으로 생각이든 계기는, 2017년에 처음 3박 4일 독서연수를 주최하셨을 때였습니다. 그 기간 동안 대표님은 직접 미리 책을 읽은 다음, 직원들이 책을 읽고 궁금한 점을 체크하여 직접 풀어 설명해주셨고, 직원들에게 고객만족에 대한 사명감을 심어주셨습니다.

이렇게 무언가를 직원들에게 직접해주는 대표가 또 어디 있을까요. 이 뿐만이 아닙니다. 하시는 일도 많을 텐데 교육 또한 직접해주셨으며, 직원 한 명 한 명에게 바른 자세를 포함하여 실력이 좋아질 수 있도록 신경 써주시고, 수많은 직원복지로 직원사랑을 몸소 보여주셨습니다. 대표님은 제 인생에 있어 아낌없는 조언을 해주시는 분입니다. 덕분에 저도 직원들에게 조금이나마 도움이 되고, 고객님들께 더욱 충실할 수 있도록 늘 노력하게 되었습니다. • 산본점 원장 **천소현**

26 저는 김현숙 대표님을 알고 지낸지 20년이 넘습니다. 관리사 시절부터 대표님을 뵈면 항상 일에 열정적이면서 고객중심으로 일을 하셨고, 새로운 시대의 변화에 대해 두려워하지 않으시면서, 계속 새로운 것을 시도하면서 좋은 쪽으로 바꾸어 나가셨습니다.

항상 책을 많이 읽으셔서 지식이 많으셨고, 배움에 대한 열정이 있으시다 보니 교육도 많이 받으셨습니다. 지금은 그 지식과 노하우를 저희 원장들에게 전수해 주시고 있습니다. 그리고 최고라고 할 수 있는 부분은, 정직하시고 약속을 잘 지키신다는 것입니다. 그 덕분에 회사가 투명하고 고객과 직원들에게 신뢰를 주고 있습니다.

대표님께서 기억력이 좋으신 것도 남다르십니다. 잘못된 부분은 항상 기억을 하셔서 똑같은 실수를 하지 않으시려고 하시고, 상대에게 도움을 받은 것은 꼭 기억을 하셔서 2배 이상 보답을 하시는 분이십니다. 저 또한 대표님께 약손명가를 다니면서 많은 도움을 받고 보답을 받았습니다. 그 어떤 회사를 다녀도 저희 대표님만큼 멋진 분을 만나기 힘들 것입니다. 그러므로 저는 행복한 사람입니다. • 서울수유점 **원장 손유경**

27 제가 아는 김현숙 대표님은 기억력이 굉장히 좋으신 분입니다. 저를 수원역점 원장으로 진급시킨다고 약속한지 2~3년 정도 지난 후에도 저를 알아보시고, 수원역점 원장으로 진급시켜주신 분입니다. 약손명가에는 저 뿐만 아니라 1000명이 넘는 직원들이 있는데, 그 직원들에게 하셨던 약속을 하나하나 다 기억하시고 무조건 약속을 지켜주시는 분입니다.

제가 아는 김현숙 대표님은 긍정적이신 분입니다. 코로나가 심각한 상황에서도 항상 긍정적으로 생각하시고, 여러 원장님들께도 긍정적으로 생각하고 행동하자며 밴드에 좋은 글을 써주십니다. 어려운 상황 속에서도 항상 긍정적이신 분이어서 그 모습을 본받고 싶습니다.

제가 아는 김현숙 대표님은 아낌없이 나눠주시는 분입니다. 미용지식과 건강하게 사는 법, 대표님이 살아오면서 좋았던 것, 하면 안 되는 것 등 여러 가지를 경험을 토대로 이야기 해주시고, 아낌없이 지식을 주어서 약손명가 원장님들이 다른 피부관리실 원장님들보다 좀 더 많은 지식을 쌓음으로써 쉽게 경영을 할 수 있었던 것 같습니다

그리고 그 모습을 보고 여러 원장님들께서 대표님은 진짜 좋은 일을 많이 하시는 분이라고 칭찬을 많이 했습니다. 저 또한 그 모습을 보고 본받아서 저희 지점 식구들과 주변사람들에게 내가 알고 있는 지식과 경험에서 우러나오는 조언을 많이 해주어, 이 사람이 경험하지 않아도 쉽게 해결할 수 있도록 도와주어야겠다고 다짐하게 되었습니다. 좋은 책 개정해 주시면 또 열심히 읽어보겠습니다.

항상 감사합니다. 대표님, 사랑합니다. • 수원역점 원장 **김소정**

28 김현숙 대표님은 정직한 분입니다. 저는 처음 약손명가 입사하고 나서 관리사 때부터 들었던 대표님의 말씀, 세상은 뿌린 대로 거둔다는 말씀이 가장 가슴에 와 닿았습니다. 그래서 더욱 저로 인해 누구에게든 어디에서든 피해가 되는 사람이 되지 않고, 스스로 부끄럽지 않은 사람, 정직한 사람이 되기로 마음먹고 대표님처럼 정직한 사람이 되도록 노력하고 있습니다.

또 대표님께서는 약손명가 전 지점이 효과, 친절, 청결이 100%로 될 수

있도록 교육을 해주시고, 직원마다 각자의 부족한 부분을 정확히 알고 그 부분을 채울 수 있도록 방법을 세세하게 알려주시기도 합니다. 이렇듯 대표님의 깨달음과 노하우를 아낌없이 알려주시고, 모든 직원들이 행복한 삶을 살 수 있도록 도와주십니다. 늘 존경하고 감사합니다, 대표님. • 시청역점 원장 **이소정**

29 저는 약손명가에 입사하여 김현숙 대표님을 만나 뵙게 되었습니다. 제가 관리사였을 때에는 수유점의 원장님이셨는데, 영업이 끝나고 새벽 4시에서 5시까지 직접 교육해주셨습니다.

저는 대표님은 성공할 수밖에 없는 분이라고 생각합니다. 왜냐하면 성공하는 사람들이 갖추어야하는 기억력과 긍정적 일관성을 가지고 계시고, 기꺼이 많은 사람들을 이끌어 주시는 마음과 행이 있기 때문입니다. 대표님은 저희 원장들 뿐 아니라 약손명가 모든 직원들을 면담하여, 한 명 한 명의 성향을 파악하고 세심하게 고충을 들어주시며 해결방안을 알려주십니다. 일적인 부분만이 아닌, 개인적으로 힘든 일이나 고민을 기꺼이 들어주시고, 삶의 지혜를 알려주시어 우리가 실수를 하여 힘든 일을 겪지 않도록 미리 노하우를 아낌없이 주십니다.

그리고 어떠한 상황에서도 원칙을 지켜가며 일관성 있게 그리고 공정하게 하십니다. 대표님 마음에 100% 완벽하게 들지 않으시더라도, 어느 누구라도 한결같은 마음으로 포기하지 않고 가르쳐 주십니다.

그 외에도 본받을 점이 정말 많지만, 제가 생각하는 우리 대표님의 가장 장점은 정직과 책임감이라고 생각합니다. 감사합니다.

• 신림점 원장 **정여진**

30 　제가 아는 대표님은 항상 앞으로 전진하는 분입니다. 10년 전 처음 약손명가의 실습을 위해 아카데미에서 교육을 들으러 왔을 때, 대표님의 첫인상은 아직도 기억이 생생하게 남아있습니다. 여태껏 만나왔던 어떤 사람들보다 열정적이고 정직한 분이라는 것이 눈에 확 들어왔기 때문입니다.

약손명가에 들어오기 전과 후로 저의 인생이 많이 달라졌습니다. 사부님과 대표님, 많은 원장님들이 노하우를 아낌없이 알려주셨고, 저의 성향과 성격에도 많은 변화를 주게 되었습니다. 대표님께선 늘 옳은 선택을 할 수 있게 도와주시고, 약손명가의 식구들이 모두 잘 되길 바라는 마음으로 교육을 해주십니다. 알고 계신 모든 지식과 경험을 공유하시며, 저희가 지금보다 더 나은 사람이 될 수 있게 애쓰십니다.

4년 전 처음 원장이 되었을 때, 대표님께선 저에게 "너의 복이다."라고 하셨습니다. 정말 저는 복이 많은 사람이라는 것을, 약손명가에서 일하면서 피부로 느끼고 있습니다.

앞으로도 사부님, 대표님, 많은 원장님들께 많이 배우며, 저의 직원들에게도 노하우를 아낌없이 가르쳐주며 함께 성장해나가는 사람이 될 것입니다. 대표님 정말 고맙습니다. • 아산역점 원장 **이혜지**

31 　제가 생각하는 대표님은,

　　1. 자기개발을 끊임없이 하시는 분.

2. 무슨 일이든 기꺼이 솔선수범 하시는 분.

3. 교육자로 직원들과 원장들에게 아낌없이 노하우를 알려주시는 분.

4. 무슨 일을 할 때 목적을 가지고 목표를 이루어 나아가시는 분.

5. 오늘보다 내일이 더 나은 삶으로 만드시는 분.

6. 위기를 기회로 만드시는 분.

7. 새로운 트렌드를 만들고 개발하여, 약손명가가 성장하고 브랜드 1위가 될 수 있도록 만들어 주신 분.

8. 단점을 장점으로 바꾸기 위해 노력하시는 분.

9. 지금 당장에 편안함보다 더 좋은 미래를 위해 기꺼이 희생하시는 분.

10. 작은 것에 감사하며 행동으로 보답하시는 분입니다.

• 경복궁점 원장 **최은지**

32 　제가 생각하는 김현숙 대표님. 제가 만나본 분들 중에서 가장 진솔하시고, 모든 일에 늘 진심이신 분입니다. 저는 현재 약손명가에 8년째 근무 중인 원장입니다. 대표님에 비하면 저는 아직 정말 새내기 원장에 불과한데, 이런 저도 가끔은 제 마음을 속이고 때로는 진심을 다하는 척하는 적도 있었습니다. 하지만 그럴 때 마다 대표님의 강의를 들으면, '이미 최고의 위치에 계신 대표님도 이렇게 진심을 다해 열정적으로 매사 일을 다 하시는데…' 라는 생각을 하면서 제 자신이 너무 부끄럽고 반성을 많이 하게 됩니다.

저는 대표님과 대학교 교수님과 제자로 처음 인연을 하게 되었습니다. 그때와 시간이 꽤 흐른 지금의 대표님은 늘 한결같이, 진심을 담고 노력하시는 분입니다. 그런 대표님을 늘 존경하고 같은 피부관리사로서, 인간으로서, 여성으로서 너무 닮고 싶은 분입니다. 고맙습니다.

• 울산 삼산점 원장 **김다슬**

33 제가 김현숙 대표님을 생각하면 떠오르는 단어들이 있습니다.
공정한 분,

강인한 분,

지적인 분,

자상한 분,

열정적인 분,

한결같은 분,

신사임당 같은 분,

잘못을 미워하되 사람을 미워하지 않는 분,

끊임없이 쇄신하는 분.

이런 생각을 갖게 된 이유를 다 설명하자면, 제가 책을 한 권 써도 모자랄 것 같습니다. 한마디로 존경할 수밖에 없는 분입니다.

•위례점 원장 이미림

34 시간이 갈수록 빠져드는 매력의 소유자 김현숙 대표님. 요즘
코로나 사태로 한 달에 한 번 이상 있는 교육이 계속 취소되는데, 문득 문득 김현숙 대표님이 보고 싶다는 생각을 하면서 혼자 미소를 짓습니다.

40대의 늦깎이로 2009년 약손명가에 처음 입문을 해서 김현숙 대표님의 수업을 듣던 첫 날, 나는 많이 화가 났었습니다. 한 시간 이상이니 많은 원장들이 대표님으로부터 질타를 받고 있었기 때문입니다.

'요즘 어떤 세상인데, 대학 이상을 졸업한 많은 원장들을 이렇게 야단치지?'

그 후에도 대표님은 넘치는 카리스마로 나는 물론 모든 원장들이 두려워하는 존재였습니다.

약손명가의 수많은 원장들과 직원들은 왜 대표님을 두려워할까요? 본인들이 많이 부족하다는 것을 알고 있기 때문이라는 것을 나중에야 알았습니다.

대표님은 끊임없이 자신의 노하우를 알려 주십니다. 열정과 사랑으로 지치지 않고 끊임없이요. 어쩌다 다 못 따라오는 원장을 보며 안타까움에 눈물을 글썽이기도 하시고, 일대일 면담 때는 잠깐 생각에 잠기다 또 눈물을 글썽이기도 하십니다.

수많은 직원들 사이에서 관리사로 근무할 때의 일입니다. 아직까지도 긍정적이지 못해서 퇴사를 생각하고 있을 때, 직접 전화해서 그러면 미안하다고 오히려 나에게 사과를 하셨던 일이 있었습니다. 그 사과 한 마디에 다시 마음을 고쳐먹고 지금의 나를 있게 하신 김현숙 대표님, 제가 어찌 대표님을 사랑하지 않을 수 있을까요. · 인천점 원장 **허은진**

35 　김현숙 대표님은 약손명가를 위해, 그리고 직원들을 위해 회사를 운영하며 헌신적인 분입니다. 또한 이성적이고, 과거, 현재, 미래를 어느 하나에 치우치지 않고 유동적으로 생각하며 움직일 수 있는 분입니다.

기억력이 매우 좋지만 더 좋아질 수 있도록 트레이닝을 통해 계속해서 발전시킵니다. 기억력이 좋아 항상 모든 일을 일관성 있게 하십니다. 그리고 긍정적으로 배울 수 있는 부분은 먼저 배우고, 모든 직원들에게도 좋은 것을 항상 나누려고 하십니다.

일반적인 회사에서 대표님을 자주 뵙기가 어렵지만, 약손명가 만큼은 다른 회사와 다르게 대표님께서 직접 교육을 해주시고, 저희의 이야기도 귀 기울여주십니다.

앞으로 약손명가에 있는 만큼 대표님께 배울 수 있는 모든 것을 배우고, 약손명가의 앞날에 한 획을 그을 수 있도록 최선을 다해 일하겠습니다. 감사합니다. • 일산점 원장 **박민혜**

36 약손명가에서 김현숙 대표님을 만나고부터 '내가 참 많이 변했구나.' 하고 새삼 느낄 때가 굉장히 많습니다. 항상 남 탓을 하고, 모든 것이 당연하다고 생각했던 저를 감사하는 마음과 긍정이란 것을 항상 머릿속에 생각하고, 실천하는 사람이 되게 해 주셨습니다.

대표님을 보면 매번 놀랍고, 항상 존경스럽습니다. 약손명가 지점이 많이 늘어나도 수많은 교육을 직접 해주시십니다. 고객이 더 아름다워질 수 있도록 새로 연구하신 모든 노하우를 아낌없이 나누어 주십니다. 끊임없는 자기계발을 통해 좋은 말씀 뿐 아니라, 좋은 강의와 책을 추천해주시어 더 지적이고 품위 있는 원장이 될 수 있도록 도와주십니다.

대표님의 모든 가르침 잘 배우고, 기억해 더 자신감을 키워 후배들에게도 잘 베푸는 원장이 되도록 애쓰겠습니다. 고맙습니다.

• 잠실역점 원장 **황지미**

37 저에게 김현숙 대표님은 교본과 같은 사람입니다.

입사부터 원장의 자리까지 7년 동안 약손명가에 있으면서 대표님께서는 기본원칙을 잘 지켜 원장들이 실패하지 않게 일러주십니다.

특히, 저는 입사 후 원장이 되기까지 아주 빠르게 승진을 하였는데, 그 과정에서 대표님께서는 토·일요일 교육을 통해 어떻게 하면 실패하지 않고 샵을 이끌어 갈 수 있는지를 정말 차근차근 알려주셨습니다.

이전에 다른 회사에 다녀보았지만 회사의 오너가 이렇게 가르쳐주는 일이 없었고, 더군다나 정말 작은 것 하나 놓치지 않고 알려주는 것을 처음 보았습니다.

그래서 대표님은 없어서는 안 되는 존재라는 생각이 들었습니다. 그리고 방송에서 미용업의 이미지와 더불어 약손명가에 대한 언론의 잘못된 보도가 있었을 때, 고객대응, 샵의 운영법, 그리고 직원들을 관리하는 법, 까지 상세하게 알려주시어 큰 탈 없이 지나갈 수 있었습니다. 이 과정에서 언론과 방송에 대해서도 어떻게 대처해야 하는지 상세하게 일러주셔서 두려움을 뒤로 하고 일에 매진할 수 있었습니다.

그리고 현재 코로나로 어려울 때임에도 불구하고, 큰 시련이나 흔들림이 없이 보낼 수 있습니다. 대표님께서 코로나 상황에서 방역, 체온측정, 고객서비스 등 사소한 것 하나 잊어버릴 수 있는 모든 것에 대해 세심하게 알려주셨기 때문입니다. 불안함이 없지 않지만 교본을 두고 일을 하는 것과 지침이나 가이드라인 없이 일하는 것에는 크게 차이가 있고 그 결과 또한 다릅니다. 그래서 저는 대표님을 교본과 같은 사람이라 생각합니다. ◦창원 메트로시티점 원장 **전보건**

38 내가 아는 김현숙 대표님은,
    '일관성' 하면 제일 먼저 떠오르는 분,
약손명가를 위해 끊임없이 노력하시는 분,

목표와 계획을 세울 수 있게 만들어주시는 분,

목표와 계획을 이룰 수 있게 만들어주시는 분,

모든 노하우를 아낌없이 교육해 주시는 분,

그 노하우를 내 것으로 만들 수 있게 만들어 주시는 분,

매우 이성적이고 정확하며 정직하신 분,

제가 흔들릴 때마다 잡아주시며 이유를 정확히 설명해 주시는 분입니다. 늘 존경하고 감사합니다. 대표님. 앞으로 대표님을 더 본받아 일관성 있고 계획성 있는 좋은 원장이 되겠습니다. ● 천호점 **이현희**

39 김현숙대표님은 모든 일에 계획적으로 철저하게 움직이는 것 같습니다. 일을 할 때 그 일에 대해 먼저 계획을 세운 다음, 왜 계획에 따라야 하는지 이유를 말씀해 주십니다. 그리고 직원들을 잘 성장할 수 있게 도움을 주는 분입니다.

모든 직원들이 진급했을 때 잘 적응하고 더 잘할 수 있도록, 직급별로 교육할 수 있게 만든 점, 특히 원장들을 교육하실 때 대표님이 처음부터 끝까지 직접 해주시는 것은 정말 대단하다고 생각합니다. 이렇게 대표님은 회사를 위해 직원들을 위해 쉬지 않고 열심히 끈임없이 생각하고 움직이시는 열정적인 분입니다. ● 청담골드스타점 **남궁지연**

40 저는 29살에 대표님이 운영하시던 피부샵에 관리사로 입사하여, 현재 약손명가 청담점 원장으로 16년 동안 김현숙 대표님을 뵙고 있습니다.

제가 알고 느끼는 김현숙 대표님은 고객을 생각하는 마음, 직원들을 생

각하는 마음, 긍정적인 에너지와 선한 마음, 지치지 않는 열정을 갖고 계신 정말 보기 드문 분입니다. 이런 분을 일생에 만난 저는 큰 행운이라고 생각합니다.

오랜 세월 동안 한결같이 고객님들에게 효과를 드리기 위해서 끊임없이 연구하여 피부관리 테크닉을 만드시고, 좋은 제품을 계속 연구해서 출시해 주십니다.

원장들에게 같은 교육을 매번 반복하시면서도 항상 처음 교육처럼 열정과 성의를 다하여 100% 가르쳐 주시고 ,인생을 살아가는 지혜도 알려 주셔서 여러 원장과 저는 그동안 대표님의 도움을 많이 받고 오래 샵 경영을 유지할 수 있었습니다.

한결같은 교육과 가르침을 주시는 모습과 지치지 않는 열정에 매번 감동하면서 존경스러운 마음입니다. 항상 남에게 도움을 주는 사람이 되어야 하고, 남들이 하기 싫어하는 일을 기꺼이 해야 한다는 등 주옥같은 가르침을 주시는 김현숙 대표님. 한마디로 표현하자면 '등대' 같은 분, 우리가 나아가야할 방향을 알려 주시는 목적의식을 늘 심어 주시는 분입니다. • 청담점 **권회연**

41 제가 생각하는 대표님은 직원을 끔찍이 아끼시는 분입니다.
일을 하다보면 고객님들이, 약손명가는 직원들이 어리지만 실력은 정말 좋다는 칭찬을 자주 합니다.

그럴 때마다 "저희 약손명가는 원장부터 관리사까지 모든 직원들이 최소 한 달에 1번 이상 본사 아카데미에서 교육을 받고 있습니다."라고 말씀을 드립니다. 그러면 체계적인 교육 시스템에 한번 놀라시고, 매 교육마다 사부님과 대표님께서 직접 교육 해주신다고 하면 한 번 더 크게 놀라곤 합니다. 이렇게 회사가 발전하고 저희 직원들이 성장할 수 있도록 항상 교육해 주시는 대표님, 감사합니다.

그리고 분기마다 하는 직원 설문조사를 통해 모든 직원들이 만족하고 좋은 환경에서 일할 수 있도록 복지에 세심하게 신경 써 주셔서 감사합니다. 항상 직원들 입장에서 생각해주시고, 면담을 통해서 목표와 목적을 가지고 보람찬 회사생활을 할 수 있도록 도움을 주셔서 감사합니다.

김현숙 대표님은 직원들 건강을 위해서 천 명이 넘는 직원들에게 수시로 건강즙을 선물하시는 등 직원들을 끔찍이 아끼시는 분이십니다. 약손명가에서 일하는 것이 정말 뿌듯하고, 대표님의 가르침 덕분에 어린 나이에 빨리 성공할 수 있었습니다.

항상 존경하고 감사합니다, 대표님. • 청주점 원장 **전정수**

42 내가 생각하는 대표님은, 책임감이 남달리 강하신 분입니다.
토요상담교육이 있는 날이었습니다. 일정은 토요일 오후 7시부터 11시까지였는데, 포항에서 서울까지 가는 기차표가 없어, 우여곡절 끝에 아카데미에 도착하니 오후 10시였습니다. 나와 제주 원장님만이 늦게 도착하여 앞에 진행되었던 3시간가량의 교육을 듣지 못한 것입니다. 결국 11시에 모든 교육이 끝났는데, 대표님이 나와 제주원장님만 따로 불러 다시 처음부터 못들은 교육을 해주시는 것이었습니다. 그렇게 교육을 다 듣고 새벽에 다시 포항으로 내려가면서 대표님을 생각하니 감동이 몰려왔습니다. 정말 원장님들 한 분 한 분까지도 배려하시면서 책임을 다하시는구나 하는 생각이 들어서 고마움을 감출 수 없었습니다. 같은 내용을 반복해서 교육하는 것이 쉽지 않을뿐더러, 늦게 온 것이 내 탓 인데도 불구하고, 탓하지 않고 상황을 이해하며 다시 교육을 해주시니 너무나 감사한 마음이 들었습니다. 바쁘실 텐데도 토요일에 온 원장님들 모두에게 더 알려주기 위해서 직접 교육하시고, 늦게 온 사람까지도 이끌어주는 책임감을 가지신 대표님을 보며 더 존경하게 되었습니다. • 포항점 원장 **김지혜**

43 김현숙 대표님은 정말 존경할 수밖에 없는 분입니다. 제가 김현숙 대표님을 존경하는 이유는, 항상 변함없는 일관성 있게, 진심으로 약손명가의 모든 가족들이 성공하기를 바란다는 마음을 가지고 계시기 때문입니다.

저는 16년의 세월을 대표님과 함께 하였습니다. 그동안, 대표님으로부터 부모는 자식을 위해 희생을 해야 한다는 것, 배려하는 마음과 감사하는 마음, 하심하는 마음, 초심을 잃지 않는 마음 그리고 나아가 대심하는 마음까지 일관성 있게 가르침을 받았습니다.

대표님의 기꺼이 하는 모습과 애사심을 본받아 저 또한 그대로 후배들에게 도움이 될 수 있는 원장 선배가 될 수 있도록 노력하겠습니다. 다시 한 번 머리 숙여 김현숙 대표님께 감사하고 존경하며 사랑합니다.

• 해운대점 원장 **박세연**

44 제가 생각하는 김현숙 대표님은,
가지고 있는 노하우를 100% 전수해 주십니다.
먼저 성공한 사람으로서, 저희들도 성공할 수 있도록 지도해 주십니다.

아낌없는 가르침과 교육을 해주십니다.

기억력이 좋으십니다.

세심한 부분까지 하나하나 자세하게 알려주십니다.

항상 샵과 저희들에게 도움을 주기 위해 진심으로 조언을 해주십니다.

책임감이 있습니다.

회사의 변화를 위해 기꺼이 희생하시고 노력하십니다.

약속을 꼭 지키십니다.

직원들이 즐겁고 편하게 일할 수 있도록 노력하십니다.

꿈을 펼칠 수 있는 기회를 주십니다.

배움의 기회를 주십니다. • 화명동점 원장 **박준희**

45 　김현숙 대표님을 생각하노라면, 바로 카리스마, 정, 지혜로움, 부지런함, 성실, 진실 등의 단어들이 떠오릅니다. 겉모습은 카리스마가 넘치지만 내면은 따뜻하고 정이 많으신 분입니다.

교육이나 행사 때에는 똑 부러지는 말투로 모든 사람들을 집중시키고 압도하는 카리스마를 풍기시지만, 평소에 대표님은 마음이 여리고 정이 많으신 것 같습니다.

예전에 제가 몸이 너무 안 좋았을 때, 다른 원장을 통해 소식을 들으시고는 괜찮으냐고 연락을 해주셨으며, 봄에 좋다는 홍삼즙, 장어즙까지 직접 보내주셨습니다. 그때 저는 많은 직원들을 이끌어 가시는 회사의 대표님이 일일이 모든 사람을 챙겨주신다는 점에 너무 놀랐고 큰 감동을 받았습니다.

그 후에도 교육장에서 마주치면 제 건강에 대해 염려해 주셨던 대표님,

그래서 저는 대표님이 무서운 존재가 아니라, 멋있고 정이 많으신 분이라는 것을 알았습니다.

어느 회사의 대표가 많은 원장들뿐만 아니라 천 명이 넘는 직원들까지 하나하나 신경써주시면서 일대 일 면담을 해 주실까요? 정말 대단한 분이 아닐 수 없습니다.

회사를 먼저 생각하시면서 힘겹게 얻으신 노하우를 아낌없이 모두 다 알려주시는 마음에 늘 본받을 점이 많으신 분이라고 생각하고 있습니다.

무슨 일이 생길 때마다 연락을 드리면 바로바로 해결책을 주시는 든든한 대표님이 계시기에, 선택의 갈림길에서 헷갈리지 않고 항상 지름길로 전진할 수 있었습니다. 실패는 성공의 어머니라고들 하지만, 정말 좋은 스승을 만나면 실패 없이 성공할 수 있다는 걸 대표님을 만남으로써 실감했습니다.

멋있는 대표님, 유머러스한 대표님, 다정하신 대표님, 회사를 위해 정말 힘써주시는 대표님. 대표님을 알게 된 것은 제 인생에서 크나큰 행운입니다. 대표님만큼 완벽하지 않아 많이 답답하시겠지만, 그래도 지금처럼 저희를 쭉 이끌어주시고 대표님처럼 성공한 사람이 될 수 있도록 가르쳐주시기 바랍니다. 고맙습니다. · 달리아스파 건대점 원장 **최선아**

46 내가 아는 김현숙 대표님은.

옳으면 옳고, 아니면 아닌 것을 정확하게 말해주시는 분.

어떠한 문제가 생겼을 때, 정확한 대답이 듣고 싶을 때 생각나는 분.

감정에 치우치지 않고 이성적인 생각으로 긍정적인 결과를 찾아주시는 분.

(사람을) 포기하지 않고 기다려주는 분.

성장할 때까지, 성공할 때까지 기다려주시는 분.

우리가 마음을 다잡을 때까지 기다려주시며, 흔들리고 지쳐 있을 때에도 포기하지 않고 기다려주는 것을 알기에 그 감사함에 더 잘하고 싶고, 더 성장하고 싶도록 해 주시는 분.

배울 점이 많기에 따르게 되는 분.

상사에게 배울게 없다면 존경의 마음이 안 드는 법입니다. 업무에 의문이 생기거나, 궁금함이 생겼을 때 해결해 주지 못하는 상사에게선 배울 것이 없다고 느껴집니다. 하지만 내가 아는 김현숙 대표님은, 걸어 다니는 백과사전 같습니다. 그렇기 때문에 언제나 믿고 따르게 됩니다.

• 달리아스파 목동점 원장 **조미나**

47 제가 아는 대표님은 아낌없이 나눠주시는 분입니다. 고객에게는 좋은 효과와 서비스를, 직원에게는 좋은 복지와 신뢰를, 원장에게는 노하우와 혜택을 아낌없이 나누어 주십니다.

또한 대표님의 강점을 아낌없이 전수하여 다른 사람도 잘 할 수 있도록 도와주십니다. 정확한 수치로 계획을 세워주셔서 좋은 결과를 직접 느끼게 해주시고, 저희가 계획을 잘 세워서 좋은 결과를 나을 수 있도록 알려주십니다.

피부전문가로서 사명감을 가질 수 있도록 '고객중심 직원사랑' 이라는 마음을 널리 나누어 주셔서, 좋은 환경에서 덕을 쌓으며 일할 수 있음에 감사합니다. • 달리아스파 잠실역점 원장 **김다슬**

48

제가 생각하는 김현숙 대표님은, 회사 직원을 가족처럼 돌보아 주시고, 신뢰를 지켜주시는 분입니다. 제가 김현숙 대표님을 처음 접한 것은 여리한 다이어트 신림점 조미이 원장을 통해서였습니다. 조미이 원장은 제 언니입니다. 저희 자매가 약손명가라는 회사에 느끼는 고마움과 신뢰는, 회사와 직원 간의 관계 이상이라고 생각합니다. 제가 약손명가에서 일을 시작하기 전부터 회사와 대표님께 감사함을 느끼게 된 일이 있었습니다. 약 8년 전, 언니가 중국지점에 있을 때 아버지가 갑작스럽게 돌아가셨습니다. 당시 언니와 저는 어린 나이였기 때문에 모든 것이 당황스럽기만 했습니다. 언니가 중국에서 돌아오기를 기다리는 상황마저 힘들었습니다. 그때 언니가 오지 못하는 상황을 알고 도와주신 분들이 바로 약손명가와 대표님이었습니다.

정말 고마웠습니다. 사회생활이 오래되지 않아 경제적, 사회적으로 준비가 되지 않았던 저희 자매가 힘든 상황을 잘 이겨낼 수 있도록 도와주셨기 때문입니다. 장례식장에 많은 약손명가 임직원분들이 자리를 채워주셨기에 장례절차도 잘 마무리할 수 있었습니다. 이 글이 전달된다면, 다시 한 번 감사함을 표현하고 싶습니다. 정말 고맙습니다.

이런 경험이 있었기에 약손명가라는 회사에 대한 제 이미지는 '고마움'입니다. 그리고 그런 회사를 이끌어 가면서 직원을 돌보아 주는 분이자 회사에 대한 믿음을 신뢰로 지켜주는 분인 김현숙 대표님은 고마운 귀인입니다. 도움을 받았던 저희 자매가 이제 약손명가라는 회사에서 여리한 다이어트 신림점과 여리한 다이어트 대구역점 두 지점의 원장으로 일하고 있습니다. 저희가 힘들 때 돌보아 준 회사와 대표님을 떠올리며, 저도 제 자리에서 직원과 회사 그리고 더 나아가 고객님께도 신뢰를 지키는 원장이 되려고 합니다. 앞으로도 대표님께 많은 것을 배우고 실천하고 싶습니다. 항상 고맙습니다. • 여리한 다이어트 대구역점 원장 **조미정**

49 제가 생각하는 김현숙 대표님은, 멋있고 존경스런 분입니다. 대표님은 모든 일에서 완벽한 건 없으며 완벽한 사람도 없다고 하셨습니다. 100퍼센트가 완벽은 아니라고 하시지만, 본인은 무슨 일이든 100퍼센트가 안 되어도 될 때까지 하고, 기어이 100퍼센트가 되게 하시는 분입니다.

또 사람을 잘 파악하십니다. 좋은 것은 꼭 다 같이 공유하고 할 수 있도록 해주시며, 항상 베푸십니다. 공과 사에서 일관성이 있으며, 감사함을 늘 잊지 않으시고 행동으로 보답하십니다. 이는 대표님과 사부님과의 관계나 이때까지의 경험으로만 보아도 느껴집니다.

뿌린 대로 거두는 것을 강조하시고, 그걸 아시기에 많이 뿌리십니다(교육, 면담, 직원취업, 약손명가를 알리기 위해 직접 대학교가서 강의 등).

이외에도 늘 솔선수범하시는 점, 늘 옳은 말만 하시는 점, 공정하신 점, 올바른 판단과 올바른 선택을 잘 하시는 점(본능이나 감각적으로도 잘 아시는 것 같다), 항상 마음으로도 아껴주시는 점, 기억력이 좋으신 점, 계산을 잘하시는 점, 책임감이 매우 강하신 점, 모든 일을 자신의 일처럼 발 벗고 나서는 점, 상대의 좋은 장점들을 기억하고 응용하거나 공유하시는 점, 남들이 하기 싫어하는 걸 더 하시는 점, 모든 일을 기꺼이 하시는 점, 상대방이 노력한 것을 일아주시고, 나에게 좋은 결과가 나왔을 뿐인데 오히려 대표님이 그에 따른 더 큰 보상을 해주시는 점, 아낌없이 무엇이든 나눠주시려고 하시는 점, 현실적인 동시에 미래지향적이신 점,

미래를 위해 끊임없이 변화하려고 노력하시는 점, 테크닉을 잘 만드시는 점, 정확한 걸 좋아하시고 매사에 정확하게 하시는 점, 약손명가 회사를 굉장히 사랑하시는 점, 어떻게 하면 더 좋을까에 대해 끊임없이 생각하시고 그 결과를 제시해주시는 점, 늘 옳은 방향으로 이끌어주시는 점, 어른(사부님) 말씀을 잘 들으시는 점, '고객이 왕'이라는 마인드로 회사를 운영하시고 실제로도 그렇게 고객을 대하시는 점(왕컴플레인이 걸리면 그 지점에 직접 관리를 하러 가실 정도임), 의리가 대단하신 점, 의지와 정신력도 강하신 점, 한번 목표로 잡은 것은 꼭 이루시는 점 등등 끝이 없을 정도입니다. ◦여리한 다이어트 부산 서면점 원장 **박이랑**

50　저의 20대는 후회보다 행복했던 기억들이 가득합니다. 제가 김현숙 대표님을 존경하고 신뢰하는 수많은 이유가 있지만, 그 중 초기의 일화 한 가지를 소개하려 합니다. 24살에 중국지점에서 일하던 중 아버지가 돌아가셨다는 비보를 들었습니다. 너무 막막했던 순간에 김현숙 대표님께서 직접 전화를 주셨습니다. 비행기 표를 최대한 빨리 구하고 있다는 말씀과 장례식장에 도와줄 사람을 보내주겠다는 말씀을 해 주셨습니다. 당시에는 혼란스러워서 감사함의 표현을 제대로 하지 못했지만, 너무나 감사하고 감동적인 일이었습니다.

한 회사의 대표님이 직원에게 직접 전화를 해서 이렇게까지 챙겨주기란 정말 쉽지 않고 또 당연한 것도 아닙니다. 또 그런 도움을 받고 한국에 도착해서 장례식장으로 왔을 때 사부님, 대표님, 이사님 그리고 전 지점의 원장님들이 장례식장에 저보다 먼저 도착해서 자리를 채워주셨지요. 정말 그때의 기억은 약 8년이 지난 지금도 잊혀지지 않습니다.

그래서인지 힘든 순간이 오더라도 그때의 감사함을 기억하며 다짐하고 다짐한 결과, 여리한 다이어트 신림점 원장 조미이가 될 수 있었습니다. 20대에 제가 투자한 시간과 노력이 헛되지 않고 몇 배의 값어치가 되어 돌아오는 방법을 교육해주시는 분이 김현숙 대표님입니다. 좋은 결과가 나타날 수 있도록 미리 준비하는 방법과 지레짐작하지 않는 방법, 걱정을 덜어내는 방법 등을 알려주시고 행동할 수 있도록 해주셨기에 30대인 지금 값진 삶을 살아가고 있습니다.

저와 함께 일하는 우리 직원들도 본인들의 인생에서 가장 빛날 20대를 '약손명가'라는 회사에 자신 있게 투자해서 멋지고 행복한 30대가 될 수 있도록 도와주고 싶은 마음입니다.

아무것도 모르고 도전했던 저를 멋지고 행복한 삶으로 살아갈 수 있도록 도와주신 김현숙 대표님 정말 고맙습니다. 그리고 존경하고 사랑합니다. • 여리한 다이어트 신림점 **조미이**

첫째 장

아련한
유년시절의 기억

가난한 사람이
다 불행한 것은 아니다

나의 어린 시절 이야기를 듣는 사람들은 꼭 한 번은 놀란다. '어떻게 어제 일처럼 생생하게 이야기할 수 있느냐?' 면서. 나는 유난히 기억력이 좋다. 6살 때 이후로는 사소한 것까지 세밀하게 기억하고, 눈앞에 그림을 그리듯 이야기할 수 있다.

하지만 기억력 좋은 것이 살면서 항상 도움이 되는 것은 아니다. 모든 이들이 기쁘고, 행복한 일을 겪으며 살지는 않기 때문이다. 가끔은 잊고 싶은 기억이 있어도, 이 정확한 기억력은 아무 때나 불쑥불쑥 튀어나와 나를 괴롭힌다. 하지만 이런 재능은 살면서 도움이 될 때가 훨씬 많다. 그동안 나에게 도움을 주시고 늘 격려하며 응원해주셨던 고마운 분들은 절대 잊어서는 안 되기 때문이다.

이런 행복한 단상들을 머릿속, 아니 가슴 속 어딘가에 꼭꼭 담아 두었다가 심신이 지치고 고단할 때 언제고 꺼내어보면 세상을 다 얻은 듯 행복해지곤 한다. 꼭 주머니에 동전을 가득 채우고 자판기 앞에 서있는 마음과 같다. 달콤한 맛으로 먹을지, 행복한 맛으로 먹을지는 내가 고르기만 하면 된다.

나는 왕십리의 작은 산부인과에서 태어났다. 그 시절에 산부인과에서 태어났다고 하면 제법 구색을 갖추고 산 줄 알지만, 우리 집의 형편은 그리 넉넉하지 않았다. 어머니가 나를 가지셨을 때, 우리는 왕십리 근방에서 셋방살이를 하고 있었다. 마침 어머니와 같은 시기에 주인댁 며느리도 배가 불러 왔다. 처지가 딱해 보였는지, 어머니를 많이 예뻐했는지는 알 리 없지만, 주인 할머니는 어머니께 돈을 건네며 아이가 언제 나올지 병원에 한번 가보라 하셨다. 그 돈을 받아 한걸음에 산부인과로 달려갔는데, 곧 아이가 나오겠다며 어머니를 침대에 눕히시더란다. 그리고 얼마의 진통 후 내가 태어났다.

어머니는 생전에 내 배꼽을 볼 때마다 맘씨 좋은 주인 할머니 덕분에 예쁜 배꼽을 갖게 됐다며 웃곤 하셨다. 아마도 풍족하지 못한 집안 살림으로 딸을 더욱 살뜰히 챙겨주지 못한 마음에 속으로는 울고 계셨으리라.

6살, 우리는 중화동의 중랑천 둑에 있는 집에 살았다. 허름했지만 나름 방도 몇 개있어 세를 놓기도 했다. 셋방살이를 하다 세를 주는 '집주인'의 입장이 된 것이었다. 괄목할만한 변화였다. 모두들 어려운 시절이었지만, 나누는 것을 습관화하신 어머니 덕에, 주인이고 세입자고 늘 화목했고 웃음이 넘쳤다. 심지어는 뒷마당에 마루를 만들어 동네 거지들이 저녁에 와서 잠을 자게 했는데, 출신도 사정도 다들 달랐지만 한 지붕 밑에서 가족처럼 의지하고 살았다.

가진 것에 만족하고 감사할 줄 아는 삶이었다. 지금도 그 시절, 집주인과 세입자로 만난 연을 이어 가끔 소식을 주고받는다. 이제는 나도 장성했고 살림이 펴서 부담 없이 세상 살아가는 이야기를 두런두런 주고받곤 하는데, 그럴 때마다 문득 아련한 추억이 그리워지곤 한다.

그렇게 살림이 조금 나아질 무렵, 어머니가 위암에 걸렸다는 소식을 전해 들었다. 하지만 나는 위암이 그리 무서운 병인 줄 모르고 감기처럼 앓고 지나가는 줄 알았다.

시간이 흘러 초등학교에 입학할 시기가 찾아왔다. 집안은 여전히 어려웠지만 어머니는 주저 없이 학교에 보내주셨다. 자신의 배움이 모자랐기 때문에 학업에 대해서는 유난히도 민감하게 집착하셨다. 즐길 거리가 없었던 그 당시, 오빠의 만화책은 반복되는 일상의 무료함을 달래줄 아주 좋은 친구였다. 자연히 누구의 도움 없이 한글을 깨우치게 되었다. 학교에 입학해서도 글을 읽는 아이는 나 하나뿐이었다. 방과 후에는 글을 못 읽는 아이들을 교실에 남겨 두고 한글을 가르쳐 주곤 했다. 누가 시킨 것도 아니었다. 다들 '오지랖 참 넓다.' 했겠지만, 내가 가진 지식을 나누고 함께 성장하는 기쁨이 얼마나 큰 것인지 그때 처음 알게 되었다.

학교를 마치고 집에 돌아오면 제일 먼저 숙제를 했다. 그맘때의 아이들이 대부분 그러하듯, 수업을 마치면 삼삼오오 모여 딱지도 치고 고무줄도 넘고 했지만, 나의 발길은 항상 집으로 향했다. 학교를 다니는 것 외에 나의 일상은 변화가 없었다.
집에 도착하면 먼저 가방을 풀고 숙제를 했다. 마치고 나면 여느 때처럼 집안일을 시작했다. 가사에 조금이라도 보탬이 되었으면 하는 마음에 어머니께서는 봉투나 가전제품 부속 등 일감을 집으로 가져오셨는데, 그 시간이 나에게는 엄마와 단둘이 마주하며 이야기를 나눌 수 있는 시간이었다.

오로지 나만을 위한 어머니였다. 다복한 집안이 대개 그렇듯 어머니를 독차지하기란 여간 어려운 일이 아니다. 손을 움직이는 속도만큼 내 입도 쉴 새가 없었다. 선생님이 하신 재미있는 이야기나 짝꿍의 이야기, 방과 후 아이들에게 글을 가르친 이야기를 무용담처럼 쏟아내기 바빴다.

가끔은 작업의 양이 넘쳐 저녁이 되어도 끝나지 않을 때가 있었다. 그런 날은 피곤해서 잠드신 어머니를 대신해 밤을 새서라도 작업을 마치고 잠이 들었다. 한번 시작하면 끝을 보는 성격이라 사서 고생도 많이 했다. 지금도 이렇게 어머니를 꼭 닮은 내 자신을 발견할 때마다 어머니가 곁에 계신 것 같아, 그리고 보이지 않는 끈으로 연결된 것 같아 행복하고 또 감사하다.

어려서부터 부모님이나 어른 말에 순종하는 편이어서 크게 혼이 나거나 꾸지람을 받은 적은 없지만, 학교에서는 상황이 조금 달랐다. 집안 형편 때문에 등록금을 제때 내지 못했기 때문이다. 친구들 앞에서 망신당하는 것은 기본이고, 집으로 쫓겨 오기도 다반사였다. 하지만 가난해서 좋았던 것도 있었다. 먹을거리가 풍족하지 않던 성장기 어린이들을 위해 우유 급식이 활성화 되던 시기였는데, 보통의 아이들은 우유를 사서 먹는 반면, 난 무료 급식의 혜택을 받아 공짜로 우유를 먹을 수 있었다. 다른 아이들처럼 가난을 부끄러워했다면, 무료로 주는 우유조차 자존심 상해서 못마땅해 했겠지만 나는 조금 달랐다.

가난이라는 것이 다 나쁜 것은 아니라는 생각이 들었다. 누가 들으면 대단한 낙관주의자나 긍정론자처럼 보이겠지만, 내 처지를 비난해 세상을 비뚤게 볼만큼 나는 불행하다고 생각하지 않았다.

많이 가졌다고 다 행복한 게 아닌 것처럼, 없이 산다고 다 불행한 것은 아니라는 말이다.

초등학교를 졸업했지만 중학교에 진학할 수는 없었다. 슬펐지만 가족들에게 내색할 수 있을 만큼 대범하지 못했다. 아니, 속이 깊었다고나 해야 할까. 어쨌든 친구들이 등교하는 시간, 나는 어머니를 따라 인형 공장으로 향했다.

드르륵 드르륵– 잠깐도 조용할 틈이 없는 인형 공장. 쉴 새 없이 재봉틀이 돌아가고 사람들은 분주하게 움직였다. 인형 공장의 낯선 풍경에 주눅이 들었지만 잠깐이었다. 사장님과 어머니의 동료들이 자기 딸 보듯 예뻐해 주셨다. 어린 것이 고된 일을 하러 왔다고 조금이라도 더 챙겨주셨고, 그 덕에 야간 중학교에 진학할 수 있었다. 말 그대로 '주경야독'의 시기였다. 일과 공부를 병행하는 것이 물론 쉽지는 않았지만, 별 탈 없이 졸업을 하였고 비로소 동구여상 야간반에 진학하는 기쁨도 누렸다. 가난했지만 그래도 행복했다.

02
도둑질만 빼놓고
다 배워라

억척스러울 정도로 고단했던 나의 유년시절은 어찌 보면 우리 어머니의 가르침에서 시작된 것이다. 당시의 우리 어머니들이 그러하셨듯이 내 어머니 또한 어려운 환경에서 성장하여, 오로지 지극한 성실성과 근면성만을 밑천 삼아 열심히 사신 분이다. 배운 것도 변변찮고 주위 도움도 많이 받지 못하셨지만, 나에게는 둘도 없는 가장 든든한 후원자였다.

가난한 유년기를 보내셨던 어머니는 외할머니를 일찍 여의셨다. 그 후 외할아버지의 손에 이끌려 친척집에 맡겨졌는데, 외할아버지와도 연락이 끊어졌다고 한다. 친척집은 부자였지만, 더부살이 신세인 어머니는 공교육을 받지 못하셨다. 그러나 다행스럽게도 품행과 예절만은 엄격히 배우고 몸에 익히셨다. 때문에 항상 행동거지에 대한 당부를 잊지 않으셨다. '몸가짐이 바르고 고와야 마음 씀씀이도 예뻐지는 법'이라고 항상 말씀해 주셨다.

어머니의 말씀은 항상 옳았고 또한 바다처럼 깊었다. 무엇보다 내가 필요한 순간마다 값진 말씀을 툭툭 던져주시고 하늘이 준 선물처럼 차곡차곡 쟁여주셨다. 그 중에 가장 기억이 남는 말씀이 바로 '배움'에 대한 가르침이다.

"배울 수 있으면 다 배워라. 언젠가는 반드시 필요할 것이다. 도둑질만 빼놓고는 다 배워라. 배우는데 드는 비용이나 노력은 결코 헛되지 않을 것이다. 훗날 웃는 얼굴로 두 팔 벌리며 달려와 아쉬울 때 고마운 마중물이 되고, 답답할 때 단비가 되어줄 것이다."

난 어머니의 말씀을 늘 실천하며 살았다. 어머니와 함께 인형 공장에서 일하던 시절에는 인형 눈을 붙이는 작업 외에도 솜을 넣고 실이 보이지 않게 바느질을 하는 법, 포장이나 리본을 매는 것까지 보이는 대로 머리에 넣고 몸을 움직였다. 이렇게 작은 기술 또한 살아보니 다 쓸모가 있었다.

한번은 이런 일이 있었다. 방과 후 같은 반 친구가 운동장에 앉아 엉엉 울고 있었다. 어머니가 새로 사주신 점퍼가 찢어졌기 때문이었다. 인형 공장에서 어깨너머로 바느질을 배운 나에게는 별 대수롭지 않은 일이라, 친구의 어머니가 눈치 채지 못할 정도의 기술로 뚝딱 해결해 주었다. 친구는 내게 연신 고마워했고, 난 뭐든 배우는 것이 남들에게 기쁨이 될 수 있다는 사실을 마음속 깊이 깨달았다.

그 결과, 남들은 받는 대로만 고생하려는 분위기일지라도 나만은 배울 것은 다 배워야 한다는 일념으로 언제나 1인 다역을 소화해 낼 수 있었다. 덕분에 윗사람들에게 늘 인정을 받게 되었다. 희생을 무릅쓰고 매사에 열심히 임하는 편이라서 자연스레 눈에 들었던가 보다. 지나고 보면 좀 억울한 점도 많지만, 결국에는 내가 살아가는데 꼭 필요한 근성과 특질을 몸에 새기고 단련시켰으니 내가 가장 '남는 장사'를 한 셈이다.

어릴 적부터 몸에 배인 특질인 자립심과 독립심이 유감없이 발휘되어 몸은 좀 고되고 내 자신을 위한 시간은 부족했지만, 대신 건성으로 낭비한 시간이 없다. 열심히 노력하면 적은 돈을 벌 수 있지만, 큰돈은 반드시 운이 뒤따라야 한다고들 말한다. 하지만 오늘의 나를 만든 것은 처음부터 끝까지 모두 99% 순수한 노력과 열정, 성실과 근면이었다.

그리고 내게 누리고 즐기는 것에 대한 기쁨을 알려주셨던 아버지! 아버지를 떠올리면 짝꿍처럼 따라붙는 단상들이 있다. 영화, 리어카, 술. 아버지는 리어카에 물건을 싣고 다니면서 파는 장사꾼이었다. 좋아하는 음식은 먼 곳이라도 꼭 찾아가 드셨고, 3일에 한 번씩은 온 가족을 데리고 나가 영화를 보여주시기도 했다. 아버지와의 외출은 나에게 새로운 세상을 열어주었다. 때로는 살아가는 또 다른 방법을 배우기도 했다. 그 시대 대부분의 영상물이 그렇듯 인과응보, 권선징악, 사람은 착하게 살아야 하고 못된 일을 하면 반드시 그 대가를 치르게 되어 있다. 또 진실은 언젠가 드러나니 정직하게 살자 등. 이런 기억 때문인지 내 아들이 15살이 되기까지 일주일에 한번은 꼭 같이 영화를 보러 다녔다. 문화생활이 주는 행복을 아버지를 통해 깨달았기 때문이다.

하지만 아버지가 항상 멋지신 것만은 아니었다. 한 번 리어카를 끌고 나가 돈을 벌면, 그 돈이 다 떨어질 때까지 절대 리어카를 끌지 않으셨다. 아버지는 저축에 대한 개념이 부족했다. 가족을 위해 미래를 준비하는 법도 알지 못하셨다. 결국 평소에 좋아하시던 술 때문에 간경화라는 병을 얻었지만, 수술할 돈이 없어 55세의 젊은 나이에 세상을 떠나셨다. 하늘이 무너지고 세상이 끝났다는 표현으로도 부족한 큰 슬픔이었다. 살아갈 길이 막막했고 앞뒤, 좌우가 모두 꽉 막혀 희망이라고는 눈곱만큼도 찾아볼 수 없었다. 내 현실은 춥고 어둡고 쓸쓸하기만 했다.

나는 지금도 화장터 쪽을 마음 편히 바라보지 못한다. 아니, 화장터라는 말 자체만 들어도 금방 눈시울이 붉어진다. 생각만으로도 가슴이 먹먹해지고 목이 막혀 '꺽꺽' 소리만 낼 뿐, "아버지!" 하고 제대로 부를 수조차 없다. 자식 된 도리를 제대로 못한 가슴 아픈 지난 날 때문이다. 당시 내 작은 힘으로는 아버지께 납골당 빈자리, 볕 잘 드는 고즈넉한 자리 하나 제대로 찾아드릴 수 없었다.

그 또한 내 어머니 말씀 그대로 배움의 연장이다. 아버지에 대한 아픈 기억 자체도 내게는 성공의 금자탑을 향한 끊임없는 줄달음의 한 계단이고 한 길목이다. 제대로 못해드린 것이 뼈아프기에 더 열심히 살게 되었다. 그 아픈 후회가 깊디깊은 가시가 되어 오늘의 나를 다시 부추기고 일으켜 세우는 듬직한 팔이 되었다. 비록 가장 어려운 때라 아버지의 유골을 화장터 곁길에 흩뿌리고 말았지만,

어머니는 다행히도 내가 안정된 때에 돌아가심으로써, 당신의 품속 같은 그 널찍하고 깊은 지리산 가장 전망 좋은 산자락에 고이 모실 수 있었다. 불효를 조금이나마 던 셈이다. 하지만 이것만으로 무거운 내 마음을 덜어내지는 못한다. 나는 지금도 하늘에 감사드린다. 아버지와 어머니 두 분을 통해 건강이 중요하다는 것도 배울 수 있었고, 홀로 싸워 인생의 금자탑을 완성하는 비결도 터득했다. 요행을 바라지 않고 오로지 손바닥 위에 있는 것만으로 개미처럼, 꿀벌처럼 부지런히 굴면, 의식주 해결은 물론 가족

을 건사하는 위치까지도 무난하게 올라설 수 있다.

그래서 나는 지금도 한 삽씩, 한 삼태기씩, 흙을 퍼 나르며 큰 산을 통째로 옮기려는 우공이산(愚公移山)이라는 비유의 성어를 가장 좋아한다. 빗방울이 바위에 큰 구멍을 내듯이 끈기와 비지땀만이 가장 확실한 성공의 비결이고, 가장 믿음직스러운 배경이자 자산이다. 바로, 어머니가 주신 교훈이다. 그리고 이제는 감히 말씀드릴 수 있다.

"어머니, 고맙습니다. 아버지, 고맙습니다. 죄송한 일 너무 많지만, 고마움이 훨씬 더 크답니다. 서러웠던 기억이 너무 많지만 감사하는 마음이 훨씬 더 크답니다. 두 분은 보이지 않는 먼 곳에 계시지만, 두 분이 보여 주시고 가르쳐주신 모든 것은 제 가슴속에 하나 빠짐없이 차곡차곡 쌓여 있습니다."

할 말은 하고야 마는
당돌한 아이

직장생활을 하던 시절 나는 소위 '예스맨(Yes man)'이었다. 그 누가 일을 시켜도 "네, 알겠습니다."였다. 현대 사회에서 예스맨은 할 말 못하는 겁 많고 무능한 사람이지만, 나의 'Yes'는 조금 달랐다. 내 도움이 필요한 일이라면 무엇이든 거절하고 싶지 않았다. 힘든 상황을 도와줄 사람이 나라면, 그 상황에 생각나는 사람이 바로 나라면, 기꺼이 기쁜 마음으로 힘든 일을 덜어주고 싶었다. 간혹 개인적인 일을 부탁하는 사람도 있었지만 거절하지 못했다. 아니 거절하지 않았다. 그렇지만 딱 한번 거절한 적이 있었다. 그것도 상사의 부탁을 거절한 적이 있었다. 건설사에 다니던 시절의 어느 연말이었다. 그때 나는 출납을 담당하고 있었는데 평상시라면 4시에 출금을 마무리 하지만, 어딜 가나 그런 사람이 있듯 시간이 지나도 꼭 찾아오는 사람이 있었다. 나는 예스맨이었고, 번거롭지만 처리해주곤 했다.

하지만 연말에는 상황이 좀 달랐다. 연말정산이 있었기 때문이다. 이에 부서마다 일일이 전화를 걸어 4시 전에는 꼭 출금을 해가라고 신신당부를 했다. 하지만 그날도 어김없이 5시가 넘어 총무부에서 출금을 요청하는 것이 아닌가. 내가 출금을 거부하자 담당 직원이 윗선에 보고하는 바람에, 총무부 부장이 우리 부서의 대리에게 전화를 하는 지경까지 이르렀다. 하지만 나는 단호했다. 이번만은 못해주겠다고 했다. 사실 간단히 해줄 수도 있는 업무였지만, 내가 한 말에 책임을 지고 싶었다. 이 사건으로 회사에 소문이 퍼져, 해마다 연말이면 어느 부서든지 4시 이전에 출금하는 것이 정석이 되었다. 이렇게 대쪽 같은 내 성격의 시작은 좀 더 어린 시절로 거슬러 올라간다.

어렸을 적부터 가사와 공부, 공장 일에 마음 놓고 놀 시간이 없었던 나는, 고등학교에 들어와서는 특별히 친한 친구 3명을 제외하고 다른 아이들과 어울리지 않았다. 친구들이 나를 싫어하거나 따돌린 것은 아니지만, 그 또래 여고생들이 그렇듯 방과 후 맛있는 것을 먹으러 다닌다거나 수다를 떨거나, 재미있는 일을 찾아다닐 여유가 없었기 때문이다. 굴러가는 낙엽만 봐도 웃음이 나올 나이, 그렇게 꽃답고 여성으로서의 감수성이 한참 예민해질 나이에 나라고 왜 그런 것들이 부럽지 않았을까. 하지만 친구들을 따라나설 만큼 대담하지도 못했고 그래야 할 이유를 느끼지도 못했다.

그럼에도 불구하고 편하게 어울린 같은 반 친구는 몇 있었는데, 조숙했던 그 친구들은 이미 나이트클럽에도 드나들기도 하고 간혹 담배를 피기도 했다. 특히 욕을 섞어 쓰거나 비속어를 쓰는 친구들도 있었다. 하지만 그런 말을 가만히 듣고 있을 내가 아니었다. 나는 그런 현장을 목격할 때마다 '무서운 언니'로 변했다.
"왜 건강에도 좋지 않은 담배를 펴?" "왜 학생이 욕을 하니?"
주변의 친구들은 해코지를 당할 수도 있으니 조심하라고 했지만, 그 아이들 본래의 성품을 알고 있었기 때문에 금방 여느 평범한 여학생으로 돌아올 수 있을 거라고 믿었다. 그래서 나쁜 것을 보면 나쁘다고 나무랐으며, 좋은 것을 보면 좋다고 칭찬을 해주기도 했다. 그러다 보니 소위 불량학생이라는 아이들하고도 친하게 지내면서 마음을 나누게 되었다.

지금도 생각하면 마음이 훈훈해지는 일도 있었다. 고등학교 3학년 때였는데, 이때도 어머니는 공장을 다니셨고, 당연히 집안일을 돌볼 여유가 없으셨다. 가을소풍이 코앞으로 다가왔을 때였다. 김밥을 싸야 했지만 여유가 없었다. 친한 친구들에게 소풍 하루 전에 너희 중 한명만 김밥 2인분을 싸와 주면 어떻겠냐고 부탁을 했다. 그런 부탁을 하고도 혹시나 해서 동네 김밥집에서 도시락을 사 가지고 갔는데, 부탁했던 친구 모두가 내 몫을 챙겨 온 것이 아닌가. 김밥을 먹는 내내 마음이 벅차고 목이 멜 정도로 행복했었다. 나를 생각해준 친구들의 마음이 너무나 어여쁘고 사랑스러웠으며, 돕고 사는 것이 사람을 얼마나 기쁘게 하는 것임을 새삼 깨달았다. 그날 이후, 김밥 한 줄로 똘똘 뭉친 세 명의 친구를 위해, 급여를 받는 날이면 함께 모여 영화도 보여주고 식사를 함께 하기도 했다. 김밥 한 줄에 대한 보답으로 사주는 내가 오히려 더 행복했다. 여고시절, 그날의 김밥 한 줄은 내 인생에서 잊지 못할, 진수성찬 부럽지 않은 저녁식사였다.

04

비빌 언덕, 기댈 언덕

내가 본격적으로 산업전선에 뛰어들게 된 것은 여상(동구여상 야간부)에 입학한 후, 작은 사무실에서 근무할 때였다. 나의 보직은 급사였다. 급사란 복사나 잔심부름을 하는 사람이었는데, 누군가 일을 시키기 전까지는 일이 없어 남는 시간에 무조건 공부를 했다. 때문에 회사 내에서는 김현숙은 전교에서 1등을 한다는 웃지 못 할 소문이 퍼지기도 했지만, 사실 반에서 2등 한 것이 내 최고의 성적이었다.

이제 와서 생각해보니, 공부란 무조건 열심히 하기만 하면 되는 줄 알았던 것 같다. 읽고 또 읽고, 쓰고 또 쓰기만 했다. 요령을 알면 성적이 쑥쑥 올라갈 텐데, 그때만 해도 열심히 하기만 하면 다 되는 줄 알았다. 그래서 지금은 무슨 일을 시작할 때 목적을 먼저 생각하고, 거기에 맞는 정확하고 합리적인 방법을 찾는 것을 우선으로 한다. 생각해보니 조금은 창피했던 성적표 또한 지금의 나에게 이렇게 깊은 가르침을 주고 있으니, 세상의 어떤 경험도 약이 된다는 어머님 말씀이 진리인 것은 분명하다.

학교를 졸업한 후 제법 안정된 직장에 입사할 수 있었다. 상사들의 눈에 들었는지 외국공사부에서 경리부 자금과로 옮길 수 있었다. 지금 생각해보면, 특혜나 다름없는 인사발령이 아닐 수 없었다. 부서를 옮긴 후에는 점심도 거를 정도로 열심히 일했다.

사실, 일이 많아 밥을 못 먹기도 했지만, 본래 3명이 하던 업무였는데 어느 순간 혼자 일하게 되었다. 그런데 혼자서는 그렇게 하지 않고서는 도저히 할 수 있는 양이 아니었다. 그러다 보니 자연스레 다른 여직원들과는 어울리지 못했다. 하나 둘, 나에 대해 이상한 말을 하는 사람들도 생겼다. 여직원들의 특권과도 같은 수다 시간이나 티타임에도 보이지 않으니, 내가 몹시 이상해 보였던 것 같다. 하지만 그런 말에 일일이 신경 쓸 여유가 없었다. 그저 앞만 보고 열심히 달렸다. 그렇게 열심히 일을 했지만, 그 시절, 아니 지금도 마찬가지겠지만 결혼을 함과 동시에 직장을 그만두게 되었다. 지금 생각해보면 왜 그랬나 싶기도 하지만, 그때는 그것이 당연한 줄 알던 시대였다.

그때 내 나이 28세였다. 가장 꽃처럼 아름답던 시절, 지금의 남편을 만나 3년 2개월의 연애 끝에 결혼에 골인한 것이다. 물론 여느 부부들이 그러하듯 부부싸움도 하고 몇 번의 고비도 넘겼다. 초심이 흔들리고 사랑에 의심이 들 때마다 어머니의 말씀을 다시금 마음에 새겼다.

"싸워서 이기면 발을 오므리고 자고, 지면 편하게 펴고 잘 수 있다. 항상 지고 살아라."

그 말씀 덕분에 결혼 생활을 하면서 참 많이도 울었다. 20여 년을 다르게 살아온 남남이 같이 살게 되었으니, 사사건건 부딪히는 일투성이인데 매번 지고 살려니 울화가 치밀고 성질이 나 못살겠다는 생각을 한 적도 있었다. 하지만 어머니의 말씀은 항상 옳지 않으셨던가. 지금은 바라만 보아도 배시시 웃음이 입을 비집고 나올 정도로 행복하고 또 행복하다. 가정이라는 것이 이렇게 든든하고 따뜻한 것임을 새삼 느끼며, 중간에 포기하지 않도록 끊임없이 기도해주신 어머니의 마음이 감사하고 또 감사하다.
내 어머니가 그랬듯, 지금 내 눈에 넣어도 아프지 않을 귀한 자식이 있다. 뱃속에서 발을 움직이고, 엄마 손을 잡고 극장을 드나든 것이 엊그제 같은데, 벌써 서른 살이 넘어 어엿한 가장이 되었다.

"항상 아이를 위해서 기도해라. 엄마가 잘 되기를 바라는 마음을 놓지 않으면 아이는 절대로 나쁘게 자라지 않는다."

이것 또한 어머니의 말씀이다. 아침에 눈을 뜨고 밥을 먹을 때, 가방을 메고 집을 나설 때, 집에 돌아와 잠이 들 때까지. 나는 항상 아들이 잘 되기를 기도한다. 물론 원하는 만큼 공부를 하지 않아 쥐어박고 싶은 순간들은 몇 번 있었지만, 제법 늠름하고 착하게 자라주어 보는 것 만으로도 배부르다.

나는 지금도 내 아들에게 용돈만은 넉넉히 주고 있다. 어디에다 쓰든, 길게 보면 모두 유익하고 가치 있는 데에 쓸 거라고 믿기 때문이다. 돈을 써봐야 진정한 돈의 중요성을 안다. 그 소중함을 알게 되면, 나중에 스스로 벌어서 써야 할 때 보다 열심히 일할 수 있게 될 것이다.

왜 나라고 십대 아들 때문에 조마조마하지 않았겠는가? 하지만 나는 '부모가 놓지 않으면 결코 곁길로 새지 않는다.' 는 신념 하나로 믿고 눈감아주며 보살폈다. 마치 내 어머니가 그러했던 것처럼.

대학에서 화공학을 전공하고 지금은 자식이 둘이나 있지만, 내 눈에는 아직도 함께 극장에서 영화 보던 시절, 함께 책을 사들고 오던 작은 아이의 모습이 아른거린다. 아들 덕분에 든든하고 고마웠던 시간들이었으며, 돈이 없어도 참으로 행복했던 시절이었다. 남편과의 관계 못지않게 아들과의 관계 또한 나를 붙잡아주는 든든한 밧줄이고, 보이지 않게 나를 지탱해주는 든든한 버팀목이었다.

이제는 아들과 함께 미래를 설계하기도 한다. 아들의 눈부신 미래를 염원하며 도란도란 이야기를 주고받을 때면, 온 세상을 다 차지한 듯 가슴이 뿌듯하기만 하다. 팔불출이면 좀 어떤가? 남편 자랑, 자식자랑이 바로 가족 사랑이고, 가정의 행복이며 평화가 아닌가? 입이 열 개였더라도 나는 하루 종일 쉴 새 없이 남편과 자식자랑만 늘어놓았을 것이다.

어쨌거나, 나는 소박하지만 알짜 행복을 누리고 있다고 확신한다. 천하를 다 가질 수야 없겠지만, 마음만은 하늘 아래 태산과 하늘 위의 샛별을 다 소유한 것처럼 넉넉하다. 할 수만 있다면 달인들 못 따다 주고, 별인들 따지 못하겠는가?

1cm라도 더! 성장기 어린이의 발육을 돕는 약손 테크닉

보통 젖먹이 아기들을 눕혀놓고 일상적으로 하는 놀이가 바로 '쭉쭉이'입니다. '쭉쭉이'는 다리나 팔을 주무르며 아이의 성장점을 자극하여 아이의 발육을 돕는 방법입니다. 기왕이면 조금 더 효과를 기대할 수 있는 방법을 소개합니다. 우리의 뼈는 움직이는 방향으로 자라납니다. 야구선수의 팔이 길어지고, 농구선수의 키가 더 크는 것도 이와 같은 이치입니다. '쭉쭉이'를 할 때도 단순히 성장점을 주무르는 것이 아니라, 키가 자라야 할 방향으로 늘리는 느낌으로 자극을 주어야 합니다. 그리고 쭉쭉이는 허벅지는 만지지 말고 무릎과 종아리만 해주면 다리 모양이 더 예뻐집니다.

한 평짜리 백화점

결혼이라는 선택은, 나를 지금까지 살아온 길과는 전혀 다른 방향으로 나아가게 만들었다. 내가 가보지 못하고 생각해보지 않았던 길. 창업을 하기로 마음먹은 것이다. 나는 사업 아이디어를 찾기 위해 이대, 명동, 신촌 등 젊은 사람들이 모이는 곳을 찾기 시작했다.

세가 비싸서 장사 할 엄두도 내지 못할 때, 이대 앞에서 우연히 발견한 것이 있다. 그것은 바로 상가 안의 상가, 일명 '전전세' 라는 임대 방법이었다. '전전세' 는 상가 안에 작은 가게를 두어 장사를 하는 형태였다. 그리고 생각난 것이 나의 직장이었던 '유원건설' 지하상가의 장사가 안 되던 구두 가게였다. 나는 그 길로 바로 구두 가게를 임대했고, 그 작은 구두 가게에 나만의 첫 사업장을 열수 있었다.

종목은 평상시에 관심이 많았던 화장품으로 정했다. 어릴 적부터 오빠 덕분에 유난히 화장품에 관심이 많았고, 잘 팔 수 있다는 자신감이 있었기 때문이다. 얼마 안 되는 퇴직금이야 이미 집안 식구끼리 운영하는 자그마한 식당에 쏟아 부었고, 내가 가진 것은 달랑 500만 원뿐이었다. 사업을 시작하기에 턱 없이 부족한 돈이었지만 가게 문을 열었고, 가게 이름도 '화장품 미니 백화점' 이라 정했다. 한 평짜리 화장품 백화점인 것이다. 이 상호 덕분에 웃지 못 할 일들도 참 많았다.

"어머나 이렇게 작은데 무슨 백화점이에요? 상상 밖이네요. 대체, 무슨 배짱으로 그런 거창한 상호를 내건 거예요?"

하지만, 나는 '백화점' 이라는 말에 걸맞게 특별한 서비스를 준비해 놓고 있었다. 우선, '청결해야 복도 들어오고 돈도 벌린다.' 는 주위의 말씀 그대로, 비록 한 평짜리 더부살이였지만 먼지 하나 없이 반짝반짝 윤이 나게 관리했다. '그런 유난도 3개월을 넘기기는 힘들 것' 이라는 구두 가게 아저씨의 호언장담이 무색할 만큼 더 열심히 '청결 제일주의' 를 지켰다.
굳이 아저씨의 호언장담 때문이 아니라, 오기 때문이라도 중도에 흐지부지할 수 없었다. 얼마 지나지 않아 한 평짜리 공간이 반들반들해졌다. 하지만 게을러지거나 느슨해지지 않기 위해 스스로를 담금질하며 더 열심히 닦고 쓸었다. 뭐든 철저하고 완벽하게 해야 직성이 풀리는 편이라서, 신역은 좀 고되어도 결코 스스로 한 다짐을 소홀히 할 수 없었다.

어디 그 뿐인가? 그 당시로서는 그 분야의 선두주자답게 고객관리에 보다 만전을 기했다. 회원카드를 만들어 포인트 적립식으로 운영한 것이다. 그리고 단순히 화장품을 파는 일에서 끝나지 않고, 30분~한 시간이 걸리더라도 고객에게 각 제품의 특징과 사용법을 친절하게 가르쳐 주었다.
그 덕분에 한 평짜리 화장품 백화점이었지만, 서비스는 일류 백화점 수준이었으며 관리와 운영은 여느 대기업 이상이었다. 나중에는 두 살 아래 여동생을 끌어들여 동업 비슷하게 운영했지만, 워낙 작은 평수라서 둘이 나눠가질 것이 별로 없었다.

그래서 생각해낸 것이 피부관리 사업이었다. 화장품 코너보다는 수익성이 더 나을 것 같아서 여동생에게 화장품 코너를 무료로 넘겨주었고, 나 또한 한 평짜리 백화점에서 벗어나 좀 더 나은 돈 벌이를 해야 했기에. 자연히 내가 평소에 늘 관심을 가졌던 미용 쪽에 주목하게 되었다.

내가 미용에 관심을 가지게 된 것은, 나와 세 살 터울인 오빠의 말

한마디 때문이었다. 아버지가 일찍 돌아가셔서 가장 노릇을 한 든든한 오빠였지만, 가끔 뜬금없는 말로 내 속을 뒤집어 놓곤 했다. 언젠가 내가 오빠와 함께 있는 것을 본 오빠 친구들이 못생긴 여자친구를 데리고 다닌다며 놀렸다고 한다. 그 이후로 오빠는 나와 함께 길을 걸을 때면 멀리 떨어져 있으라면서 나를 구박했다. 나보다 내 여동생이 더 예쁜 것 같아 평소 주눅들어있었는데, 그 말이 마음에 확하고 그대로 각인되어 버렸다. 아무튼, 그때부터였던 것 같다. 미용에 관심을 가지기 시작했던 것이.

잘 할 자신이 있었다. '예뻐지고 싶다.'는 것은 어차피 모든 여성의 꿈이고 바람이기 때문에 그렇게 어렵지 않을 것이라고 확신했다. 주인인 내가 '여성의 아름다움'에 본능적인 집착이 있는데, 왜 그 고지가 멀고 높기만 하겠는가?

기존의 화장품 가게를 동생에게 내주고, 시댁과 가까운 수유리에 오피스텔을 하나 얻어 피부관리실을 냈다. 그리고 '난(蘭) 코스메틱'이라는 간판을 내걸었다. 사실, 단순히 화장품을 판매하는 것과 피부를 직접 관리하는 것은 많이 다르다. 하지만 '에스테틱'으로 사업을 전환할 수 있었던 이유는 확실했다. 싱글일 때, 미용에 관심이 많았던 나는 피부미용학원을 수소문하여 수업을 들으면서 주위 사람들을 대상으로 관리의 경험을 충분히 쌓았다. 그래서 피부관리실 운영에 자신이 있었다. 집이 일터와 가까워서 편리하기도 했지만, 인지도가 높아갈수록 노동량은 배로 늘어났다. 새벽에 오는 고객, 자정까지 오픈하기를 바라는 고객, 일요일이나 국경일에도 열어주기를 바라는 고객을 위해 조금씩 일하는 시간을 늘려야 했다. 결국엔 새벽부터 깊은 밤까지 혼신을 다해도 도저히 감당할 수 없는 벅찬 상황에 이르고 말았다. 고맙게도, 나중에는 고객들이 알아서 '제발 국경일만은 좀 쉬어라.' 며 배려해 주었다. 그 덕분에 아들과 함께 보내는 시간도 늘고 마음의 여유도 생겼다. 모처럼 꿀맛 같은 가정생활이 이루어지고 오랜만에 주부다운 주부, 엄마다운 엄마노릇도 할 수 있었다. 시댁도 도와드리랴, 남편 학업 뒷바라지하랴, 정말이지 두 눈에 불을 켜고 동분서주했다.

꽁생원처럼 그저 일에만 푹 빠져 직장생활을 한 탓에 잠재된 나만의 기질 중 그저 성실성, 근면성만 두드러졌었는데, 한 평짜리 백화점에서 어엿한 피부관리실인 '난 코스메틱' 으로 확장하면서 마침내 나의 숨어 있던 기질들이 하나 둘씩 슬며시 고개를 내밀기 시작했다.

흔히들 결혼은 무덤이라고 한다. 결혼으로 인해 모든 꿈을 접고 마침내 잠재력마저 다 묻어둔 채, 오로지 현모양처의 길만 걷게 마련이라는 뜻이다. 그렇지만 나는 달랐다. 아니 내 상황은 달랐다. 결혼을 '진정한 김현숙 드러내기' 에 사용한 것이다. 지키고 싶은 가정이 생겼고, 보듬고 싶은 가족이 생겼다. 그리고 좀 더 풍족하게, 좀 더 안락하게 이것들을 지켜내고 싶었다. 이러한 욕심은 점차 성공에 대한 열망으로 변했다.

워낙, 어릴 적부터 주어진 환경에 만족하면서 그 속에서 최선을 다하는 일에 젖어있다 보니, 감히 나만의 야심이나 꿈을 보란 듯이 펼칠 수 없었다. 더욱이나, 이미 전형적인 순종형의 생활이 습관처럼 굳어진 상태였다. 그래서 나이는 들어가도 이렇다 할 모험심 같은 것을 드러내지 못하고, 늘 안전 위주로 주어진 몫에 만족하며 지냈다. 쉽게 말해, 사업가, 기업인으로 우뚝 서는 일은 꿈도 꿀 수 없는 일로 여기며 살아갔다.

하지만 '하늘은 스스로 돕는 자를 돕는다.' 라는 말이 있지 않은가. 어릴 적부터 다져온 성실성과 근면성이 나를 차츰차츰 옹달샘에서 큰 우물로 이끌어 점차 도도히 흐르는 강물의 한복판으로 다가가게 했다.

내 아이의 두뇌발달을 돕는 약손 테라피

아이를 둔 모든 엄마의 바람은 내 아이가 남들보다 건강하고, 현명하게 자라는 것입니다. 특히 성장기 아이를 둔 어머니는 먹을 것 하나, 마실 것 하나도 소홀히 할 수 없습니다. 특히 두뇌 발달에 대해서는 더욱 더 예민할 수밖에 없는데, 이에 어린 아이의 두뇌 발달에 좋은 약손 테크닉을 소개할까 합니다.

먼저 아이를 눕히거나 앉히고 엄마의 손톱의 등으로 아이의 두피를 자극해주는 방법입니다. 손으로 빗질을 해준다는 느낌으로 촘촘히 두피를 자극해 줍니다. 주의해야 할 점은 머리 빗질 방향을 (앞에서 뒤, 뒤에서 앞이 아닌) 좌에서 우, 우에서 좌 방향으로 자극해주어야 한다는 것입니다.

아이들의 머리에 열이 나면, 뇌세포가 손상되어 두뇌 발달에 안 좋은 영향을 미칩니다. 머리의 열을 밖으로 빼내는 것이 바로 한공인데, 이 테크닉은 두피의 한공을 자극하여 열 배출을 용이하도록 만들어 주는 것입니다. 특히 이 테크닉은 스킨십과 자극을 통해 엄마와 아이 간의 유대 관계를 증진시킬 수 있기 때문에 모자 또는 모녀의 관계 개선에도 도움이 될 것입니다.

06

김현숙 표 마케팅

무엇이든 배워두면 반드시 요긴하게 쓰일 것이라는 어머니의 말씀은 살아오는 내내 빛을 발했다. 지치고 힘들 때마다 자신을 다시 세우는 지렛대 역할도 해주었다. 그 어떤 일을 하면서도 눈치 보거나 꾀를 부릴 틈도 없고 그럴 이유도 없었다. 배우려는 자가 꾀를 부릴 이유가 뭐가 있을까. 그렇게 일하는 재미 이상으로 배우는 재미에 푹 빠져 있다 보니, 시간이 나의 성장을 이끄는 견인차가 되어 주었다.

또 소녀시절부터 뭐든 철저하게 하고 완벽하게 하려는 기질이 몸에 배어 있었다. 어머니가 집으로 부업거리를 가져 오셨을 때도, 봉제공장에서 일을 할 때도. 그런 나의 기질은 어려운 환경 속에서 돈벌이와 학업을 병행하게 해 주었고, 검정고시를 거쳐 상급학교에 진학할 수 있게도 해주었다.

한 평짜리 화장품 코너 시절에도 정말 억척스럽게 일을 했다. 하지만 억척스러운 마음만으로 돈을 벌기란 쉽지 않다는 것을 알았다. 좀 더 현명하게, 좀 더 매력 있게 손님을 이끄는 방법이 필요했다. 그래서 생각한 것이 나만의, 김현숙만의 마케팅을 만들어 보자는 것이었다. 화장품 가게를 운영하고 있을 때, 그 당시 한창 유행 중이던 남녀 한 쌍 마스코트를 활용하면 좋겠다고 생각했다. 명함에 여성용 마스코트를 핀으로 꽂아 각 사무실마다 돌렸다. 그리고 "이것을 가져오시면 남성용 마스코트를 드리겠습니다."라고 약속했다. 일종의 약속 마케팅이었다. 아니나 다를까, 다들 신기해하며 찾아와서 나머지 반쪽을 찾아갔다. 친근감을 주는 마케팅이고 호감을 주는 마케팅이었으니, 요즘 식으로 말하면 전형적인 '감성 마케팅'이었으며, 남들보다 한 발 먼저 앞서나간 'EQ(감성지수 : Emotional Quotient : 感性指數) 마케팅' 이었던 셈이다.

또한, 고객이 화장품을 구입했을 때 최선을 다해 사용법을 알려 주고, 직접 화장을 도와주며 가르쳐 주었다. 나는 고객이 만족할 때까지 내가 할 수 있는 모든 것을 성심성의껏 도왔다. 그러다보면, 자연히 고객과 친구가 되기 마련이었다. 물건을 더 팔고 덜 팔고를 떠나서, 우선 감정적으로 친밀해지고 같은 여성으로서 저절로 동화된다.

지금 내가 약손명가에서 자주 하는 이야기를, 나는 이미 한 평짜리 가게 시절에 거의 다 했던 셈이다. '건강한 아름다움', '진정한 아름다움'에 대해서도 말 그대로 입이 아프도록 강조했다.

가게는 비록 작았지만 내 입에서 나가는 말들은 언제나 '예뻐지는 방법'이었고, '예쁘게 사는 비결'이었다. 그리고 언제나 '건강한 아름다움이 최고'라는 것이 슬로건이었고, '건강하고 예뻐지면 마음마저도 저절로 예뻐지고 삶마저도 덩달아 향기로워진다'는 것이 캐치프레이즈였다.

물론 '김현숙 표 마케팅'이 실패한 적도 있었다. 좀 더 많은 사람을 상대로 적극적인 마케팅을 펼쳐보자는 뜻으로, 지하철 입구에서 출근하는 회사원들에게 명함에 과자를 붙여 건네 보자는 생각을 했고, 이를 곧 실천으로 옮겼다. 하지만 당시는 선거철이었고, 깨끗한 선거를 하자는 캠페인이 유행하던 때여서 사람들이 선거 홍보활동으로 오해함으로써 아예 받기를 꺼렸다. 그 바람에 손해를 감수해야 했다. 아무리 좋은 마케팅이라 하더라도 시기와 상황을 잘 살펴야 했었는데, 마음이 앞선 나머지 세상이 어떻게 돌아가는지 잊고 있었던 것이다. 이 경험 또한 나에게는 같은 일로 다시 실패할 일이 없으니, 남들은 돈 주고도 사지 못할 값진 보석을 주머니에 챙겨 넣은 것과 같다.

그렇게 쌓아 올린 나만의 마케팅과 고객관리가, 어느덧 세월이 흘러 이제는 덩치가 제법 커진 나의 사업에 또 다른 밑거름이 되고 있다. 어렵게 터득한 나의 생생한 체험들과 고단한 줄 모르고 억척스레 채워나갔던 나의 지난 발자취들은, 단 한 가지도 허투루 버려지거나 잊어질 수 없는 것들이다.

나는 사람이 우선이라고 생각했다. 그리고 이왕이면 건강미 줄줄 흐르는 사람이 먼저라고 생각했다. 건강미에 뷰티(beauty)가 얹어지면 말 그대로 금상첨화에 다름없다. 아이들도 '멋있다.' '예쁘다.' '참 잘 생겼다.'는 말을 들으면, 절대로 나쁜 길, 험한 말, 부끄러운 짓에 빠져들지 않는다. '멋있어져야 한다.' '예뻐져야 한다.'는 마음이 스스로의 다짐으로 이끌어 저절로 안전판이 되고 앞길을 비추는 등불이 된다. 더 좋은 경쟁력이 있고 더 좋은 목표가 있는데, 무엇하러 굳이 손가락질 받는 쪽을 기웃거리거나 눈 흘김 당하는 짓에 물들겠는가?

혼자서 세 사람 몫의 일을 하면서도 결혼으로 인해 퇴직해야만 했을 때의 내 마음은 억울함과 분노뿐이었다. 그러나 하늘은 내게 한 차원 높은 곳을 보여주고, 한 단계 더 뛰어오를 기회를 허락해 주었다.

크게 잃은 것 같지만 내가 체득한 실력과 근성만은 고스란히 내 것으로 남았고, 그런 억척스런 일 버릇과 '모든 것을 다 바치는 자세'가, 나를 이끄는 지팡이가 되고 든든한 배경이 되어주었다. 이런 것들이 복합적으로 작용해 만들어진 것이 바로 오늘날의 김현숙이다. 사람들의 호기심을 유발하여 마음을 흔드는 노하우, 나를 매력적으로 보이게 하고 사람들을 나에게로 이끄는 힘이 바로 '김현숙 표 마케팅'인 것이다. 이것은 내가 살아오면서 나 자신을 돋보이게 해주었고, 나와 인연이 맺어지는 쪽을 더불어 높여주는 일로 이어졌다.

지금 내가 몸담고 있는 약손명가와, 약손명가의 2차 브랜드 '달리아스파', 코스메틱 브랜드에 '에오스보떼'를 세상에 선보이기까지, 여성이라는 성(性)과 여성의 역량이 얼마나 중요하고 대단한지를 새삼 깨달을 수 있었다. '여성스러움'을 본래 가지고 태어난 나에게는 정말 다행스러운 일이 아닐 수 없다.

둘째 장

일과 나 자신,
성공의 시작

책 속에서 발견한
삶의 보물들

      지금의 김현숙을 만들어낸 공(功)의 많은 부분을 어머니가 차지하고 있지만, 그 중의 2할 정도는 책이 아닐까 한다. 특히, 나는 교보문고의 '사람은 책을 만들고 책은 사람을 만든다.'는 캐치프레이즈에 전적으로 동감한다. 책을 읽으면 언제든 학창시절로 되돌아가는 기분이다. 그만큼 책 속에는 유년시절의 꿈을 비롯해 진기한 보배, 아무도 가르쳐주지 않은 훌륭한 교훈, 삶의 자양분이 되는 온갖 영양소들이 듬뿍 들어가 있다. 내 인생을 바꾸어 놓은 책과 신문기사의 내용 몇 가지를 소개하려 한다.

하나. 상대방이 원하는 것을 해주어야 한다.

지금도 기억에 남는 책들이나 주요 줄거리들이 아주 많다. 그 중에서도 특히 기억에 남는 것이 있다. 대부분의 사람들이 장사가 잘 되지 않으면, 경기 탓이나 남의 탓으로 돌린다는 지적이었다. 물고기를 잡으려면 낚싯바늘에 지렁이를 끼워야 하는데, 대부분 자기가 좋아하는 아이스크림을 낚싯바늘에 꽂아 바다에 넣고 물고기 잡기를 바란다는 글이었다. 나는 그 글을 읽고 화들짝 놀랄 정도로 충격을 받았다. 나 또한 여느 사람들과 그리 다르지 않았기 때문이다.

'맞는 말이야. 물고기를 잡으려면 좀 징그럽더라도 물고기가 좋아하는 지렁이 같은 미끼를 끼워야지. 나 역시 이제까지 내가 좋아하는 것만을 고집하고 있었던 셈이지. 맞아. 이제부터는 달라져야 해. 내가 좋아하는 것이 아니라, 상대가 좋아하는 것을 제공해야 해.'

그런 깨달음이 든 순간, 나 자신부터 고치기 시작했다. 하나에서 열까지 상대 위주, 고객 위주로 생각하고 행동했다. 그 결과, 그동안 몰랐던 문제들이 하나둘씩 저절로 해결되었다. 당연히 성과가 나타나기 시작했고, 그에 따라 자신감도 늘어나게 되었다. 이제는 감히 소리 높여 말할 수 있다.

"물고기를 잡으려고 하세요? 그러면 먼저 낚싯바늘에 무엇을 끼울 것인가부터 생각해 보세요. 가짜미끼가 편리하다고요? 지렁이나 다른 미끼는 만지기 징그럽다고요? 그럼 그 미끼는 누구를 위한 것인가요? 내가 좋아하는 것만 고집하면 무엇이 잡히고 누가 주위에 몰려들겠어요? 얼른 아이스크림을 미련 없이 버리고, 그 대신 지렁이를 손으로 집으세요. 그래야 물고기가 물린답니다."

둘. 성공 스토리를 만들고 싶다면 경제에 관한 글을 읽고 실천해야 한다.

신문 경제면 기사에는 성공스토리가 참 많이 등장한다. 그리고 그 속에서 고생 끝에 어엿하게 자립과 성공을 이뤄낸 생생한 이야기들을 많이 접할 수 있다. 왜 타산지석(他山之石: 남의 산에 있는 돌이라도 나의 옥을 다듬는 데에 소용이 된다는 뜻; 다른 사람의 하찮은 언행 또는 허물과 실패까지도 자신을 수양하는 데 도움이 된다는 말)이라고 하는가? 왜 반면교사(反面敎師: 본이 되지 않는 남의 말이나 행동이 도리어 자신의 인격을 수양하는 데 도움을 주는 경우)라고 하는가? 혼자 궁리하고 고민하는 것보다는 이미 그런 과정을 다 거치고 나서 일정한 성공을 거둔 이야기들을 귀담아 듣는 것이 훨씬 더 경제적이고 실용적이라는 말이다.

어느 날, 경제면에서 아주 유익한 기사를 접했다. 다들 부자가 되기를 바라고 성공을 거두기 원하지만, 그에 관련된 책을 사거나 읽는 사람이 거의 없다는 내용이었다. 20% 정도의 사람들이 책을 사서 읽지만, 정작 부자가 되고 성공하는 자가 되는 경우는 겨우 4%에 불과하다는 것이었다. 읽고 고개를 끄덕이는 이는 많지만, 실제로 행동으로 옮기는 이는 4%정도 밖에 안 되기 때문에 부자가 되는 확률, 성공을 거두는 확률이 그 정도 밖에 안 된다고 했다.

내 주위를 둘러보니 그 말이 딱 들어맞는 듯했다. 그래서 나는 우선 사람들이 왜 책을 안 읽는지부터 알아보았다. 신문기사나 책 내용을 믿지 않는다는 반응이 많았다. 부자 되려고 책을 읽는 것부터가 부끄러운 일이 아니냐는 반응도 있었다. 나는 그때 사람마다 정말 생각이 많이도 다르다는 사실을 다시 한 번 실감했다.

스승은 많을수록 좋다. 특히, 책으로 엮어지고 기사로 옮겨질 정도라면 이미 사회적 검증이 끝난 경우가 대부분일 것이다. 그러니 지은이의 경력이나 머리글에 나타난 지은이의 생각을 어느 정도 짚어보고 관심이 들었다면, 무조건 믿고 숙독하고 정독해야 옳다고 본다. 내가 나의 성공 스토리를 감히 책으로 내게 된 것도 같은 이유에서다.

누군가는 볼 것이고, 누군가는 실제 행동으로 옮겨 나처럼 성공한 삶을 만들거나 아니면 나 이상으로 굉장한 성공 스토리를 만들게 될 것이라는 확신이 있었기에 책을 낼 수 있었다.

"이런 이야기라면 꼭 많은 사람들과 함께 나눠야 한다."면서, 나에 대한 신문기사를 읽고 달려온 출판사 대표님(프로방스 조현수 대표님)을 뵙고, '아하, 저 분은 아이스크림이 아니라, 바로 지렁이를 들고 낚시하러 갈 분이구나.' 라고 생각했다.

책을 출간해서 사람들이 읽도록 해야만 진정한 나눔이고 만남이라는 생각에서, 많은 고민 끝에 출판을 승낙하게 되었다. 나는, 책이 나오면 누군가는 읽고 그에 맞춰 자기 변신을 이룬 다음, 내가 거둔 성공 이상으로 큰 성공을 거두게 될 것이라 굳게 믿어 의심치 않는다.

셋. 알고 잘못한 것은 모르고 잘못한 것보다 더 낫다.

어느 날 『논어』에 있는 공자님 말씀을 읽고 정신이 번쩍 들었다.

"알고 잘못한 것은 모르고 잘못한 것보다 더 낫다."

언뜻 들으면 앞뒤가 안 맞는 말처럼 들릴 수도 있다. 모르고 잘못하면 계속해서 잘못하게 되지만, 알고 잘못하면 다시는 되풀이하지 않기 위해 노력하게 되므로 훨씬 더 낫다는 말이다. 한 마디로, 알아야만 다시 실수하지 않게 된다는 말이다. 알기 위해서는 공부가 필수다. 오죽하면 '평생교육' 이라는 말까지 있겠는가? 실로, 배움의 길에는 끝이 없다.

요즘 같은 지식정보화 사회에서는 모든 것이 빠르게 변화한다.

변화의 속도를 따라잡고 경쟁력을 확보하려면, 무엇보다 새로운 지식과 정보가 필요하다. 그래서 나는 누구보다도 공부에 대한 집념이 강하다. 무엇을 하든 대충 알면 안 되기 때문에 전문가의 의견도 듣고 관련된 책들도 꼼꼼히 살핀다. 특히, 요즘은 강의할 일도 많아졌고 교육을 해야 할 기회도 많아져서 더욱더 공부에 관심을 두고 있다.

내가 좀 더 노력하여 제대로 알게 되면, 그만큼 나에게 배우는 사람들은 효율적으로 습득하게 되는 셈이다. 그렇기에 첫째는 '아는 것', 즉 배움이 중요하다. 그리고, 알았다면 잘못을 저지르지 않는 것이 상책이다. 만일 알고도 잘못하고 있다면, 처음으로 돌아가서 제대로 알지 못한 점을 마저 배워야 할 것이다. '2%가 부족하다.'는 유행어처럼, 초심으로 돌아가서 그 부족한 2%를 마저 채워야 한다.

넷. 물어보는 바보는 한순간의 바보이지만, 안 물어보는 바보는 영원한 바보다.

세상에는 잘 묻는 사람과 좀처럼 잘 묻지 않는 사람이 있다. 두 가지 중 어느 쪽이 더 현명한지는 각자의 판단이겠지만, 일단 답을 지닌 이를 찾아서 물어본 다음에 일을 하는 것은 여러 면에서 더 효율적이고 낭비가 없을 것이다. 묻는 수고, 물어보며 눈치를 살피는 정도의 부담은 아무것도 아니다. 모르면서 헤매는 그 낭비에 견주어 보면, 물어보는 정도의 수고나 '고맙다.' 고 말해야 하는 의례적이거나 진심어린 인사말 정도는 사실 별것이 아니다.

나는 모두가 다 걸어 다니는 책이며, 글이고, 정보라고 생각한다. 내가 못 배우신 어머니를 통해 가장 큰 가르침을 받았듯이, 누구나 사실은 다 나름대로의 책을 지니고 있는 것이다. 그러니, 물어보되 되도록 답을 지닌 이를 찾아서 물어보아야 한다. 무턱대고 덤비는 경우보다 몇 곱절 생산적이고 실용적이다.

'물어보는 바보는 한 순간이지만, 물어보지 않는 바보는 영원한 바보다.' 라는 말이 있다. 내 좌우명이기도 하다. 모르면 즉시 물어봐야 한다. 그래야 새로 얻은 지식과 정보가 내 것이 되어 나의 성공을 위한 밑거름이 될 수 있다. 자존심 상하는 것이 결코 아니다.

다섯. 사람은 책을 만들고 책은 사람을 만든다.

나는 유익한 지식정보를 접하면 반드시 속으로라도 '감사합니다.' 라고 중얼거린다. 누군가가 고생을 많이 해서 내게 유익한 지식정보를 전달해 주는 좋은 일을 했기 때문이다. 그 많은 지식과 정보에 대해 곰곰이 생각해 보라. 얼마나 많은 이들의 생생한 숨결이 묻어나 있으며, 얼마나 많은 경험과 연륜이 녹아들어 있는

지. 누군가는 밤하늘을 끊임없이 바라보았기에 우리가 아는 그 많은 별이름들이 생겼고, 우리가 기억해야할 또 다른 많은 별들이 발견되었다. 동식물을 수없이 지켜보며 가장 생생한 장면을 전달해주는 사진작가들의 수고는 실로 초인적이다. 뼈를 보여주는 엑스레이 이상이고, 환부를 낱낱이 보여주는 MRI 촬영 이상이다.

'현재에 만족해서 감사할 줄 알아야 미래에도 만족하며 감사할 수 있다.'는 말이 있다. 감사의 의미가 얼마나 깊은가를 가르쳐주는 말이다. 감사와 인생, 감사와 인격, 감사와 성공이 얼마나 밀접한가를 암시하는 좋은 가르침이다.

흔히들, '작은 것에라도 꼭 고마움을 느껴야 한다.'고 말한다. 하지만 이 세상 그 어디에 크다, 작다는 잣대를 들이댈 감사함이 있는가? 모두가 우리의 삶, 내 삶과 이어졌다면, 최소한 들숨 날숨 이상의 무게를 지닌 것이다. 콧구멍이 한 쪽만 막혀도 정말 그 답답함은 말로 다 표현하기 어려울 정도다. 뭔가를 급히 마시다가 살짝 기도를 건드려도 얼마나 고통스러운지 모른다. 눈에도 잘 안 띄는 가시 때문에 고생한 기억이 그 얼마나 많은가? 손거스러미, 서둘러 자란 손톱 가장자리로 인해서 성가신 일을 당한 적이 그 얼마나 많은가? 우리는 이 모든 소소해 보이는 일상에 사실은 큰 감사를 해야 한다. 매 순간이 사실은 감사함의 연속인 것이다.

책 속의 좋은 글과 가슴을 울리는 내용들이 내 마음, 내 머리, 내 삶에까지 다가와 크고 작은 물결을 일으키며 나를 새로운 지평으로 인도한다. 아무도 가보지 않은 비밀의 바다, 비밀의 호수, 비밀의 동굴로 친절히 안내하기도 한다. 그 속에 있는 그 많은 지식과 정보들을 위해 헌신했을 사람들을 기억하지 않을 수 없다. 그렇기에 나는 책을 읽으면서도 수없이 '감사합니다.'를 반복한다.

02
왜 그토록 성공에
열망했나

　　　성공이라는 말은 단 한 마디에 불과하지만, 사람마다 그 기준이 다르다. 하지만 '성공해야 한다.' '성공은 좋은 것이다.' 라는 면에서는 다들 대동소이할 것이다. 나는 이제 어느 정도 성공을 이뤄냈다고 자부한다. 객관적인 평가로도 충분히 그럴 단계에 올라섰다. 내가 성공한 것은, 성공해야만 하는 이웃을 항상 기억하면서 힘든 것을 참고 이겨냈기 때문이다.

성공하고자 하는 이들에게 작은 디딤돌이라도 되고 싶다. 누군가는 내 이야기를 타산지석(他山之石)으로 삼고 반면교사(反面教師)로 삼아서, 나보다 더 맹렬한 성취욕을 갈고 닦으며 나 이상으로 성공을 이루게 되기를 간절히 바란다. 힘들 때마다 성공해야 하는 이유를 다시 한 번 생각하고 잘 이겨나가기를 진심으로 당부하고 싶다. 내가 성공해야만 하는 이유는 아래와 같다.

유년시절부터 취업을 하기까지, 힘들고 고된 일이 생길 때마다 나는 으레 아버지를 원망했다. 자식들에 대한 책임감 때문이라도 건강을 지키셨어야 했다고 생각했기 때문이다. 그리고 예견할 수 없는 미래를 위해 어느 정도 대비를 했어야 했다고 책망했다. 언젠가는 하도 답답한 마음에 '왜 다들 드는 보험 하나 안 들고 돌아가셨을까?' 하며 실없는 푸념을 하기도 했다. 하지만 이 가슴 아픈 일 또한 내게는 뼈저린 교훈이 되어 가슴에 꽂혀 있다. 나는 아버지를 반면교사 삼아 자식에 대한 책임감이 아주 강한 편이다. 그리고 가족의 미래를 위해 미리미리 준비해야 한다는 생각이 강박관념처럼 머릿속에 자리하고 있다. 때문에 아들을 낳자마자 보험을 들고, 어느 정도 돈이 모였을 때는 주저 없이 빌딩을 샀다. 이는 내가 한 고생은 나로서 끝나야 한다는 생각 때문이었다. 내 자식만이라도 나와는 다르게, 더 많이 배우고 더 많이 누렸으면 하는 '엄마'의 지극한 마음에서였다. 지금도 난 내 자식을 위해 하루 24시간을 48시간처럼 일하고 공부하며, 세상을 향해 거침없이 도전한다.

둘. 내 어머니가 나를 자랑스럽게 생각한다.

오랜 기간 절에 다니시던 어머니가 어느 날 갑자기 개종을 하셨다. 권사님으로 지내시며 주말은 물론 중요한 행사가 있을 때도 교회에 나가는 것을 잊지 않으셨다. 교회에 나가면 뭐 좋은 거라도 있냐는 내 물음에 어머니가 대답하셨다.

"교회에 나가 내 딸이 건강하기를, 내 딸과 그 가족이 행복하기를, 항상 사람들에게 대접받고 받은 만큼 베풀기를 기도하는 것이 좋다. 하지만 그것보다 더 좋은 것은 많은 사람들에게 내 자랑스런 딸에 대해 이야기할 수 있는 것이다."

순간 가슴이 먹먹해져 왔다. 내 스스로가 대견스럽고 자랑스럽게 느껴졌다. 내 성공은 내 어머니의 소망이셨다. 내가 남다르게 뻗어나가고 남보다 더 멀리 뛰는 것은 내 어머니의 한결같은 소원이셨다. 나를 가장 자랑스럽게 여기신 분이자, 나를 가장 잘 이해해주신 분이셨다.

이제는 먼 하늘나라로 가셨지만, 어머니의 기대와 소망은 여전히 나를 지켜주는 등대이고 등불이다. 나는 내 어머니의 기대와 소원 때문에라도 꼭 성공해야 했었다. 지금도 나는 살아계실 때 자랑스러운 딸이 될 수 있었던 것을 가장 고맙게 생각하고 있다.

셋. 나는 좋은 대접을 받고 싶다.

땀 흘려 부자가 되면 욕하지 않는다. 한 계단씩 투명하게, 떳떳하게 올라서면 아무도 잡아채거나 넘어뜨리지 않는다. 다들 부러워할만한 과정을 거쳐 성공을 이루면 닮으려 하기 마련이다. 그러면 그 속에서 보람도 찾고 대접도 받게 되어 있다. 왕자병, 공주병이 절대 아니다. 손 안 벌려서 마음 편해하는 것, 앞서감으로써 부러움 사는 것, 어렵게 생고생 많이 한 뒤에 어느 날 우뚝 서는 것은 반드시 존경과 그에 따른 대접으로 이어진다.

나는 사람을 믿는다. 상대의 성공을 축하하려는 좋은 마음을 지닌 이들이 훨씬 더 많다는 것을 굳게 믿고 있다. 그래서 나는 그들의 순수한 대접을 기대하는 것이다. 부자가 대접 받는 사회, 성공한 사람이 존경 받는 사회야말로 제대로 된 사회다. 건강과 아름다움은 사회나 국가, 세계 어느 곳에서도 인정을 받는다. 나는 건강한 이들의 부러움을 사고 싶다. 나는 아름다운 사람들의 칭찬을 듣고 싶다.

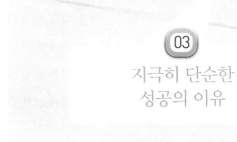

03
지극히 단순한
성공의 이유

성공하고 싶지 않은 사람이 어디 있겠는가? 다들 나름대로의 기준과 목표를 갖고 피나는 노력을 하며 살아간 다. 그래서 성공을 이루어내는 길은 다양해도, 성공담은 엇비슷 하기 마련이다. 내게도 물론 나만의 성공 이유가 있다. 앞으로 이 뤄내야 할 성공의 금자탑이 아직도 높기만 하고 거쳐야 할 길이 요원하지만, 그래도 현재를 기준으로 성공한 이유를 몇 가지만 정리하여 소개하고 싶다. 무엇보다도, 성공을 애타게 바라는 이 들에게 들려주고 싶다.

하나. 항상 미리미리 준비했다.

기회는 준비된 이에게 먼저 찾아온다. 그리고 준비만 철저하다면 기회를 가장 먼저 붙잡을 수 있다. 나는 늘 그런 소신으로 살아왔으며, 더 많이 노력하고 공부했다. 그 결과, 무엇을 하든 이론이 정연하게 되었으며, 그 바탕이 튼튼하게 되었다. 그리하면 우선 나 자신을 설득할 수 있다. 그리고 더 나아가 주위 사람들을 같은 목표, 같은 방향으로 이끌어 즐거운 분위기 속에서 함께 노력할 수 있다.

나의 그런 소신으로 다져진 체질은 마침내 약손테라피를 배우면서 그 진가를 발휘하기 시작했다. 약손테라피는 피부 성질을 이용해서 몸을 건강하게 만드는 일이다. 나는 약손테라피를 하면서 내가 쌓아올린 피부관리 경험과 이론을 관리프로그램에 접목시켰다. 그래서 새롭게 탄생한 것이 바로 약손테라피와 뷰티를 접목시킨 색다른 프로그램이다.

그 새 프로그램으로 인해서 고객들은 '약손테라피를 받으면 아름답고 건강해질 수 있다.'고 확신하게 되었다. 나는 그 새 프로그램을 통해서 기회의 신인 카이로스의 앞머리를 단단히 붙잡은 셈이다. 다들 그냥 지나칠 때 미리 준비한 결과로, 남들이 소홀히 할 때 한 발 앞서 나아간 것에 대한 결실이다. 나는 지금도 그 프로그램을 생각하면 은근히 나 자신이 대견스럽게 느껴진다.

유비무환(有備無患)은 모두가 다 아는 말이다. 겨울옷과 여름옷이 한 공간에 나란히 구비되어 제철을 기다리는 것은 세상의 상식이다. 여름 부채와 겨울 화로가 시골의 한 공간에 나란히 놓인 채 제 계절을 기다리는 것이 세상 이치다. 기회와 준비는 그렇게 함께 놓여 있다. 준비와 성공은 그처럼 늘 한 공간에 놓인 채 누가 먼저 잡아채가기만을 간절히 기다리고 있다.

둘. 남들보다 낮은 위치에서 더 높은 목표를 향해 달려왔다.

가난은 흉이 아니라지만 왠지 그 자체가 싫었다. 가난은 부끄러 운 일이 아니라 약간 불편한 일일이기 때문이다.
어머니는 나에게 거는 기대가 무척 크셨다. 자랑스러운 딸이어야 한다는 말씀이 나를 항상 지켜주는 든든한 기둥이었다. 그래서 악조건일수록 더 열심히 일했다. 심지가 낮아져 불빛이 흐려질수 록 더 열심히 배우고 익혔다. 목표가 있었기 때문이다. 고생은 나 로 끝나야 한다는 생각에서 높은 목표를 세웠다. 자랑스러운 딸 이 꼭 되어야 한다는 생각에서 여건에 상관없이 그 높은 목표를 단 한 치도 낮춘 적이 없었다.
사람의 타고난 기질이니 잠재력은 엇비슷하다. 일등도 졸업하고, 꼴찌도 졸업한다. 인기 있는 남녀도 결혼하고, 인기 별로 없는 남 녀도 결혼한다. 그렇지만 세운 목표는 각자 너무 다르다. 더욱이 나, 그 목표를 향해 달리는 모습은 천차만별이다. 그런 속에서 바 로 각양각색의 삶이 나오고, 각계각층의 인생 스토리가 나온다.

목표가 다르고 그 목표를 향한 행진이 다르므로, 세상은 필연적으로 총천연색이고 무지개 빛깔일 수밖에 없다.

셋. 혼신을 다해 기억하였다.

메모하는 습관, 그때그때 즉시 해결하려고 애쓰는 버릇이 어느새 나를 기억력 좋은 사람으로 만들어놓았다. 실수하지 않으려는 노력, 고객의 입장에서 생각하려는 자세, 직원 위주로 생각하고 판단하고 결정하려는 마음가짐이, 어느새 나를 기억력이 남다른 사람으로 자리매김 해놓았다.

무엇보다도 내 잘못과 누군가에게 도움 받은 것을 잘 기억한다. 그래야 같은 잘못은 되풀이하지 않고, 받은 것은 배로 갚을 수 있기 때문이다. 고객의 고민을 잘 기억함으로써 고객보다 더 고객의 고민을 잘 헤아리게 되었다. 그러니 자연히 그 고민을 반드시 해결하고자 하는 결심도 굳어지고, '할 수 있다.'는 자신감과 '하고야 말겠다.'는 단호함도 늘게 되었다.

고객의 기대와 만족과 행복을 잘 기억한다. 당사자 이상으로 잘 이해하고 기억한다. 내가 오히려 고객 자신에 대한 것들을 먼저 알아차려 챙겨주고 기억하여 해결해 주는 경우가 허다했다.

나는 이미 고객을 위한 기억의 자료실이고, 여분 공간인 셈이다. 뭐든 정리해두고 기록해둠으로써 자연히 고객을 위한 종합민원

실이 되었고, 고객의 기억을 대신하는 고성능, 다기능의 기억 메모리칩이 되었다.

넷. 우선순위를 정해서 일한다.

같은 일을 해도 일머리를 알기에 남들보다 잘한다는 말을 많이 들었다. 아마도, 어린 시절부터 어른들 사이에서 사회생활을 시작한 덕분인 듯하다. 철이 일찍 든 덕분에 생긴 나만의 장점이다. 이런 나의 장점을 두고 어떤 이는 생각 자체가 실용적이기 때문이라고도 하고, 남달리 현실에 대한 직관력이 뛰어나기 때문이라고도 한다.

나는 직원들을 교육할 때 두 가지 질문을 주로 하는 편이다. 하나는 '가족이 먼저냐, 회사가 먼저냐?' 하는 것이고, 다른 하나는 '급한 일을 먼저 하느냐, 아니면 중요한 일을 먼저 하느냐?' 하는 것이다. 그러면 대개는 내 기대와 다르게 답한다. 나와 달리, 대부분의 사람들은 '가족이 먼저'라고 답하고, '급한 일이 먼저'라고 말한다. 상식적으로는 맞는 말이다. 그러나 승리하고 성공하기 위해 자기 자신을 갈고 닦아야 한다는 점에서는 틀린 말이다.

물론, 모든 이의 생각을 공통적인 부분과 고유한 부분으로 나눠서 생각해야 한다. 누구에게나 가정이 중요하다. 그 정도는 모두 공감한다. 또한 급한 일부터 해야 옳다고 생각할 수도 있다. 이제 이런 공통분모를 배제하고 나면, 고유한 일부분이 남게 된다. 나는 그것을 어떤 식으로 채우고 이끌고 업그레이드시켜 나가느냐에 따라 성공확률이 달라진다고 본다.

그래서 다들 엇비슷한 부분은 제외하더라도, 자기만의 고유한 부분으로 발전시켜나갈 수 있는 쪽에 대해서만은 우선순위를 보다 철저하게 정해서 일해야만 성공확률을 그만큼 더 높일 수가 있다. 쉽게 말해서, 집단과 조직 내에서 어느 정도 자리를 잡고 성공도 해야만 가족도 돌보고 가정도 보살필 수 있다. 돈이 없으면 가족은 뿔뿔이 헤어진다는 말이다. 그리고 급한 일보다는 급한 일을 먼저 해야만 클레임이 덜 생겨서 최소한 일머리에 여유를 갖고 일할 수 있다.

사람은 어울려 살게 마련이다. 한 사람의 일처리 방식이 어떠하냐에 따라 전체가 영향을 받을 수밖에 없다. 조직은 쉴 새 없이 돌아가는 컨베이어 시스템과 같다. 누군가가 현명하지 않은 공식을 대입하게 되면, 전체 기능에 하자가 생길 수밖에 없다. 나는 오랜 경험으로, 가족이나 가정보다는 회사나 조직이 먼저여야 하고, 중요한 일보다는 중요한 일이 먼저여야 한다는 것을 스스로 깨달았다. 그런 바탕 위에서 오늘의 성공을 만들어냈다고 생각한다.

다섯. 책임감이 남달리 강하다.

약손명가만의 특징이자 장점인 고객과의 약속제도는 나의 오랜 경험에서 우러나온 것이다. 다른 곳에서는 감히 엄두도 내기 어려운 일이어서, 나는 과감히 업계 최초로 고객과의 약속제도를 약손명가만의 약속이자 신뢰로 지켜나갔다. 고객위주의 경영신념이 약속을 가능하게 했다. 직원들 입장에서는 얼마나 부담스럽겠는가? 그렇지만 일단 고객과의 약속제도가 어느 단계에 올라가 약손명가 약손들에게 널리 공유되면, 그것처럼 보람차며 자신감이 늘고 신뢰도 쌓게 될 일이 따로 없다. 물론, 처음에는 다들 반대하거나 회의적으로 바라보았다. 나는 그럴수록 강한 신념으로 밀어붙였다. 남들이 못하는 것이기에 꼭 해야 한다고 생각했다. 평소의 남다른 내 책임감이 발동했던 셈이다. '책임도 못 지면서 무슨 신뢰이고 성공인가?' 라는 생각으로 3년여 동안 꾸준히 설득하고 모범을 보인 결과, 이제는 어엿한 약손명가만의 특징이자 자랑으로 자리 잡게 되었다.

'되는구나. 책임져도 되는구나. 아니, 책임지려 하고 노력하니 기대 이상의 효과가 거둬지는구나.' 하는 생각들이 자리 잡았고, 그에 따라 성공에 대한 믿음이 저절로 커지면서 브랜드 가치가 상승했다. 약손들의 자부심과 자신감도 몰라보게 올라간 것은 당연한 결과다. 나는 어려운 중에서도 남보다 강한 책임감을 지니게 된 것에 감사한다. 그리고 나의 그런 특질과 그로 인한 성공 이야기가 자연스럽게 약손명가의 브랜드 가치에 녹아들게 되고, 약손들에게 널리 공유되게 된 것에도 진심으로 감사한다.

여섯. 정확하다.

나는 정확한 것을 좋아한다. 그래서 직원들에게 무엇이든 정확하게 가르쳐 주려고 최선을 다 한다. 물론, 직원들에게도 '늘 정확하게 하라.'고 누누이 강조한다. 누구나 정확한 것을 좋아한다고 생각한다. 그래서 직원들을 교육할 때도 고객들을 관리를 한 후, "고객님, 제가 해드린 등 관리의 점수를 100 점 만점 기준으로 몇 점이나 주실 수 있으세요?" 라고 자신 있게 물어볼 수 있도록 하라고 가르친다. 진정한 프로가 되라는 뜻이다. 진정한 전문가가 되어야 자신감도 생기고, 일의 성과는 물론 성공도 그만큼 앞당길 수 있다.

또한, 그런 질문에 대해 고객 쪽에서 "100점입니다." 라는 말이 나올 수 있도록 최선을 다하라고 강조한다. 교육한 것을 늘 기억하며 최대한 정확하게 하라는 뜻이다. 내가 정확한 것을 얼마나 좋아하는지 알 수 있는 에피소드가 생각난다.

운전을 처음 배울 때였다. 핸들을 돌리는 것을 가르쳐 주는 운전

교습 선생님에게 나름대로 문제를 제기한 적이 있다. "대충 오른
쪽으로 돌리고 왼쪽으로 돌리라고 이야기 하지 마시고, 오른쪽으
로 몇 도를 돌리고 왼쪽으로 몇 도를 돌리는 것을 가르쳐 주세요"
라고 말한 것이었다.

운전 교습 선생님은 이상한 사람도 다 있다는 투로 빤히 바라보
면서 퉁명스럽게 한 마디 던졌었다. "감으로 하세요." 라고.

나는 솔직히 그런 말을 하는 선생님이 더 이상해 보였다. 그래서
기분 나빠할 줄 잘 알면서도 왜 정확하게 가르쳐 주지 않느냐고
재차 물었다. 지금은 그때 내가 운전에 대해 너무 몰랐었다고 생
각하지만, 매사를 정확하게 가르쳐주고 정확하게 알도록 하는 것
이 중요하다는 생각은 그때나 지금이나 변함이 없다. 매사를 정
확하게 하고자 애쓰는 것은 어느 새 나의 강점이자 특질이 되고
말았다. 그래서 나는 언제 어디서나 정확한 것을 좋아한다. 그렇
기에 남들도 나처럼 정확하게 하기를 바란다고 당당히 말한다,
나는 개인적으로 100점을 좋아한다. 그리고 누구나 100점을 받
기 위해서는 최대한 정확하게 해야 한다고 생각한다.

일곱. 늘 응용력이 남달랐다.

나는 남들보다 응용력이 뛰어난 편이다. 심지어 주위에서 나를
두고 '응용의 여왕' 이라고 부르기도 한다. 예를 하나 들어보자.

금년 10월, '준오헤어숍'의 헤어 쇼를 보러 갔었다. 헤어 쇼를 하는 이유는 간단하다. 직원들이 2년 6개월 동안 일하면서 공부한 결과 드디어 커트할 수 있는 능력이 되었을 때, 그 직원들을 위해 파티를 열어주는 자리였다. 물론, 직원들의 부모와 친구들을 초대해서 그 동안 고생해서 얻은 좋은 결과를 같이 축하해 주기도 한다.

나는 거기에서 좋은 점을 발견했다. 그래서 우리 약손명가도 그런 기회를 만들어야겠다고 생각했다. 그 결과, 2013년 시무식 때부터 즉시 변화를 시도하기로 했다. 새로운 프로그램을 집어넣기로 한 것이다.

2012년도에 숍을 오픈한 원장들의 부모님들을 초대해서 시무식 때 딸을 자랑도 하게하고, 그 동안 잘 키워주셔서 감사하다는 뜻으로 3박 4일의 해외여행권 2장과 해외에 가셔서 쓰시라고 100만원의 용돈을 주는 행사를 갖기로 했다.

그리고 대학교에서 강의하는 약손명가 교수원장들의 부모님들에게도 자녀분들을 잘 키워 주셔서 감사하다는 뜻으로 공로상과 100만원의 상금을 주기로 했다. 이 소식을 원장들에게 전하니 모두들 자기 일처럼 좋아했다. 헤어 쇼에서 본 좋은 점을 즉시 약손명가에 접목한 것이다. 단순한 접붙이기나 닮기가 아니라, 아예 완전히 약손명가 특유의 프로그램, 고유의 이벤트로 발전시켰다.

여덟. 올인한다.

나는 학창시절에는 공부에 올인했다. 그리고 회사를 다닐 때는 또 회사에 올인했다. 연애할 때도 3년 2개월 동안 없는 시간을 쪼개고 또 쪼개서 매일 만났다. 화장품 가게와 '난 코스메틱'을 운영할 때도 물론 올인했다. 처음 약손 명가를 시작할 때는 1주일에 한두 번 정도는 집에 들어가지 못했다. 지금은 2~3개월에 한 번 정도 집에 간다.

그런데, 오히려 부부사이는 물론이고 아이 크는 것을 보면 예전보다 더 좋고 행복하다. 올인하니 미처 하지 못한 부분에 대한 아쉬움이나 부러움이 당연히 없다. 그러기에 자연히 심적인 갈등이 생기지 않아서 좋다.

아홉. 실수하지 않기 위해 최선을 다한다.

나는 100-1=0이라는 등식을 강조한다. 한 번 실수로 모든 것을 망칠 수도 있다는 의미다. 한 사람의 실수가 전체를 실패하게 할 수도 있으므로 최선을 다해야 한다. 사람들은 대개 남의 잘못을 지적하는 것 자체를 대단히 기피하기 때문에 나쁜 일에는 서로 나서지 않으려 한다. 잘못을 지적하면 상대가 불편해하거나 화를 내는 등 의외의 언행을 할 것 같아서 다들 알아서 거짓말을 하거나 아니면 상대를 속이면서까지 제 속에 있는 이야기를 꼭꼭 숨기는 것이다.

나는 먼저 상대의 잘못을 지적한 후 상대의 장점을 이야기한다. 그 뒤 다시 이야기를 시작한다. 실수나 잘못을 정확히 짚어내서 정정당당하게 지적하고 주의를 준다. 왜 나라고 부담스럽지 않겠는가? 그러나 나는 그것이 오히려 상대를 위한 일이라는 것을 잘 알기에 반드시 그렇게 한다.

"이런 좋은 점도 있잖아. 이렇게 장점이 많은데 왜 그런 잘못을 저질렀어? 이왕이면 매사에 최선을 다해서 실수를 아예 없애거나 아니면 한번 한 실수를 다시는 되풀이하지 않아야 발전하는 것 아닌가? 장점이 있고 잘하는 일이 있다면, 실수를 안 할 수 있는 잠재력이 충분하다는 뜻 아닌가? 최선을 다 안한 탓에 실수를 저질렀다고 생각해 봐. 그러면 다음부터는 충분히 고칠 수 있어. 한 번 실수로 모든 것을 망칠 수 있고, 나의 한 번 실수로 조직 전체에 큰 해를 입힐 수 있다고 본다면, '사람이면 누구나 실수하게 마련'이라는 식으로 적당히 넘어갈 수 없는 일이지."

조금 아플 수도 있겠지만, 나는 상대를 업그레이드시키기 위해 이렇게 가차 없이 평가한다. 누가 됐든 자기 잘못을 줄이거나 아예 피할 수 있다면, 결국에는 자기 자신에게 가장 좋은 일일것이다. 스스로를 발전시켜 경쟁력을 갖추는 일인데, 잠시 기분 나쁠 수 있거나 서먹해질 수도 있다는 이유로 슬슬 피하며 한 눈을 질끈 감고 살 필요가 없다.

나는 모른 척 하는 것이 결코 누군가를 도와주는 일이라고 생각하지 않는다. '미운 자식 떡 하나 더 주고, 예쁜 자식 매 한 대 더 때린다.'는 말도 있지 않은가? 상대를 진정으로 도와주려면, 우선 먹기 좋은 것 대신에 오래오래 유용한 것을 줘야 한다. 상대를 진정으로 아낀다면, 잠시 불편하고 거북하더라도 평생 고맙게 기억할 만한 유익한 것을 주는 것이 백 번 낫다.

흔히들, 인생이 참 짧다고 말한다. 그리고 인생은 오직 한 번뿐이라고도 말한다. 그렇다면 당연히 최대한 노력을 기울여서 되도록 실수 안 하는 사람이 되는 것이 맞다. 그런 이유에서라도 단 한 번의 실수라도 안 하기 위해 최선에 최선을 다하는 것이 옳다.

열. 지금 이순간도 실패하지 않으려 노력하고 있다.

나는 실패했을 때 너무 힘들었다. 자살까지도 생각을 해봤다. 그래서 다시는 실패하고 싶지 않다. 실패하지 않기 위해서는 실패하지 않으려 애쓰는 일이 중요하다. 그러면 누군가는 물을 것이다. 누가 대체 실패하기를 바라겠느냐고.

힘들었던 시절, 고생하던 때를 잊지 않으려 노력한다는 뜻이다.

이스라엘 사람들은 조상들이 광야를 헤매며 고생했던 것을 기억하기 위해, 조상들이 먹던 쓴 채소와 거친 빵을 먹는다고 한다. 그들이 잊지 않으려 애쓰는 것, 나는 그 자체가 바로 실패하지 않으려는 노력이라고 생각한다. 고생하던 시절을 기억해야만 언제, 어떤 도움을, 누구에게, 얼마나 받았는지 기억하게 된다.

나는 저축을 해도 한 곳에만 몰아넣지 않는다. 계란을 이리저리 나눠 두어야 몇 개는 건질 수 있다는 투자 수칙처럼, 나 또한 뭐든 반드시 만일의 경우를 생각해둔다. 갠 날에 흐린 날을 생각하고, 건기에 우기를 염두에 둔다.

이제는 나를 바라보는 내 사랑하는 가족들이 많이 늘었으며, 약손명가와 사랑하는 약손들을 위해서라도 실패하지 않으려는 노력을 더 많이 하고 있다. 작은 일에도 우리의 이미지와 브랜드, 그리고 함께 하는 식구들의 꿈과 미래를 먼저 생각한다.

우리가 탄 배가 점점 더 커져서 더 많은 식구들을 태우게 되면, 더욱더 안전한 항해가 중요해진다. 그래서 단 0.001%의 사고 가능성, 실패 가능성도 최선을 다해 배제해야 한다.

열하나. 저축이 가장 좋은 습관이다.

세 살 버릇 여든까지 간다는 말이 있다. 습관은 일단 한 번 몸에 들면 좀처럼 벗어나기 어렵다. 나는 사부님(이병철 회장님)의 가르침대로, '저축 많이 한 것을 자랑하는 성공자'가 되기로 다짐했다. 그래서 '절반은 저축하고 나머지로 생활하라.'는 말씀에 맞게 최선을 다해 알뜰하게 살고 있다. 저축이 좋은 이유는 이루 다 말할 수 없다. 낭비하지 않고 저축하면 삶 자체가 건강해진다. 불필요한 일은 안하고 필요한 일만 하게 된다. 낭비하고 후회하는 일을 되풀이하는 것이 보통의 일상이지 않은가?

그런 쓸 데 없는 후회, 괜한 고통만 제외해도 삶은 훨씬 더 밝아지고, 가벼워지고, 드높아질 것이다. 그리고 심리적으로 든든하게 느끼는 시간이 늘면서 자연히 안정감, 자부심도 갖게 된다. 그런 것이 돈이나 약으로도 안 되는 정신적 건강과 정신력을 눈에 띄게 높여줄 수 있다.

열둘. 먼저 주어야 나중에 받을 수 있다.

나는 사부님으로부터 여러 가지 교훈들을 배우고 마음에 새겼지만, 그 중에서도 특이한 것이 바로 '수수(授受)의 법칙'이다. '수수(授受)'에서 한자로도 '줄 수(授)'가 먼저다.

참 재미있는 글자 조합이다. 줄 수(授)에는 '손 수(手)'변이 있지만, 받을 수(受)에는 '또 우(又)'변이 있다. 먼저 줘야만 나중에 받을 수 있다는 사부님의 가르치심은 너무 지당하다. 한자로 보아도 확연히 드러난다. 주는 쪽은 부끄럽지 않은 손이지만, 받는 쪽은 아예 손 자체가 없다. 먼저 줘야 한다는 쪽에 무게가 실려 있는 말이다.

나는 수수의 법칙을 믿는다. 먼저 줘야만 비로소 주고받는 세상 이치가 하나의 어엿한 법칙이 되고, 공식이 되고, 철칙이 될 수 있다.

나는 그 동안 수수(授受)의 법칙 위에서 약손명가를 이끌어왔다. 지금도 그리고 내일도 똑같이 그 수수(授受)의 법칙 위에서 모든 일을 하고 모두를 대할 것이다.

열셋. 인연은 참 좋은 것이다.

악연(惡緣)보다는 아무래도 선연(善緣)이 좋다. 삶은 이래저래 온갖 인연으로 이뤄지게 마련이다. 신기한 것은 저절로 맺어지는 인연 보다는 노력해서 얻어지는 인연이 더 많다는 사실이다. 의미 있 는 인연, 가치 있는 인연이 되려면 그 나름의 노력이 필요하다. 시간이든 정력이든 뭐든 일정한 투자가 필요하다. 옷깃이라도 스 치려면 가까이 다가가야 하며, 일단 모두가 옷깃을 빌려줄 태세 를 갖춰야 한다.

비행기 속에서는 하루를 족히 함께 보낸다. 기차 속, 버스 속에서 는 반나절을 족히 함께 보낸다. 하지만, 종착지에 도착하면 서로 가 갑자기 낯선 사람으로 돌아가 서둘러 헤어지기 바쁘다. 자취

하나 안 남기려 도망치듯 자리를 뜬다. 얼마나 신기한 일인가? 인연은 그처럼 거저 맺어지거나 그리 쉽게 이뤄지는 것이 절대로 아니다.

조건이 엇비슷한 상태에서 선택의 기회를 공유하고 있는 남녀 사이에서도 인연 맺기는 그리 쉽지 않다. 그런 점에서 보면, 나는 참 행복한 사람이다. 나를 분발하게 하여 성공으로 이끈 인연과 나를 기쁘게 하고 보람 있게 한 인연들이 더 많았다. 그런 점에서 늘 감사하게 생각한다. 인연이 나를 더 힘차게 하고 더 빛나게 했다. 나를 더 줄달음치게 만들고 나를 더 돋보이게 만들어주었다. 더욱이, 에스테틱 사업은 사람의 손, 사람의 힘, 사람의 마음이 필수적이다.

어떤 식으로든 깊은 인연이 맺어져야 좋은 결과와 기대한 효과를 거둘 수 있다. 어떻게 보면, 약손명가는 바로 인연의 네트워킹 위에 보금자리를 틀고 있는 것이다. 약손테라피는 곧 인연을 맺어가면서 더욱더 그 빛을 발하게 되는 아주 특이하고 신비로운 요법인 셈이다.

열넷. 늘 보람 속에서 일하고 있다.

김기덕 감독이 만든 영화 《피에타》를 보면서 나는 정말로 행복한 사람이라는 사실을 다시 한 번 확인했다. 그 영화에 나오는 모든 사람들은 한결같이 불행한 사람들이다. 특히 고리대금업자를 보면서 나를 다시 한 번 돌아보게 되었다. 똑같이 돈을 벌지만 나는 그런 식으로 살고 있지 않다고 자부했으며, 현재의 나를 감사하게 생각했다. 주위에 피해를 주지 않으면서 순수한 땀방울로만 돈을 벌 수 있다는 사실이 얼마나 감사할 일인가.

무엇보다도 현재의 내 일에 보람을 느꼈다. 고객 중 외모에 대한 콤플렉스를 갖고 찾아오는 경우가 많은 만큼, 그것을 내 고민 이상으로 함께 떠안고 해결을 위해 끝없이 노력하는 내 일 자체를 참으로 고맙게 여겨야 한다.

건강을 지켜주는 일이 아닌가? 아름다움을 보장해주는 일이 아닌가? 그리고 무엇보다도 고민을 해결하여 행복하게 해주는 일이 아닌가? 단순한 일이 아니라 선물을 장만하여 곱게 포장하는 일인 셈이다. 아니, 멀리 있어 손에 잘 안 잡히던 행복을 함께 노력하여 기어이 가까이 불러들이고 곁에 꽁꽁 묶어두는 일인 셈이다. 참 좋은 일이다. 참 대견한 손이다. 건강과 아름다움과 행복을 만들어내고, 자신감과 자부심까지를 키워내는 일이기에 더욱 그러하다.

04
자아와의 만남,
그리고 제 2의 도약

　　　　　　나는 무슨 문제가 생기면 아무한테나 묻지
않는다. 꼭 전문가를 찾는 편이다. 전문가는 뭐가 달라도 다르다
는 것이 그 동안 내가 살아오면서 얻은 깨달음 중 하나이다. 또
한, 전문가를 만나야 전문적인 해답을 얻을 수 있다는 것은 나의
오래 된 신념이기도 하고, 내가 현장에서 터득한 나만의 지혜이
기도 하다.

앞에서도 여러 차례 언급했듯이, 나는 너무 이른 나이에 세상에
뛰어 들었다. 그러니 어린 나이에 그 작은 몸으로 어른들 틈바구
니에 끼어 살았다. 그러다보니, 사소한 것들까지 철저함과 완벽
을 기하게 되었고, 나중에는 아예 살아가는 기준 자체가 경직되
기에 이르렀다.

아들에게 집중할 수 없는 것이, 아들에게 너무 미안하다는 것이

언제부터인가 무서운 중압감으로 다가와 나를 짓누르게 되었다 "미안하다." "미안해."라는 말이 아예 입에서 떠나지를 않았다. 그러다 보니 스스로를 챙기는 일에서 점점 더 멀어져 무조건 희생하고 인내하는 것이 어느덧 버릇과 체질이 되어, 슬슬 나를 좀먹는 노이로제, 스트레스로까지 이어졌다. 급기야 사업장과 가까운 정신과에 들러 전문적인 해결책을 찾게 되었다.

하나. 직장생활을 하다 보니 아이에게 너무 미안하다고 했다.

"아이한테 미안해하지 마세요. 결국, 아이를 위한 일이 아닌가요? 자랑스럽게 생각하세요. 여느 엄마들보다 몇 곱절 더 열심히 아들을 위해 살고 있다고 자부하세요. 아이들은 오히려 역이용하기 쉽습니다. 미안해하는 어른을 보면 더욱 드세게 굴기 쉽습니다. 그리고 모든 것을 당연시하게 되면 감사할 줄 모르는 아이, 보답할 줄 모르는 어른이 되기 쉽지요."

둘. 내 스스로 자존심이 너무 결여되어 있다는 생각으로 의기소침해져 있을 때 다음과 같은 답을 얻었다.

"자존심과 자격지심과는 질적으로 다릅니다. 필요하면 무릎까지 꿇을 수 있다는 것은 용기이고 자존심이지, 결코 비겁한 마음이거나 자격지심이 아닙니다. 저 잘났다고 설치고 제가 제일이라고 뽐내는 것은 자존심이 아니라 자격지심입니다. 뭔가 부족하고 답답하고 불안하니까 그런 식으로 과시하고 과장하여 허장성세하는 것입니다. 자존심은 남들 앞에서 함부로 드러내고 멋대로 나타내는 것이 아니라, 마음속에 고이고이 지니고 있어야 합니다. 자존심이란 그냥 자연스럽게 지니고 있는 것입니다. 자존심이 누구보다도 높으니, 절대로 '나는 자존심이 너무 부족한 모양'이라고 속단하지 마십시오. 무릎 꿇을 수 있다는 것은, 자존심 이상의 용기이지 결코 볼썽사나운 자격지심 노출, 과시욕 노출과 전적으로 다릅니다."

셋. 능력에 비해 돈을 잘 번다고 했더니, 다음의 충고가 이어졌다.

"능력보다 돈을 많이 번다고 생각하는 것은 틀린 것입니다. 누구나 능력만큼 버는 것입니다. 공연히, 과분하게 생각하거나 미안하게 여길 필요는 없습니다. 누구나처럼 당연히 능력대로 벌고, 능력만큼 뻗어나가고, 능력에 맞춰 날아오르는 것입니다. 자신감을 가지세요. 아주 건강한 마음가짐이고 사고방식이며 생활자세이니, 걱정 마시고 지금처럼만 사십시오."

약손명가를 만나기 전, 한 평짜리 업소에서 겁 없이 단번에 240평짜리 업소로 확장하여 10여 년 동안 물불 안 가리고 매달렸을 때의 일이었다. '잠시 쉬어가라.' 는 신호였던 것이 분명하다.

이렇게 전문가와의 상담을 통해 나를 재발견하는 계기가 되었다. 너무 바쁜 나머지 거의 정신을 놓고 다닐 때라서 가장 시급한 나 자신과의 만남, 나 자신과의 흉금을 터놓은 대화가 거의 없었다. 30대 후반, 사업과 가정, 직원관리와 아들 챙기기 등이 마구 뒤엉켜 늘 미안하다는 생각을 지니고 살 때였다. 특히, 어린 내 아들에게 너무 미안해서 나도 모르게 눈물도 많이 흘리고 한숨도 많이 쉬었다.

다행히도 적절하고 고마운 상담 덕분에 해결책을 찾게 되었고. 마음이 한결 가벼워졌으며, 제 2의 전성기를 맞듯이 모든 것이 새롭게 새로운 의미로 다가왔다.

나는, 이유 없이 한숨이 늘고 가슴이 답답하다면, 무조건 전문가를 찾아가 확실한 해결책을 찾아야 한다고 감히 충고하고 싶다. 그 옛날의 나처럼 뭐든 혼자 해결하고 혼자서 끙끙 앓는다면, 내가 겪었던 그 지독한 심적 난관에 봉착할 수 있다.

고생도 앞장서서 하고 희생도 앞장서서 하려는 나 같은 스타일이라면, 자칫 '나는 늘 왜 이렇게 사나?' '어째서 나만 꼭 이렇게 지내야 하나?' 라고 하면서 끝없는 회의감에 파묻힐 수도 있다.

어쨌거나, 나는 나 자신을 재무장하고 재충전할 수 있었다. 너무 쉽게 간과했던 나와의 만남을 진지하게 갖고 난 후에야, 잊고 지

냈던 나 자신의 숨은 장점, 숨은 특질을 너무 늦지 않게 발견하고
발굴했던 셈이다.

셋째 장

소소한 일상 속
성공 키워드

01

버릇처럼 자주 하는 말들

나는 버릇처럼 자주 쓰는 말들이 참 많다. 내가 20대 후반부터 50대 후반에 이르기까지 자주 쓰다 보니 어느새 귀에 익은 말이 되고, 자연히 그 말 속에 내 혼과 마음과 생각이 다 녹아들게 되었다. 이제는 어느덧 '김현숙 표 말들'이 되어 사람들 사이에서 회자되기도 한다. 그 몇 가지를 간추려 보았다.

하나. 알겠습니다.

내 핸드폰 문자들 중 발신 글을 읽어보면, 가장 많이 사용한 글이 바로 '알겠습니다.' 와 '알겠다.' 이다. 나는 누가 말을 하면 '알겠습니다.' 나 '알겠다.' 는 말로 응대한다.

이처럼 나는 누가 말을 하면 즉시 이해하고 피드백을 주려 애쓴다. 누가 어떤 말을 하더라도 그 말 그대로 가감 없이 받아들인다. '알겠습니다.'와 '알겠다.'는 단문으로서, '나는 선생님의 말씀을 잘 이해하고 있습니다.'라는 뜻으로서, '나는 당신의 말을 있는 그대로 다 받아들인다.'는 뜻을 전하고 있는 셈이다.

둘. 감사합니다.

감사하다는 말은 많이 할수록 감사할 일이 많이 생긴다는 것이 내 지론이다. 감사하다는 말을 자주 할수록 입이 아픈 것이 아니라, 오히려 감사하게 여길 좋은 일들이 더 많이 생긴다는 것이 나의 평소 생각이다. 성 어거스틴(354~430)은 기독교 신학체계를 정리하다가 아예 '믿음, 소망, 사랑' 속에 '감사'를 하나 더 추가했다. 즉, 사도 바울은 믿음, 소망, 사랑이 모두 중요하나 그 가운데 제일은 바로 사랑이라고 했지만, 성 어거스틴은 그 셋 속에 감사를 더 넣어서 넷이 되면 좋겠다고 했다.

'감사하다.'는 말을 가장 많이 사용한다는 미국인의 경우, 하루 대화 중 자그마치 28%가 'Thank you.'라는 말이다. 또 사용하는 단어 개수가 대개 2만 6천 개인데, '감사'와 관련된 말을 자주 쓰는 성인들일수록 갈등과 긴장이 적은 비교적 평온한 사회를 만든다고 한다.

유대인들은 아이를 키울 때 감사하다는 말을 제일 먼저 가르친

뒤에 그 단계가 끝나거든 다른 말을 가르치라고 했다. 반면에, 우리는 아이의 입에서 '엄마, 아빠'라는 단어가 먼저 나오기를 기대한다. 그러나 유대인들은 다르다. 그들은 자신의 아이가 '고맙습니다.'를 말하며 감사함을 먼저 배우기를 희망한다. 그 다음이 '엄마, 아빠'이다.

이처럼 자존감 높은 유대인들에게는 뭔가 처음부터 다른 것이 있었다.

셋. 덕분에…

좋은 일이 생기면 나는 언제나 남의 덕택으로 돌린다. 나보다 남이 더 많은 도움을 주어서 좋은 일이 생겼다고 여긴다. 그래서 '덕분에…'라는 말을 입버릇처럼 자주 사용한다.

나는 오늘도 위에서 정리한 세 마디의 내 단골 말투를 향수처럼 맡아 보고 양념처럼 맛을 보고 있다.

'알겠습니다.'라고 말하며, 상대에 대한 나의 신뢰와 존경을 다시 확인한다. '감사합니다.'라는 말을 되뇌며 그 동안 내게 힘을 보태준 수많은 얼굴들, 이름들을 그리움과 고마움 속에서 다시 떠올린다. 그리고 '덕분에…'라는 말을 입속에서 웅얼거리며, 오늘의 나를 가능하게 해준 수많은 인연들을 가장 아름답게 핀 연꽃 속에서 다시 그려내고 매만져 본다.

말에 넋이 배어들어 있다는 말은 맞다. 말에 마음이 담겨져 있다는 말은 전혀 틀린 말이 아니다. 나는 세 가지 내 말투를 통해 나를 드러내고 있다. 이 세 가지 아름다운 말씨를 통해 내 넋과 내 마음을 조심조심 실어 나르고 있다. 바로, '김현숙 표 마음 드러내기'이다.

언제나 스마일, 웃는 인상으로 만드는 약손테라피

웃는 인상은 잡티 없고 깨끗한 피부와 더불어, 우리의 얼굴을 동안으로 보이게 하는 요소 중 하나입니다. 우리나라 사람의 경우, 한글 발음 특성상 자주 쓰는 아랫입술 근육이 수축하여 입꼬리가 자연히 밑으로 처지게 됩니다. 처진 입술은 화가 난 것 같은 인상을 주는데, 아랫입술의 근육을 늘리는 스트레칭을 반복 실시하면 웃는 인상을 되찾을 수 있습니다.

방법은 기, 니, 디, 리 등 모음 'ㅣ'가 들어간 음절을 소리 내어 말하며 구륜근을 스트레칭하는 방법입니다. 각 음절은 10초간 지속하며, 한 음절이 끝나면 입을 원래의 상태대로 오므렸다 다시 다음 음절을 이어가면 됩니다.

두 번째는, 양 볼에 바람을 가득 넣어 붕어 입을 하는 방법입니다. 이 방법은 입 전체의 근육을 이완시켜 팔자주름과 입가주름을 예방하는 방법으로 1회 12번 실시하며, 10초 이상 지속할 시에는 근육이 늘어나므로, 꼭 10초 이하로 실시합니다.

02

잘하는 것들,
자신 있는 것들

이제 지천명의 나이를 지나 나이 60을 코앞에 두고 있으니, 내 자랑 삼아서 내가 잘하는 '김현숙 표 브랜드'를 한번 정리해 보고 싶다. 오늘의 나를 가능하게 해준 작은 디딤돌이고 고마운 사다리였다. 나는 그런 내 장점들, 내 특질들을 딛고 올라섰고, 그 위에서 날개를 열심히 퍼덕이며 높은 하늘로 힘차게 날아오르기를 바랐다.

하나. 판단력이 썩 괜찮은 편이다.

나는 어려서부터 영화를 감상할 기회가 아주 많았다. 아버지께서는 다른 것은 몰라도 영화를 보여주는 일에서만큼은 동네에서 둘째가라면 서러워하실 분이셨다. 나는 그 덕분에 영화를 통해 좋은 것들을 많이 배웠다. 비록 어린 나이였지만, 어떻게 하면 원하는 것을 얻게 되고, 어떻게 하면 손에 쥐고 있는 것마저 잃게 되는가를 똑똑히 보았다. 위기를 극복하는 데 누가 도움을 주고 어떤 계기로 의외의 결과를 낳는지, 어려운 처지에서는 어떤 이를 만나 어떤 말을 들어야 도움이 되는지도 영화를 통해 알았다.

주인공이 바로 성공의 푯대이고, 주인공의 발자취가 곧 승리의 길로 통하는 표지판이자 화살 표시였다. 그래서 나는 약손명가의 이병철 회장님을 처음 만났을 때부터 전적으로 믿고 따랐다. 그분이 바로 내가 영화 속에서 발견했던 승리의 주인공이자 성공의 안내자였기 때문이다.

내가 가장 어려웠을 때였다. 내게 제 2의 도약이 절실히 필요했던 시기였다. 그래서 나는 내가 발견한 영화 속 주인공을 따라 해피엔딩을 확신하며 흔쾌히 동참하고 백 퍼센트 협력했다.

둘. 늘 긍정적인 편이다.

긍정적이어야만 매사에 좋은 일이 생기고, 그 어떤 어려움도 손쉽게 이겨낼 수 있다. 긍정은 돋보기와 같다. 잘 안 보이는 것을 똑똑히 보게 해준다. 남들은 그냥 지나친 것들을 아주 가까이에서 자세히 오래 보게 만든다. 자연히 자신감을 가지고 잠재력을 온전히 발휘할 수 있게 된다.

물통에 담긴 절반의 물을 보고도 '아직 반이나 남았다.'고 생각하면 쉽게 양보할 수도 있고, 아낌없이 다 비울 수 있다. '겨우 반밖에 남지 않았다.'고 생각하면 괜히 불안하게 생각되어, 양보하기도 어렵고, 물통을 다 비우는 일에도 인색하게 된다.

그저 작은 사고방식 차이에 불과하지만, 산을 다 내려왔을 때의 모습은 전혀 다르다. 한 쪽은 가볍게 다 비우고 경쾌하게 내려왔다면, 다른 한 쪽은 공연히 아끼다가 출렁거리는 물통과 함께 하산하게 될 것이다.

어떤 생각을 품고 사느냐에 따라 햇빛이 되기도 하고, 달빛, 별빛이 되기도 한다. 어떤 마음가짐으로 임하느냐에 따라 백열등이 되기도 하고, 호롱불이 되기도 하고, 반딧불이 되기도 한다. 그리고 때로는 생각 하나로 횃불이 되기도 하고, 도깨비불이 되기도 하는 것이다. 이처럼 사람은 신비스러운 구석을 많이 지니고 있다. 생각 하나만 살짝 바꿔도 놀랍게 달라질 수 있다.

셋. 약속을 아주 잘 지킨다.

나는 약속시간을 먼저 생각한다. 상대가 늦을 것이라며 지레짐작하고 게으름을 피우지는 않는다. 누가 어떤 이유로 약속을 못 지키게 되더라도 나만은 정해진 약속을 금과옥조로 여긴다.

약속은 최소한 두 가지의 측면을 지니고 있다. 상대와의 약속이

기도 하지만 나 자신과의 약속이기도 하다. 나는 후자에 더 무게를 둔다. 나 자신과의 약속이기에 더 소중하게 생각하고 반드시 지키려 노력한다.

그리고 약속을 어긴 상대에게 '왜 약속을 못 지켰느냐?'고 말할 수 있는 내가, 스스로 생각해도 훨씬 더 당당하게 여겨진다. 누구나 마찬가지일 것이다. 스스로 만족하지 못하면 비굴해지고 비겁해지기 쉽다. 약속을 지킨 뒤에 못 지킨 쪽을 지적하는 것은, 스스로에게 점수를 주는 성적표 매김이기도 하다.

넷. 가르치는 것을 잘한다.

초등학생 때 방과 후 아이들을 교실에 남겨 한글을 가르쳤던 나의 '별난 오지랖'은 성인이 되어서도, 약손테라피를 배울 때도 그대로 이어졌다. 나 또한 연습생의 시절이 있었다. 지금에야 약손 명가 각 지점의 원장들이 대동소이한 실력을 가지고 있지만, 어디서나 마찬가지로 배움이 빠른 학생, 조금 더딘 학생이 존재할 시기였다. 나는 다른 사람들보다 습득하는 능력도 남달랐을 뿐더러 집에서는 물론 시간이 날 때마다 연습을 해왔기 때문에, 다른 연습생에 비해 배우는 속도가 빠른 편이었다.

그래서 생각해낸 것이 개별 연습이었다. 수업이 끝난 후 밤 12시부터 1시까지 원하는 연습생들을 상대로 일명 '나머지 반'을 운영하게 된 것이다. 물론 누가 시킨 것이 아니었다. 부족한 연습생에게 내가 배운 모든 것을 그대로 전수해 주고, 나도 그 시간을 통해 다시 한 번 복습하는 시간을 가졌다. 밤잠을 반납하며 연습한 시간은 몇 달 후 실력으로 보답해 주었다.

그렇게 몇 년의 시간이 흐르고, 나는 약손명가의 '교육이사' 자리에 오르게 되었다. 전 지점의 교육을 총괄하는 직무였다. 교육이사 라는 타이틀을 달고 가장 먼저 생각했던 것은, 약손명가의 전체적인 교육 수준을 동등하게 만드는 것이었다. 고객이 어떤 지점에서 관리를 받아도 동일한 효과를 내야 한다는 생각에서였다. 이를 이루기 위해서는 분명한 교육 철칙이 있어야 했다.

첫째, 나의 노하우를 100% 공개한다.

보통 어느 정도의 위치에 오르면, 자신의 성공 노하우를 마치 '천기(天氣)'라도 되는 듯 쉬쉬하는 사람들도 있다. 하지만 내 생각은 달랐다. 내가 알고, 내가 할 수 있는 모든 것을 상대방에게 온전히 전하는 것을 교육의 기본으로 삼았다. 교육 자체가 사심이나 거짓 없이 순수하기 때문에 교육받는 사람 또한 열과 성을 가지고 시간에 임할 수 있는 것이다.

둘째, 구체적인 설명과 지적을 한다.

보통 교육을 할 때 많이 사용하는 단어 중 하나가 '압의 중요성'

이다. 단순한 단어지만 이것을 교육생들에게 전달하기 위해 다양한 설명을 덧붙인다. '어디 어디를 관리하세요.' 라고 설명하기보다는 손의 각도는 물론 피부 표피만 자극하는 것인지, 얼마만큼의 '압' 을 주어야 하는 것인지를 정확히 설명해준다. 그리고 연습생들이 이해는 잘 했는지를 꼭 확인한다.

아무리 반복적으로 가르쳐도 유별나게 더딘 연습생도 있다. 하지만 절대 화내지 않고 처음부터 차근차근 다시 도전해볼 수 있는 기회를 마련해준다.

셋째, 교육에도 책임을 진다.

교육을 하면서 입버릇처럼 하는 말이 바로 "이해했습니까?"이다. 교육 받는 이가 100% 완벽하게 이해를 했다고 피드백을 주었을 때 비로소 다음 단계로 넘어간다. 한번 놓친 동작은 반복적으로 놓칠 수 있으며, 다음의 동작에도 영향을 준다는 것을 잘 알기 때문이다. 또 실력이 부족한 지점이 있을 경우, 사비를 들여 직원을 파견하여 교육을 실시하기도 한다. 앞에서 말한 바와 같이, 전 지점에서 동일한 효과와 서비스를 보장하기 위함이다.

다섯. 아름답게 만들어주는 것을 잘한다.

유독 예뻤던 여동생 때문에 일찌감치 멋 내는 것에 대해 관심이 많았다. 하지만 '미(美)'라는 학문 또한 공부가 필요했고 정보가 절실했다. 그때부터 예뻐지기 위한 모든 책을 사보기 시작했다. 해부생리학, 피부 관리, 화장법, 패션, 식습관, 영양, 표정과 자세까지. 그 중 미용과 밀접한 관계가 있는 해부생리학은 24번이나 독파를 할 정도로 읽고 또 읽었다. 아예 내 것으로 만들겠다는 작정이었다. 또 이렇게 알게 된 정보는 꼭 다른 사람들과 나누어 실천해 보는 것을 원칙으로 한다.

첫째, 나 자신과 남을 아름답게 해준다.

유년 시절 오빠의 말 한마디는 나를 미용에 맹목적으로 집착하게 만들었다. 아름다운 것, 그것은 타고나는 것이라고 생각하는 사람들도 많지만, 내 생각은 조금 달랐다. 꾸준히 관리하고 자신에게 관심을 가지면, 나도 예뻐질 수 있을 것이라고 생각했다. 책에 나와 있는 내용대로 마사지도 해보고, 요즘 유행이라는 메이크업 테크닉도 얼굴을 도화지 삼아 몇 번이고 그리고 지우길 반복했다. 그렇게 시간이 흘러 내 나이 스물네 살, 무심하게만 느껴졌던 오빠가 한마디 툭 하고 던지는 것이 아닌가.

"요즘은 네가 막내보다 훨씬 예쁘다."

하늘을 날 것만 같았다. 타고난 것이 아닌 스스로 만들어낸 것이었기 때문에 그 기쁨 또한 곱절이 되었다. 그리고 자신감이 들었다. '아, 누구든지 노력하면 예뻐질 수 있구나.'

그 뒤로 나는 '관리 전도사'를 자청했다. 귀찮다는 어머니를 눕혀 팩을 해드리고, 결혼을 앞둔 친구들을 찾아 피부 관리를 해주었다. 한번 관리를 받은 친구들이 나를 다시 찾을 정도로 만족도도 꽤 좋았다. 그때부터였던 것 같다. 아름다움을 만들어 나가는 것에 대해 믿음이 생겼다. 자신감 또한 생겼다. 세상의 그 어떤 사람도, 생긴 대로 살아가야 한 다는 법은 없다는 것을 깨달았다.

둘째, 아름다워지는 것에 투자를 잘한다.

결혼하기 전, 나는 월급보다 많은 거금을 써가며 피부관리를 받곤 했다. 책으로 읽고 학원에서 배우는 것만으로는 가시지 않는 갈증이 있었다. 프로 관리사들의 관리를 받으면서 지갑은 점점 얇아졌지만, 얻어가는 것은 그 곱절이었다.

관리의 순서나 화장품의 사용 방법, 고객을 편안히 모시기 위한 다양한 서비스까지. 그리고 그렇게 배운 것은 집으로 돌아와 어머니나 동생, 친구들에게 실험해 내 것으로 만들었다. 한 가지를 배우더라도 아마추어로 남고 싶지는 않았다. 그리고 그때의 경험은 내 샵을 운영하고 나아가 약손명가를 꾸려가는 데 값진 자양분이 되었다.

셋째, 복합적인 눈으로 아름다움을 컨설팅한다.

에스테틱 자체가 고된 일이다 보니, 조금만 소홀히 해도 건강 밸

런스가 무너지기 쉽다. 연습생의 과정을 통과하고 지점을 배정받게 되면, 의욕이 넘쳐 자칫 건강이 나빠지는 직원들이 있었다. 고민 또한 다양하다. "소화가 안 되고 헛배가 불러요.", "팔다리가 쉽게 붓고 심지어는 통증까지 있어요.", "금세 지치고 감정 조절이 힘들어요." 등등. 하지만 이런 고민을 들을 때 '잡식'으로 습득한 정보들이 유용할 때가 많다. 아름다움과 관련된 것이라면 토시 하나도 놓치지 않으려고 노력한 탓인지, 복합적인 눈으로 문제를 바라볼 수 있기 때문이다.

고객의 경우도 마찬가지다. 약손명가를 찾아주는 고객의 대부분이 남에게는 말 못할 콤플렉스로 고민하다가 결국 전문가의 도움을 받기 위해 찾아온다. 특정 부분의 외모가 맘에 들지 않는 단순한 경우도 있지만, 신체 각 부분이 복합적인 영향을 받아, 형태가 틀어지거나 변형된 경우도 꽤있다. 이것은 고객 개인의 생활습관과 밀접한 영향을 맺고 있는데, 이것 또한 다양한 조언으로 개선되는 경우가 많다. 고객 한 분 한 분에 맞는 라이프스타일을 제안해 주는 방법이다. 음식을 먹거나 물을 마시는 습관, 그리고 직업군에 따른 자세의 교정 등, 약손명가가 다른 경쟁사에 비해 관리의 효과가 높은 이유도 이와 같다. 약손 테라피의 효과에 잘못된 습관을 바로 잡아주니 효과는 배가될 수밖에 없다.

단점도 장점이
될 수 있다

자신의 단점을 말하기란 사실 언제나 좀 부끄
럽고 거북한 법이다. 말로는 누구나 '내 단점을 지적해 달라.'거
나 '내 단점을 알려주면 고맙겠다.'고 말한다. 하지만 거울 속에
나타나는 자신의 약점을 뚫어지게 쳐다보기 싫듯이, 누구나 자신
의 단점을 다 알면서도 막상 지적 받거나 스스로 직시하게 되면
그리 달갑지 않다. 왜 나라고 단점이 없겠는가? 사실은 아주 많은
편이다. 그 중에서 몇 가지만 우선 간추려 보았다. 물론, 나는 내
단점을 장점으로 만들기 위해 부단히 노력하고 있다.

하나. 솔직한 것이 때로는 단점이 되곤 한다.

나는 스스로 병적이라 할 정도로 지나치게 매사에 솔직하다. 그

래서 대인관계에서 본의 아니게 손해를 본 적도 많았다. 지금은 다행히 나의 솔직담백한 면을 좋게 보는 이들이 많아졌지만, 한 때는 '무엇이든 지나치면 부족한 것만 못하다.'는 뜻의 과유불급(過猶不及)이란 성어가 떠오를 만큼 괴로웠던 때도 있었다.

예전에 나는, 선의의 거짓말도 거짓말이니 하지 말아야 한다고 생각했었다. 그러나 요즘은 선의의 거짓말이라면 해도 된다는 식으로 약간 바뀌었다. 말 그대로 선의라는 것만 확실하면 괜찮다는 것이다.

물론, 지금도 나를 위해서는 비록 선의라도 거짓말이라도 하지 않는다. 다만, 남을 위해 선의의 거짓말을 해야 한다면 굳이 마다하지 않는다.

나는 가끔 '왜 내가 이토록 고지식한 사람이 되었을까?' 하고 곰곰이 생각해보곤 한다. 아버지를 일찍 여의고 오빠 밑에서 자라면서 오빠의 생활신조가 그대로 이어진 듯하다. '아버지가 안 계시니 특히 더 조심해야 한다. 손가락질 받을 일은 절대로 해서는 안 된다.'는 것이 오빠의 한결같은 가르침이었다. 그 때문에 나와 여동생은 체질적으로 고지식한 사람이 되고 말았는데, 솔직담백한 기질 자체 역시 바로 그런 이유 때문이라고 생각한다.

나는 솔직한 내 기질을 오히려 좋아하고 자랑스럽게 여긴다. 당장은 좀 손해 보는 듯해도 길게 보면 다들 그런 기질을 은근히 좋아해 주기 때문이다. 내 단점이 어느덧 장점으로 작용하고 있는 것이다.

둘. 청력이 좀 안 좋아서 더 집중하게 되었다.

한두 가지 고민거리 없는 이가 어디 있겠는가? 나도 내 발음이 약간 부정확한 것을 알고 나서 그 동안 고쳐보려고 숱하게 애를 썼다. 웅변학원, 성우학원에 다니기도 했고, 심지어는 자폐아를 위한 학원을 다녀보기도 했다. 다행히 자폐아를 위한 학원의 원장이 나의 문제점을 찾아주었다.

역시, 문제는 다른 곳에 있었다. 청력이 안 좋아서 발음이 부정확하게 된 것이었다. 문제의 근원을 제대로 모른 채, 혼자만의 생각으로 온갖 방법을 동원했던 셈이다. 신문을 읽으면서 정확한 발음을 연습해 보라는 조언을 듣고, 그때부터 신문을 교과서 삼아 발음 바로잡기에 매달렸다. 다행히, 지금은 더 이상 고민하지 않게 되었다. 문제의 근원을 제대로 지적해준 자폐아학원 원장에게 늘 고맙게 생각하고 있다.

그 이후로 나 또한 많이 변했다. 문제가 생기면 그 근원을 캐보려는 버릇이 몸에 배게 되었다. 또한 남의 이야기를 집중해서 듣는 습관도 생김으로써 오히려 나의 단점이 장점이 되었다.

나는 어렸을 때부터 많이 게을렀다. 열심히 일을 하고 싶은 마음은 굴뚝같은데 몸이 말을 듣지 않았다. 그래도 나의 일이기에 게으름피지 않고 일을 해서 회사에서는 눈치를 못 챘지만, 집에서는 남들이 혀를 내두를 정도로 게을렀다.

그런데 살면서 나는 깨달았다. 게으른 것은 몸이 약해서임을 알게 된 것이다. 그 후부터 바로 체력 관리를 하기 시작했다. 어렸을 때는 놀러 다니지 않았다. 놀고 나면 그 피로가 그대로 쌓여 일을 하기 힘들었기 때문이다. 지금은 다른 방법으로 나의 게으름을 관리하고 있다.

첫째, 힘들 때마다 아들을 생각하면 저절로 기운이 솟는다.
둘째, 약손명가의 약손테라피를 받기도 하고 직접 하기도 하면서 몰라보게 건강해졌다. 낮잠을 자지 않아도 일하는데 전혀 문제가 없을 만큼 건강한 체력을 갖추게 되었다. 약하게 타고났지만, 노력으로 극복한 셈이다.

체력이 따라주지 않았을 때는 어쩔 수 없이 게으른 사람이 된다. 낮잠을 자야만 일을 할 수 있다면, 이미 '부지런하다.' 는 말이나 '건강하다.' 는 말을 듣기 어렵다. 이제는 다행히도 누구에게나 당당히 '체력이 향상되어 자연히 부지런해지고 매사에 더 자신만만하게 되었다.'고 말할 수 있다. 그리고 내 경우를 감안하여, 누군가가 게으르다면 몸이 허약한 탓이라는 생각을 하게 된다. 체력을 보강하여 건강해지면 부지런한 사람이 될 터이니, 공연히 버릇이나 정신 상태를 거론하며 헐뜯거나 나무라는 짓도 하지 않는다. 오히려 무엇을 도와야 바뀌게 될지를 함께 고민하고, 앞장서서 고쳐주는 편이다. 상대 입장에서 생각하면 뭐든 저절로 이해되기 마련이다. 서양 격언대로, '상대의 신발을 신어보면, 그 사람의 발 크기를 금방 알 수 있는 법'이다.

나는 직원들에게 몸이 힘들어지기 전에 미리미리 건강을 잘 챙기라고 당부한다. 그리고 직원들에게 매일 아침 자기 건강관리에 소홀하지 말라고 '삐콤씨'와 '우루사'를 잘 챙겨 먹이라고 각 지점 원장들에게 당부하고 꼭 잠은 저녁 12시 안에 자라고 이야기를 한다.

04
직장에서의
트레이드마크

나는 나만의 트레이드마크가 있다. 소녀 시절부터 갈고 닦은 근면성과 성실성에 기초한 것이다. 내가 처녀시절에 쌓은 나만의 트레이드마크, 나만의 브랜드 가치를 몇 가지만 정리해 보겠다.

하나. 인사를 참 잘했다.

나는 시력이 좋지 않았다. 그래서 실수하지 않기 위해 사람을 보자마자 먼저 인사하는 습관을 길렀다. 그 때문에 자연스레 인사성 밝다는 말을 듣게 되었다. 예의 바른 직원이라는 이미지가 각인됨으로써 외국공사부에서 자금부로 옮길 수 있었으며, 그 부서에서 돈의 흐름을 익히게 되었다.

자금부에서 내가 맡은 일은 하루 3백만 원~5백만 원 한도 내에서 직원들이나 거래처에 필요한 돈을 지급하는 일이었다. 별 것 아닌 일 같지만, 그 일을 통해 작은 돈이 모이면 큰돈이 된다는 사실을 깨달았다. 돈이 끼치는 이런저런 영향을 생생하게 체험할 수 있었던 셈이다.

둘. 늘 일을 찾아서 했다.

어머니는 내게 "일을 찾아서 해야만 실력도 빨리 늘고 주위의 사랑도 받을 수 있다."고 하셨다. 그렇지만 찾아서 할수록 일이 자꾸만 늘어나기만 했다. 힘은 들어도 불평은 하지 않았다.

내가 자금부에 갔을 때는 여직원이 모두 셋이었는데, 차례대로 결혼한 다음 둘은 퇴사했다. 야속하게도 인원 충원은 없었고, 나 혼자 세 사람 몫을 할 수 밖에 없었다. 야근은 기본이고 주말 근무도 예사였다.

회사를 그만둔 후 들러보니 여직원이 다시 셋으로 늘어나 있었다. 나만 억울하게 그 많은 일을 혼자 도맡아 다 했다는 생각이 들었지만, 그 덕에 내 끈기도 자라나고 내 실력도 늘었다며 나자신을 추슬렀다.

그때의 고생은 내가 샵을 경영하면서 오히려 보상으로 따라왔다. 따로 직원을 두지 않고 직접 홈페이지를 운영하며 고객들과 소통

했다. 고객들의 호응도 자연히 커져만 갔다. 일을 많이 해서 자판을 빨리 두드릴 수 있기에 속 시원하게 즉시 답하는데 누가 안 좋아하겠는가? 또한 구구절절 답변을 하는데 누가 싫어하겠는가?

 '합력하여 선을 이루시는 하늘의 일' 에 대한 이야기를 어머니를 통해서 자주 들었는데, 결국 내 경우에도 지난 고생 하나하나가, 훗날 생각지도 못한 보상이 되고 능력으로 남았다. 고생이 나를 먹여주는 항아리가 되고, 나를 일으켜 세워주는 강력한 스프링이 되었던 셈이다.

셋. 꾀부리지 않고 최대한 신속하게 처리했다.

일이 앞에 떨어지면 즉시 해결하는 편이었다. 점심시간을 거르며 일하기도 하고, 야근을 하면서 마무리 짓기도 했다. 남들보다 일찍 출근하여 끝을 맺기도 했다. 그 결과, 일을 아주 빨리 하는 사람으로 통하게 되었다. 퇴직 후 예전 상사를 만나 듣게 된 나에 대한 평은, 일처리가 빠른 사람이었다. 나는 빙그레 웃으며 그 정도면 괜찮은 평가라고 생각했다.

넷. 정확하게 보고하여 신뢰를 쌓았다.

일이 일단 떨어지면 먼저 업무총량을 계산했다. 그리고 내 일처리 속도와 견줘서 마감시간을 예측하고, 몇 날 몇 시까지 마감하겠다고 보고했다. 그 약속은 반드시 지켰다. 늦게 될 경우, 왜 늦어지는지에 대해 미리 보고했다. 나의 이런 분명한 일처리에 일을 시킨 쪽에서도 답답해하거나 궁금해 하지 않게 되고, 나 또한 공연히 조급하게 굴거나 허둥대지 않게 되었다.

상사와의 커뮤니케이션이 이미 이뤄졌기 때문에, 내 계획에 맞춰서 느긋하고 차분하게 일할 수 있었다. 교감, 공감, 소통이 얼마나 중요한지를 일찌감치 생생하게 깨달았던 것이다.

머리를 개운하게, 집중력을 높여주는 약손 테크닉

스트레스를 극도로 받으면 갑자기 머리가 아프고 어깨가 뭉치는 듯한 느낌을 받습니다. 이는 외부의 자극에 머리의 근육이 수축하며 반응하기 때문인데, 이때 머리에 열이 나고 두통을 유발시키는 것입니다. 특히 우리 몸의 근육은 주변의 근육과 미세하고 치밀하게 관계를 맺고 있기 때문에, 목이나 어깨, 눈에도 동시에 피로를 느끼게 됩니다.

머리를 개운하게 유지하기 위해 자극하기 가장 좋은 부분은 바로 어깨와 목입니다.

방법은 턱을 치켜세워 턱과 이마가 수평이 되도록 10초간 유지하여 앞 목의 근육이 충분히 늘어날 수 있도록 하고, 다음 턱을 가슴 쪽으로 바짝 당겨 뒷목의 근육이 늘어날 수 있도록 10초간 유지하는 것입니다. 그리고 귀가 어깨의 봉재선에 닿을 수 있도록 눕혀서 오른쪽과 왼쪽 모두 10초간 유지합니다.

이렇게 스트레칭을 하는 동안, 방향에 따라 어려운 동작들이 생기곤 합니다. 이것은 어깨와 목의 근육이 불균형하게 수축되거나 이완되었기 때문입니다. 잘 되지 않는 방향의 동작은 2배 실시합니다.

05

슬프고도
서러웠던 기억

사람에게는 눈물과 웃음이 있다. 삶에서 빼놓을 수 없을 만큼 둘 다 자주 생기고, 어김없이 찾아오게 마련이다. 내게도 물론 서럽고 아픈 시련들이 참 많았다. 이제는 모두 다 기억 속에 꼭꼭 가둬두고 있지만, 그래도 가끔은 슬금슬금 고개를 쳐들 때도 있다. 그 몇 가지만 다시 떠올려 보련다.

하나. 친구끼리는 돈 빌려주는 것 아니래.

나는 결혼식 전날까지도 회사를 다녔다. 모아 둔 돈이 적었기에 결혼하면 회사를 떠나 내 나름의 새로운 돈벌이를 해야 했기에, 자금 마련이 곧 발등에 떨어진 불이었다. 친한 친구에게 내 사정을 이야기했다. 친구는 2백만 원을 빌려줄 수 있다고 했다. 나는 결혼 전날까지 회사에 있을 테니 그때까지만 빌려주면 된다고 했다.

그런데, 퇴근시간이 다 되어도 친구에게서 연락이 없었다. 답답한 쪽은 친구가 아니라 내 쪽이다. 먼저 전화를 걸어 어떻게 되어 가느냐고 물었다.

친구는 갑자가 돈을 잃어버렸다고 했다. 깜짝 놀라서 수표냐고 물었더니 수표가 맞다고 했다. 나는 얼른 경찰에 신고해야 한다고 말했다. 그러자, 친구는 태도가 돌변하여 돈을 잃어버려 기분이 안 좋은데 왜 이런 저런 충고까지 하느냐고 화를 냈다.

나는 전화를 끊고 어디서 2백만 원을 빌려야 할지 고민하지 않을 수 없었다. 그러던 차에 친구가 다시 전화를 걸어 왔다. 회사 건물 로비에 와 있다고 했다. 내려가서 만났더니 미처 내가 생각지도 못했던 말을 했다. 친구 어머니가 '친구끼리는 돈 거래 안 하는 것'이라며 반대했다는 것이었다.

나는 너무 섭섭했다. 처음부터 어머니의 말씀을 전했더라면 충분히 이해하고 넘어갈 수 있었을 텐데, 공연히 섭섭한 감정만 더 생긴 꼴이 되었기 때문이다. 친구는 오히려 어머니께 꾸중을 들었다며 더 이상 만나지 말자고 했다. 나 때문에 모녀지간에 불편한 일이 생겼으니, "이제부터는 친구하지 말자."고도 했다.

나는 "처음부터 내가 먼저 빌려달라고 한 것이 아니고, 네가 먼저 빌려준다고 했기에 고맙다고 했는데… 그래도 마음이 바뀌면 언제든 전화해." 라고 말했다. 그렇게 헤어지고 나서 얼마나 펑펑 울었는지 모른다. 돈 없는 설움을 그때처럼 절실히 느낀 적이 없었다. 지금도 그때 일을 떠올리면 걷잡을 수 없이 눈물이 흘러내리곤 한다. 그날 저녁, 친구가 다시 전화를 걸어 화해하게 되었지만, 그때 이후론 아무래도 서먹한 사이가 되어 버렸다.

둘. 월급을 제 날짜에 못주게 되어 너무 미안해.

한 평짜리 가게에서 10평짜리로, 그리고 다시 50평짜리로 옮긴 뒤에 돈이 어느 정도 모아지자 겁 없이 240평짜리로 확장했다. 오픈하면서 직원들에게 고마워서 앞으로는 고객뿐 아니라 직원까지 같이 신경 써서 잘해주고 싶다고 말하면서, 건의사항 세 가지만 말해보라고 했다.

"첫째, 다른 직원들 앞에서 잘못을 지적하지 마세요. 둘째, 고객의 불만이 있더라도 해고하지 마세요. 셋째, 관리 스케줄을 잡을 때 중간에 쉬는 시간을 주세요."

물론 세 조건 모두 수용했다. 일종의 공식적인 약속이 이뤄진 것이다.
그런데 눈에 확 띌 정도로 예쁜 직원이 들어왔다. 성격은 얼굴과 완전 딴판이었고, 실력도 많이 모자랐다. 공개리에 야단 안치겠다는 약속대로, 따로 불러서 그 동안 있었던 잘못들을 놓고 야단을 쳤다. 그리고 고객들의 환불요구가 늘기만 했다. 원하는 시간에 관리를 받을 수 없다는 것이 주된 이유였다. 환불을 해주면서도 직원들과 한 약속은 지켰다. 일 못한다고 해고하거나, 다들 보는 가운데에서 야단치지 않았다. 그리고 예약을 받으면서 쉬는 시간을 고려했다.

그러던 중에 '세금 3천만 원'이 뜻밖의 문제를 낳게 되었다. 과징금을 내더라도 나중에 내자고 한 것이 그만 예금 지급정지로 이어지고 말았다. 5백만 원 이상 체납이면, 은행 잔고를 세무서에서 막을 수 있다고 했다. 후회해도 소용없었다. 결국, 잔고가 3천만 원이 넘은 것을 확인한 세무서 측에서 세금 내고도 남을 테니 1주일 후 동결된 계좌를 풀어주겠다고 했다.

나는 그런데 그 주에 급여일이 있었다. 상황을 설명하고 "미안해요. 1주일만 참아주세요."라고 양해를 구했다. 직원들이 내 사정을 이해하고 퇴근했지만, 뜻밖의 문제가 생겼다. 그 다음날 한 명의 직원이 출근하지 않았다. 그 직원의 집으로 연락을 취하자, 그 직원의 어머니가 전화를 가로채며 거친 말을 쏟아냈다.

"우리 아이 봉급 당장 입금하세요. 알았어요?"

메시지는 간결했지만, 앞뒤의 욕설이나 거친 말투는 1주일이라는 기간에 비해 너무도 대단했다. '그런가보다.', '그럴 수도 있겠다.'고 생각했다. 그런데 직원들의 분위기가 갑자기 달라지기 시작했다. 친절하던 태도는 온데간데없고, 다들 나를 낯선 사람처럼 대했으며 일종의 적대감까지도 전해져 왔다.

나는 대체 무엇이 잘못되었는지를 찬찬히 살피기 시작했다. 오래된 직원들마저 하나둘씩 그만두는 이유를 처음에는 잘 몰랐다. 문제점을 찾다보니 어느 정도 알아차릴 수 있었다. 내가 예쁜 직원만 감싸고돌았다고 했다. 일을 못해도 그냥 넘기고 고객의 불만이 들어와도 그냥 지나치며 너무 편애했다고 했다.

나는 좀 억울했다. 약속대로 이미 그 직원을 따로 불러 야단도 쳤고, 실력을 더 늘리도록 노력하라고 따끔하게 충고도 했다. 그리고 약속대로 해고하지 않았고, 약속대로 쉬는 시간을 넣어서 일정을 짰다.

나는 약속을 다 기억하고 지켜주었는데도 직원들은 오히려 그 약속을 다 잊고 잉뚱한 쪽으로 오해한 채 하나둘씩 자리를 떴던 것이다. 그렇게 모든 직원들이 떠나가고 오직 한 사람(손유경 실장)만 남았다.

나는 그녀에게 "이제는 전에 한 약속대로 할 수 없다. 약속을 지킬 수 없게 되어 미안하다."고 했다. 그랬더니 손유경 실장은 오히려 예전이 더 좋았다고 대답했다. 그래서 문제의 발단이 된 그 예쁜 직원을 조용히 불러서 그날 바로 해고했다. 손유경 실장이 전에 하던 대로 하자며 순순히 따라주었기에 가능한 일이었다.

뼈아픈 경험이었지만 참으로 많이 배웠다. 나 자신을 되돌아보며 무척이나 가슴 아팠다. 무엇보다도 한 번 한 약속을 끝까지 못 지킨 것이 너무 서글펐다. 이제는 그런 실수를 다시 하지 않기 위해서 나를 더욱더 채찍질하고 있다.

06
눈부시게
아름다운 추억

행복했던 순간들이 너무 많았다. 그 하나하나 가 모여 나를 발전시켰고, 음으로 양으로 나를 부추겨 오늘의 나를 만들었다. 그 많은 행복한 순간들 중에서 아주 조금만 살며시 간추려 보자.

하나. 내 빌딩을 샀을 때 처음으로 성공의 맛을 보았다.

결혼을 해서 주위를 돌아보니 실로 각양각색이었다. 결국, 살림살이에 관한 이야기들이 대부분인데, 여유롭게 사는 사람이 있는가 하면 늘 부족하게 사는 사람도 있었다. 물려받은 것이 좀 있으면 풍족한 편이고, 여기 저기 지출해야 할 일이 많은 경우에는 어쩔 수 없이 쪼들리는 편이었다.

나는 주위를 돌아보며 '돈을 벌면 꼭 내 건물을 사겠다.'고 다짐했다. 아들을 위해서였다. 그리고 우리 부부를 위해서였다. 수입이 고정적으로 넉넉히 들어오지 않으면 힘들 수밖에 없다. 내 건물을 지니고 사업을 하면 그만큼 좋은 점들, 유리한 점들이 많아질 것이라 생각했다. 빌딩 지하상가 한 귀퉁이에서 돈벌이를 할 때나, 수유리 '가든타워'에서 실패와 성공을 거듭하며 느낀 것이다.

저축하는 습관을 늘려 어느 정도 큰돈이 모아지자 나는 건물을 살 준비를 하게 되었다. 그러던 어느 날, 지하 2층, 지상 5층인 아담한 건물이 매물로 나와 계약했다. 얼마나 뿌듯했는지 모른다. 한동안은 실감이 나지 않았다.

"마침내, 내 건물을 갖게 되다니…, 그것도 서울 강남 한복판 요지에 어엿한 빌딩을…."

우리 가정을 위해서 비빌 언덕을 하나 마련한 셈이었다. 나는 그렇게 내 사랑하는 아들의 장래를 위해서 튼튼한 징검다리 하나를 놓았다.

둘. 너는 왜 어머니를 그렸니?

아들이 고교 1학년 때 일이다. 미술시간에 선생님이 존경하는 기업가를 그려보라고 하자, 다들 빌 게이츠나 다른 유명사업가들을 그렸다. 내 아들은 특이하게도 아무도 모르는 여성의 모습을 그렸다. 선생님이 누구를 그렸느냐고 묻자, 아들은 "제 어머니세요."라고 당당히 대답했다. 아들에게서 그 이야기를 듣고 얼마나 가슴이 벅찼는지 모른다.

"그래, 아들에게서 그런 평가를 받았다면 내가 바라는 대로 된 것이다. 아들 눈에 엄마가 존경하는 사업가로 보였다면 이미 절반의 성공은 이룬 셈이다."

셋. 어디를 가나 내 기도는 똑같다.

미국에서 캘리포니아 트리니티 대학을 운영하는 이사장과 함께 설악산의 한 유명 사찰을 찾은 적이 있었다. 주지스님을 만나기 위한 방문이었다. 나는 종교인은 아니지만 생활 속의 신앙인 정도는 되기에 간절한 마음으로 기도했다. 나의 기도에는 언제나 '룰'이 있다.

먼저, 가족에 대한 기도를 한다. 사랑하는 아들이 공부에 더 전념하기를 빌었다. 남편이 건강을 위해서라도 담배를 빨리 끊게 해달라고 빌었다. 그리고 사부님(이병철 회장님)과 약손명가의 가족들이 늘 건강하고 행복하게 해달라고 빌었다. 끝으로, 고객들에게 더 높은 효과와 큰 만족을 줄 수 있는 비법과 비법을 찾을 수 있는 능력을 갖게 해 달라고 빌었다.

그런데, 그때 처음으로 신기한 체험을 했다. 가족을 위해 기도할 때부터 '감사합니다.' 라는 말이 먼저 튀어나왔다. 다시 기도를 해도 마찬가지로 '감사합니다.' 라는 말이 먼저였다. 여러 차례 같은 체험을 하며 나는 생각했다.

"아하, 내가 지금 참 행복하게 사는 모양이구나. 늘 감사할 것만 있을 정도로 현재 아주 행복한 생활을 하고 있는 모양이구나."

나는 설악산을 뒤로 한 채 서울로 들어오면서도 기도할 때 들리던 그 '감사합니다.' 라는 내 혼잣말을 되풀이해서 들어보았다. 그리고 더 겸손하게 살고 더 알차게 살아야겠다고 다짐했다.

행복은 그리 멀지 않은 곳에서 이미 나를 기다리고 있었다. 그래서 내 입속에 아주 오래 전부터 '감사합니다.' 라는 말을 새겨두고 살게 했던 것이다.

07
신혼부부에게
들려주고 싶은 말들

결혼식장에 가보면 주례선생님의 주옥같은 말씀들이 단비처럼 내리고 함박눈처럼 소복소복 쌓인다. 부부의 새로운 출발에 앞서 축복하는 마음을 한데 모아 좋은 말씀으로 장식하는 것이다. 나 또한 그렇게 신혼부부들에게 꼭 들려주고 싶은 말이 있다.

하나. 남이 내게 잘해주면 감사하고 남이 내게 못해주면 당연시하라.

결혼하면 남편이 잘해줄 것이라는 생각에서 결혼 준비에 따른 복잡하고 번잡한 일들을 되도록 가볍게 넘기기 마련이다. 나 또한 그랬다. 그래서 누구나 그러하듯이 나도 '결혼이 가져다 줄 행복한 미래'에 대해 아무 의심 없이 백 퍼센트 믿고 달려들었다.

기대와 달리 결혼 전의 달콤한 환상이 하나둘씩 엉뚱한 방향으로 굴러 떨어지기 시작한 것은 너무도 당연했다. 처음에는 원망도 했다. 그런데, 가만히 생각해보니 나 자신에게도 일정 부분의 책임이 있었다. 왜냐하면, 나 또한 결혼했다고 해서 남편에게 특별히 달라진 모습으로 다가가지 못했기 때문이다.

'우선 나부터 고치자. 나부터 남편에게 잘해주도록 하자.'는 다짐을 했다. 그리고 서점에 가서 그에 필요한 책들을 골랐다. 전문가들의 좋은 충고를 접하기 위한 내 나름의 방법이었다. 부부생활 전문가라는 이들의 이런저런 조언을 꼼꼼히 살폈다. 그리고 내게 필요한 것은 빠짐없이 메모했다. 내가 그때 본 책들 중에서 특별히 기억에 남는 문장이 있다.

'남이 내게 잘해주면 감사하고, 남이 내게 못해주면 당연시하라.'

결혼해서 남편이 잘해주면 고맙게 여기되, 만일 못해 주면 그저 당연하게 여기라는 말이었다. 이 한마디가 가슴에 깊이 와 닿았다. 나는 그 충고 그대로 생각하고 행동하려 애썼다. 그렇게 얼마가 지나자 남편에 대한 원망 같은 것이 사라지고, 매사를 감사하게 여기는 쪽으로 바뀌어갔다.

또한, 내가 달라지니, 남편은 둘째 치고 스스로 행복감을 느끼게 되었다. 생각 하나 바꾸었을 뿐인데, 쉽게 불행하다는 마음을 행복감으로 바꾸고, 그에 따라 가정 평화, 가정 행복에도 상상 외로 큰 플러스 효과를 얻게 된 것이다.

그래서 나는 고객들 중 결혼하는 신부가 있으면, 내가 겪었던 이야기와 아울러 나를 바꿔준 앞의 좋은 충고를 인용하며 결혼선물 삼아 전한다. 내 말을 들은 신부가 후일 산후관리를 위해 다시 찾게 되는 경우, "그때 그 조언은 정말 유익했어요. 덕분에 결혼생활이 너무너무 행복했어요."라며 고마워하곤 한다.

감사하고 당연시하는 두 가지 자세만 꼭 기억하면, 결혼생활로 인한 스트레스나 이런저런 불행을 많이 털어낼 수 있다. 무엇보다도, 결혼생활이라는 새로운 배를 안전한 항로로 순항시킬 수 있다. 신부의 힘으로, 여성의 힘으로, 주부의 힘으로, 어머니의 힘으로 한 가정을 행복하게 만들어 새로 태어난 어린세대에게도 아늑한 보금자리가 될 수 있다면 그보다 더한 선물이 또 어디 있겠는가? 생각 하나 고치는 것만으로 엄청난 보너스를 받는 셈이다. 부부라는 공동체, 가정이라는 공동체를 위해 신부가 먼저 바뀌고, 여성이 먼저 바뀌는 것도 참으로 아름답고 보람찬 일일 것이다.

둘. 시어머니에게 잘할 생각 하지 말라.

나는 어느 날 우연히 한 라디오 방송에서 참 이상한 말을 들었다. 처음에는 '대체 무슨 말을 하는 거야?' 라며 약간 못마땅하게 여기기까지 했다. 듣기 좋으라고 방송용 멘트를 무책임하게 흩날리는 것이 아닐까도 생각했다. "시어머니에게 잘할 생각하지 마세요." 라니!

그러면 이제 내 경우를 한 번 돌아보자. 다들 그러하듯이 나 또한 시어머니를 위해 헌신하는 것을 당연하게 여겼다. 그리고 시어머니께 잘해드리는 일을 최우선 순위에 올려놓았었다. 하지만, 결과는 기대와 전혀 달랐다. 아무리 잘하려고 해도 시어머니 눈에는 그저 어리고 미숙한 며느리에 불과하고, 여러 면에서 못마땅하고 부족한 며느리였다. 시어머니는 오랜 경험과 노하우가 축적된 살림꾼이지만, 나는 이제 막 살림을 시작한 초보자였기 때문에 너무도 당연한 결과였다.

최선을 다해도 돌아오는 것은 섭섭한 반응 뿐, 무척이나 속이 상했고, 나도 모르게 눈물을 흘리는 날들이 많아졌다. 그러다가 세월이 좀 더 흐르면서 조금씩 변화가 생기기 시작했다. 일을 하는 며느리이다 보니 어쩔 수 없이 시어머니에게 잘해드리지 못하게 된 것이다. 그런데 이상하게도 시어머니로부터 야단맞거나 꾸중 듣는 일이 줄어들었다.

낙제점, 평균점 이하를 줄 시험지 자체가 없으니 어쩔 수 없이 시어머니께서도 며느리를 평가할 기회가 적어지게 된 것이었다. 그래서인지 나 또한 싫은 소리를 들어도 서럽거나 섭섭하거나 속상하지 않았다. 잘해드린 일이 없으니, 야단을 맞더라도 공연히 괴로워하거나 섭섭해 할 이유가 없었다.

나는 그때 '선생님'을 뜻하는 먼저 선(先) 자가 공연히 붙은 것이 아니라는 사실을 깨달았다. '시어머니에게 잘할 생각하지 마세요.' 라는 그 말이 내 경험으로 증명이 된 셈이다. 처음에는 말도 안 된다고 생각했는데, 살아가면서 내 스스로 그 충고가 적중한다는 사실을 확실하게 깨닫게 되었다.

셋. 태교가 가장 손쉽다.

나는 결혼한 지 두 달 만에 아이를 가졌다. 그러다보니 생활이 너무 바빠 제대로 된 태교에 매달릴 수 없었다. 대신 바쁜 중에도 평소와 같이 책을 많이 읽었다.

그 아이가 태어나서 이제는 부모가 되었지만, 다시 돌아보면, 태교가 의외로 중요하다는 생각을 많이 하게 된다. 아빠와 엄마의 장단점을 그대로 빼닮은 아들을 보며, '만일 태교에 아주 열심히 매달렸더라면 어땠을까?' 하는 생각이 들어서이다.

나는 책을 통해 자녀를 좋은 대학에 보낸 어머니들의 성공담을 많이 접했다. 그러면서 그 속에서 하나의 공통점을 찾게 되었다. 자녀를 우등생으로 만들어 좋은 대학에 진학시킨 경우, 대체로 공부와 직간접으로 이어지는 환경의 영향을 받은 경우가 참 많았다. 즉, 무슨 시험공부 중에 아이를 가졌다거나, 유학 중에 아이를 가졌다거나, 아니면 학위 논문을 쓰는 중에 아이를 가졌다는 식이었다. 그러니 하나 같이 공부하는 어머니한테서 공부 잘하는 자녀가 태어난다고 봐도 무방하다.

그런 공통점 속에서 태교의 중요성을 다시 한 번 실감할 수 있었다. 우린 누군가의 자녀로서 성장하여 어른이 된다. 그래서 자식 키우는 일의 어려움을 누구보다도 잘 알고 있다. 한 마디로, '자식 이기는 부모 없다.'는 말을 실감하게 되는 것이다. 그리고 '콩 심은데 콩 나고 팥 심은데 팥 난다.'는 말도 다시 한 번 곱씹어보게 된다.

나는 아이를 갖게 될 신부나 아이를 키우게 될 예비엄마에게 꼭 말해 주고 싶다. 태어난 다음에 잘 키우는 것 못지않게, 태교가 아주 중요하다는 사실을 강조하고 싶다.

"자녀가 부모의 기대대로 잘 자라나서 어엿한 성공을 거두기를 바라는 것도 중요하지만, 그보다는 우선 태교가 더 중요합니다. 만일, 자녀에게 바라는 것이 있고 기대하는 것이 있다면, 먼저 태교를 통해 그런 기대와 소망을 적용하세요. 태교라는 말이 괜히 나온 말이 아니랍니다. 뱃속의 아이를 교육시킨다는 발상부터가 참 특이하지 않습니까? 눈에 보여도, 품안에 안고서도 제대로 못하는 판에 어떻게 뱃속의 아이를 가르친다는 말입니까? 그 말은 곧 그런 일이 가능할 뿐만 아니라, 상상 외로 대단히 중요하다는 뜻이겠지요. 또한 뱃속에서 가르치는 것이 태어나서 가르치는 것보다 에너지도 덜 들고 효과가 높기 때문입니다."

우리 아들의 장점 중 하나, 책을 많이 읽는 그것을 보면 내가 태교를 잘했구나 하고 생각한다.

08

내가 늘 고맙게
기억하는 사람들

오늘의 내가 있게 된 것도 다 내 주위의 고마운 사람들 덕분이다. 나는 그 고마움을 성공으로 보답하려 최선을 다했다. 많은 분들이 나와 함께 해주었다. 그리고 대부분은 현재도 내 주위 에서 나를 힘차게 응원하고 있다. 소박하지만 그 고마운 사람들, 고마운 이름들을 열 손가락으로만 다시 한 번 찬찬히 꼽아보자. 언제든 나는 그 열 손가락 꼽기를 통해 내 가슴 가득히 훈훈한 바람을 일으키고, 내 두 눈 가득히 화끈거리는 느낌을 받고는 한다.

하나. 화장품 미니 백화점의 고객들이 생각난다.

작은 가게였지만, 나를 믿고 멀리서도 와주신 분들이 참 많았다.

회사를 옮겨 거리가 꽤 먼데도 불구하고 기꺼이 찾아와서 가족처럼 따뜻한 정을 주신 분들이 참 많았다. 지금도 늘 감사한 마음으로 기억하고 있다. 그 어려웠지만 아름다웠던 시절을 어떻게 잊을 수 있을까? 아마도 나는 나이 들어갈수록 그 시절의 고객들을 더 자주 떠올리게 될 것 같다.

내가 좋다고 권하면 무조건 사 가신 분들도 많았다. 친구를 데리고 와서 눈썹 펜슬 하나 만 사더라도 30분 동안 눈썹 그리는 것을 아주 정확하게 가르쳐주는 유일한 곳이라며 자랑한 분들도 있었다. 내가 권한 화장품을 사용했더니 피부가 좋아졌다며 고마워한 분들도 많았다. 모두가 나의 아름다운 추억으로 고스란히 남아 있다.

둘. 난(蘭) 코스메틱 고객들 전체가 내 삶의 동반자였다.

처음 오픈을 했을 때였다. 어려운 내 사정을 딱하게 여겨 우리 아이를 위해 여름옷을 2벌이나 사주신 고객이 있었다. 매달 꼬박 꼬박 재등록을 해주셨던 고객들도 많았다. 돈 많은 남자와 결혼해서 평생 관리를 받고 싶다고 하셨던 고객도 있었다. 자신 없어 하던 외모를 자신 있게 만들어 주셨다며 나를 은인으로 여기는 고객도 있었다. 오실 때마다 내가 좋아하는 떡을 사가지고 오셨던 고객도 있었다. 지금도 아련한 추억으로 떠오른다.

240평으로 확장할 때 돈이 많이 필요할 것이라며 1년 치의 관리비를 선뜻 선납해 주신 분도 있었다. "공휴일엔 제발 쉬어가면서 일하라"는 말씀과 함께.

나를 친자매 이상으로 아껴주신 분도 있었다. 나는 기억력이 참 좋다. 그래서 고마운 분들을 일일이 다 기억 하는 편이다. 그리고 아무리 바빠도 내 가슴 깊이 새겨진 그 고마운 이름들과 그 따뜻한 얼굴들을 일일이 다 기억하려고 애쓴다.

셋. 약손명가 고객들은 내 성공의 주인공이다.

관리를 받은 후 여러 면에서 너무 좋아졌다면서, 따님만이 아니라 본인의 고객까지 일부러 소개해 주신 분이 있었다. 동네 분들까지 소개해 주신 길음동 헤어숍의 원장님이다.

약손명가가 어려울 때마다 힘내라고 하면서 나나 우리 직원들보다 더 걱정해주신 분들도 계셨다. 바쁘신 중에도 체험수기를 써주신 분들도 참 많으셨다. 아무런 보상이 없는데도 스스로 약손명가의 홍보대사가 되고 싶다고 해 주신 고객도 계셨다. 너무 고마우신 분들이다. 늘 감사한 마음뿐이다. 그분들을 위해서라도 더 열심히 일해야 한다고 생각한다. 그 고마운 분들을 기억해서라도 모두가 성공하는 길을 활짝 열어갈 수 있도록 최선을 다할 것이다.

넷. 약손명가 직원들은 나의 가족

꼭 쉬어야 할 금쪽같은 시간을 바쳐서 교육에 임하는 약손명가 식구들이 너무 고맙다.

'교육을 통해 실력이 늘고 지식과 정보가 쌓여야 더 좋은 관리를 할 수 있다. 그렇게 해야만 고객들께도 더 확실한 효과를 낼 수 있다.'는 그 한 가지 염원 때문에 다들 하나같이 고생을 오히려 보람으로 여기고 있는 것이다. 힘들 텐데도 항상 웃으며 관리해 주는 약손명가 식구들이다. 약손명가를 회사라고 생각하지 않고 가족이라고 생각하는 것이다. 약손명가의 모든 고객들이 많은 효과를 빨리 볼 수 있기를 바라는 그 한 가지 마음만으로 최선을 다해 관리하는 모든 약손명가 식구들에게 늘 감사함을 느낀다.

다섯. 내 곁에서 아주 오래오래 함께 있어준 고마운 직원이 있다.

피붙이나 살붙이끼리 옹기종기 모여 살아도 마음에 안 맞을 때가 의외로 많은 법이다. 허물며, 생활전선, 직업전선에서 오가며 부딪치는 인연에 왜 의외의 일들이 일어나지 않겠는가?

그런데, 손유경은 달랐다. 22세에 들어와 지금은 어느덧 20년을 함께 했다. 내가 가장 힘들었을 때부터 지금의 성공 스토리를 만들기까지 늘 곁에 있어준 고마운 사람이다. 아마도, 전생에 아주 특별한 인연이었던 것 같다. 그래서 현생에서도 그 우여곡절이 많은 속에서 그토록 오래 좋은 사이로 이어지고 있는 것이리라.

여섯. 약손명가 브랜드학과를 만들어주신 분

경복대와 약손명가의 인연은 이미 6년이나 되었다. 그 동안 경복대를 졸업한 학생들이 약손명가에서 열심히 일해서 현재 2명의 점장이 배출되었다. 물론, 실장과 주임도 많이 있다. 그러다 보니, 총장님 또한 자연스레 우리 약손명가에 대해 많이 아시게 되었다.
전지용 경복대 총장님은 비교적 젊으시다보니 적극적인 마인드가 남다르시다. 앞으로는 학교와 사업체가 연계해서 사업체가 원하는 맞춤형 교육을 해야 한다는 필요성을 절감하셨던 것이다. 맞춤형 교육은 학생에게도 좋을 뿐만 아니라 사업체에도 좋은 것이다. 그래서 약손명가와의 산학협동을 통해 '약손명가 브랜드학과'를 만들고 싶다는 연락을 주셨다. 당연히 우리는 대 환영이었다. 그래서 산학협동을 체결하게 되었다.

현재 경복대에는 60명이 '약손명가 브랜드학과 반'에서 공부하고 있다. 이들은 약손명가에 취업하는 순간, 곧장 고객에게 관리를 할 수 있도록 약손명가의 맞춤형 교육을 이수하게 된다.
그래서 총장님에게 늘 감사한 마음을 가지고 있다. 나 또한 회사와 함께 '어떻게 하면 약손명가 브랜드반의 학생들에게 더 큰 도움을 줄 수 있을까?' 를 두고 늘 고심하며 연구하고 있다.

일곱. 처음으로 용돈을 받다.

또순이처럼 억척스럽게 살았기에, 누군가로부터 용돈을 받아본 기억이 없었다. 그런데, 어른이 되어 어엿한 사업가로 변신했는데도, 뜻하지 않게 사부님으로부터 처음으로 용돈 30만 원을 받아보았다.

어디 그뿐인가? 2억 원의 빚을 힘겹게 지고 다닐 때, 수입의 절반은 꼭 저축하고 나머지로 생활하며 빚을 갚도록 하라고 하셨다. 그대로 따라 했다. 빚도 다 갚고 저축하는 버릇도 굳어졌다. 그리고 빚 천만 원으로 시작한 나의 사업이 30여 년 만에 마침내 120억 원이라는 성공으로 안착되었다.

제 2의 인생을 살게 해주신 분이기에 늘 감사하며 살고 있다. 성공신화를 향해 다시 한 번 높이 날아오를 수 있게 도와주셨기에 더더욱 나의 영원한 사부님이시다.

여덟. 태어나서 처음으로 선물을 받다.

내가 유원건설에 다닐 때였다. 옆 부서 상사인 유동옥 차장님이 독일로 출장을 가게 되었다.

"자주 가는 출장도 아니니 꼭 선물을 사갖고 올 거야. 뭘 사다 주면 좋겠어? 이왕이면 원하는 것을 선물하는 것이 좋지 않겠어?"

나는 양산이면 족하다고 답했다. 그리고 출장을 마친 유 차장님으로부터 독일제 양산을 선물로 받아들었을 때, 나는 정말 날아갈 듯이 기뻤다. 난생 처음 받아보는 선물이었다.

안타깝게도 지금은 이 세상을 떠나 영면에 드셨다. 퇴사 후에 보험과 다단계 영업을 하셨는데, 그때마다 나는 보험도 들어드리고, 다단계 제품도 사드렸다. 지금도 종종 유원건설 시절을 떠올리며 유 차장님을 고맙게 기억하고 있다. 특히, 양산을 자주 보게되는 여름철이면 잠시 잊고 있었던 감사함이 다시 되살아나고는 한다.

아홉. 어려울 때 나를 도와준 고마운 친구가 있다.

워낙 쪼들릴 때는 한 푼이 아쉽고 귀한 법이다. 풍족할 때는 모르고 지나친 일들이 어려울 때는 그렇게 절박하게 다가올 수 없다.

내 친구(김미숙)는 내가 어렵다는 사실을 알고 어렵게 모은 돈뿐만이 아니라, 현금서비스를 받아서까지 받아 선뜻 빌려줬다. 나중에 돈을 벌었을 때, 나는 그 고마움 때문에 친구가 하는 보험을 무조건 들어주었다. 지금은 너무 바쁘게 살기에 자주 만나지 못하지만, 내 기억 속에서는 그때나 지금이나 그리고 앞으로도 영원히 다정한 친구로 남아 있게 될 것이다.

열. 항상 유익한 조언을 해주신 분

약손명가를 만나기 전, 늘 좋은 말씀을 많이 해주신 분이 김현정 원장님이다. 경기도 산본에서 피부과를 운영하시는 남편 분을 따라 같은 곳에서 피부관리실을 운영하고 계신다.

아로마 교육을 받을 때 처음 만나 인연을 유지해 왔으니 벌써 20년 세월이 흘렀다. 내가 이런저런 이유로 어려울 때마다 유익한 조언을 많이 해주셨다. 특히 사업이 너무 힘들어서 샵을 처분하고 회사원으로 돌아가려고 한 적이 있었는데, 이때 나를 말려주셨다. 또한 아들을 키우는데 있어서도 어떻게 말을 해야 하는지, 어떻게 행동을 해야 하는지 구체적으로 설명해 주셨고, 말씀대로 했을 때 더 좋은 결과가 나왔다. 늘 감사한 마음으로 그 고마운 인연을 간직하고 있다.

열하나. 처음으로 내게 꽃을 선물한 남자

나는 28세에 결혼했다. 3년 2개월의 연애시절이 있었다. 나는 내 남편(조경한)을 가장 듬직한 언덕으로 삼고 있다. 아들(조건홍)이 나의 희망이라면, 남편은 등대인 셈이다.

물론, 누구나 겪듯이 결혼생활이 늘 순조롭지는 않았다. 그러나 남편이 예전에 내게 참 잘해주었던 풋풋한 추억을 떠올리며 항상 고마워하고 있다. 나는 나의 안전한 항해를 위해 언제나 등대가 되어준 내 남편에게 말로 다 표현할 수 없는 고마움을 간직하고 있다. 부부가 아들을 희망으로 삼고 열심히 노를 저어 망망대해 속에서 가장 안전한 항로를 찾고 가장 멋진 항구를 찾는 것은, 누가 뭐래도 하늘이 허락한 가장 큰 선물일 것이다.

나는 앞으로도 내 남편을 듬직한 언덕으로 삼고 부부가 채워갈 미래, 아들이 그려갈 미래를 위해 최선을 다할 것이다. 물론, 늘 고맙게 생각하는 것들이 너무 많지만, 무엇보다도 아들을 나대신 돌봐 준 것에 대해 항상 감사함을 느낀다. 그 덕분에 나는 오로지 사업에만 전념할 수 있었다. 누구보다도 더 많은 외조를 받아왔던 셈이다. 앞으로도 남편의 외조를 상상 외로 많이 받게 될 것이라고 생각한다. 그런 점에서 남편에 대한 나의 감사함은 현재진행형이다. 물론, 미래의 일까지 포함한 특별한 현재진행형이다.

열둘. 엄마로서 최선을 다하고 싶었다.

아들(조건홍)이 선린인터넷고등학교에 입학한 후, 나 또한 엄마이자 학부모로서 당연히 학교 일에 관여하게 되었다. 1학년 회장 엄마를 거쳐, 2학년 때는 부회장 엄마로서 봉사활동의 책임을 맡아야 했다.

그러던 어느 날, 학교에서 좋은 그림을 빌려서 전시하면 학생들에게나 교사들에게나 알게 모르게 도움이 되지만, 비용이 든다는 경제적인 이유로 그만 두게 되었다는 것을 알게 되었다. 학생들에게 좋은 일인데 나라도 나서야 한다는 책임감이 들었다. 한 달에 6백만 원 하는 그림을 내 부담으로 걸게 하겠다고 제안했다. 다행히 사업을 하는 엄마이기에 기부금 형식으로 처리하면 세금 혜택을 볼 수 있었다. 그래서 그리 오래 고민하지 않고 선뜻 결정했다. 물론 아들이 졸업한 후에도 내 부담으로 그림을 계속 걸 수 있게 하겠다고 약속했다. 여러 예술작품 중에서도 그림이 주는 감화력이 의외로 클 수 있다고 여겼기 때문이다. 특히, 한창 자라나는 청소년들에게 정서함양에 도움을 줄 수 있는 마땅한 소재가 있어야 한다.

엄마이기 이전에 한 어른으로서 자라나는 세대에게 뭔가 꼭 필요한 일을 해주고 싶었다. 무엇보다도 내 사랑하는 아들이 인연을 맺은 학교가 아닌가? 내 아들이 내게 특별한 만큼 학교 또한 특별할 수밖에 없었다.

그러나 내 마음을 잘못 이해한 엄마들이 있었던 것 같다. 나는 당시에 내가 워낙 바빠서 공적으로만 잠시 만나는 정도였지만, 사적으로 친밀하게 지내고 있던 다른 엄마들 사이에서 이런저런 좋지 않은 말들이 나왔던 것 같다.

아들이 3학년이 되자 감사하게도 총학생회장 엄마가 되었는데, 느닷없이 반대의 목소리가 터져 나오기 시작했다. 그림을 걸어준 일이 오해를 불러일으켰던 것이다. 나는 미련 없이 총학생회장 엄마 자리를 내려놓았다. 1학년 엄마들이 주로 반대 목소리를 냈다고 했다. 그 와중에서도 나의 순수한 마음을 이해해주고, 바쁜 시간을 쪼개서 나를 대신하여 싸워준 학부모들이 있다는 이야기를 들었다. 바로, 1학년 엄마일 때 알고 지내던 '선린을 사랑하는 모임(선사모)'의 엄마들이었다. 오해를 받는다는 일이 집단생활, 사회생활의 경우에는 참으로 괴로운 법인데, 그래도 나를 위해 대신 싸워준 분들이 있었다는 사실이 무척이나 고맙고 나를 행복하게 했다.

그래도 내가 그런대로 떳떳하게 살았던 모양이라고 생각하니, 속상했던 마음이 단숨에 차분하게 가라앉았다. 그 일 이후, 나는 매해 3월 첫째 주 화요일을 할애하여, 나를 위해 나서준 '선사모' 엄마들(11명)에게 맛있는 식사를 대접하는 것으로 감사함을 대신하고 있다.

열셋. 대한민국의 공무원들께 감사드린다.

한 달에 한두 번씩 외국에 나갈 때마다 항상 생각하는 것은, 우리 나라는 너무 살기가 좋다는 것이다. 부자들은 어느 나라에서 살 던 다 좋을 것이다.

문제는 서민들이다. 개인적으로 우리나라처럼 서민들이 살기 좋 은 나라는 지구상에 별로 없다고 생각한다. 다 알다시피, 우리나 라는 자원이 거의 없는 형편이 아닌가? 나는 개인적으로 바로 그 런 점에서 늘 안타깝게 여기는 편이다.

자원이 없는 우리나라가 이렇게 잘 살 수 있게 된 것을 생각할 때 마다 나는 무엇보다도 공무원들과 정치인들의 공로가 가장 크다 고 믿는다. 물론, 어느 정도의 비리나 부정부패는 동서고금을 막 론하고 언제나 있어온 일이다. 그런 어두운 부분만 강조하다 보 면, 현실을 제대로 진단하기 어려울 수 있다.

그래도 대한민국이 오늘의 번영을 누릴 수 있었던 데는 분명히 공무원들과 정치인들의 공헌이 아주 큰 부분을 차지한다. 열심히 맡은 일을 다 한 분들이 훨씬 더 많았기에, 오늘의 우리가 있게 된 것이다. 그런 점에서 늘 감사하게 생각한다.

우리나라만큼 전기료, 수도료, 교통비, 전화요금, 식대 등이 싼 나라가 별로 없다. 약손명가의 필리핀 지점의 직원 중에 현지인이 있다. 약손명가에 들어오기 전에는 단 한 번도 '피자헛'의 피자나 '맥도날드'의 햄버거를 먹어본 적이 없다고 했다. 왜냐하면, 너무 비싸기 때문이다.

이제까지 내가 다녀본 나라들은 다들 불경기로 많이 힘들어하고 있었다. 우리나라도 예전보다는 불경기라고 하지만, 다른 나라들에 비하면 그렇게 심한 정도는 아니다. 이 또한 나랏일을 맡은 분들이 최선을 다해 잘하고 있기 때문이라고 생각한다. 나는 그런 점에서 잘하는 것은 아낌없이 칭찬해 줘야 한다고 믿는다.

'칭찬은 고래도 춤을 추게 한다.'는 말처럼, 국민의 아낌없는 칭찬과 성원 이야 말로 공무원들이나 정치인들이 가장 받고 싶어하는 선물일 것이다. 공무원들과 정치인들을 칭찬하고 성원해주는 대한민국 국민이기를 진심으로 바란다. 그리고 나부터라도 그일에 앞장서고자 한다.

네번째 장

성공을 위한,
성공에 의한 삶

01
실패를 통해 얻은
뼈아픈 교훈들

'실패는 성공의 어머니'라는 말이 있다. 실패를 잘만 활용하면 이전의 마이너스를 다 지우고도 더 많은 플러스를 만들어낼 수 있다는 뜻이다. 나도 실패를 통해 많이 배우고 더 멀리 뛸 수 있었다. 물론, 실패가 가져다주는 헤아릴 수 없이 많은 고통은 필설로 다 형언하기 어렵다. 성공 확률도 높지 않지만, 실패를 딛고 다시 일어나 새로운 성공을 이뤄낼 확률은 더더욱 낮다. 일반적으로는 창업에서 성공으로 가는 길보다도 실패의 쓰라린 고통을 이겨내고 다시 한 번 성공을 만들어내는 일이 훨씬 더 어렵고 드물다. 때문에 '실패는 성공의 어머니'라는 말이 생겨났는지도 모른다.

나 또한 실패를 극복하고 다시 한 번 성공을 이뤄냈기에 그 과정에서 혹독한 수련의 과정을 겪을 수 있었고, 뼈아픈 교훈도 얻을 수 있었다. 그 모든 경험들을 통해 '절대 실패하지 말자.', '실패 했더라도 다시 노력하자.' 는 뜻으로 이 글을 쓴다.

하나, 교만하지 말자.

나는 소녀시절부터 공장에 다니며 돈을 벌었다. 고교 졸업 후 회 사를 다닐 때도 동급생들보다 내 급여가 조금 더 많았다. 결혼하 며 회사를 그만둔 후 처음으로 시작한 화장품 가게도 의외로 잘 되었다. 그 후 피부관리실을 운영할 때도 처음 3개월은 좀 힘들었 지만, 곧 호황을 누렸다. 큰 실패 없이 성공길만 달리다보니 자신 감이 붙었던 것도 사실이다. 어쩌면 겁이 없었는지도 모른다. 두 려울 것이 없었다. 피부 관리 샵을 대폭 확장할 때도 두려움이 없 었다. 결국 그 큰 규모로 인한 부담도 커지고 부작용도 발생했다. 늘어만 가는 지출과 직원 관리의 어려움, 게다가 경기마저도 굴 곡이 워낙 심했고, 끝내 쓰디쓴 실패를 맛보아야 했다.
실패는 나에게 신중함을 가르쳤다. 어떤 사업이건 지나치게 나만 을 믿는 것이 아니라, 때를 가늠하고 모든 조건과 능력을 갖춰 시 작하기로 했다.

둘, 일관성 있게 일하자.

처음 샵을 운영할 때는 고객 위주로 관리를 했다. 그러다가 어느 정도 여유가 생겼을 때부터 나도 모르게 직원 중심으로 샵을 운영하게 되었다. 그러다보니 예정된 수순처럼 사업에 실패하고 말았다. 앞으로는 고객 위주로 관리하되, 직원 중심이 아닌 직원 사랑으로 샵을 운영할 것이다. 고객과 직원이 다 함께 행복해질 수 있도록 해야 한다.

셋, 한 곳에 올인하지 말자.

다 알아주는 부자였다가 사업이 망해 빈털터리가 되는 경우가 종종 있다. 그 동안 번 것을 사업전망이 좋다는 이유 하나만 보고 올인한 결과, 여러 가지 돌발변수들로 인해 돈 줄이 꽉 막혀 결국 망하게 된 경우들이 대부분이다.

나 또한 사업을 확장하면서 있는 돈과 대출을 합쳐 올인한 결과, 예상이 빗나가 실패하게 되었다. 실패했을 때의 고통은 이루 형언할 수 없다. 나는 그때의 쓰라린 경험을 바탕으로 앞으로는 절대 올인하지 않을 작정이다. 달걀을 한 바구니에 다 넣지 않듯이, 나 또한 분산투자원칙을 고수하고 있다.

성공과 행복의 공식

　　　　　　나는 일을 열심히 하다 보니 자연히 성공하게
되었다고 본다. 그리고 성공을 하게 되자 부자라는 말도 듣게 되
었다. 즉, 성공을 통해 돈을 벌었고, 돈이 어느 정도 모이자 그에
따라 행복감도 더 커지게 되었다. 일종의 보람인 셈이다. 그 동안
의 땀방울이 어느 정도 내가 바라는 결과물을 낳아준 셈이다.

그래서 나의 성공이 특별하듯이 행복감 또한 남다르다. 시간과
노력의 함수가 그런대로 잘 풀려서 남들에 비해 좀 더 빨리 성공
이라는 말, 행복이라는 말을 하게 되고 듣게 된 것이다.

나는 요즘도 강의를 하게 되면 내 나름의 공식을 알려준다. 성공,
돈, 행복을 얻기 위해서는 '이렇게 하라.'고 귀띔해주는 셈이다.

(1) 성공을 위한 공식

성공한 사람들마다 성공 공식이 다를 것이다. 물론, 그 속에는 일정부분 공통점도 의외로 크게 자리 잡고 있다. 그렇다면 나의 성공 공식은 무엇인가?

첫째, 기부정신의 실천이 중요하다.

돈이나 물건을 기부하는 것만 뜻하지 않는다. 지식도 좋고 노하우도 좋다. 내가 덜어줄 수 있는 것, 내가 나눠줄 수 있는 것을 기부하면 된다. 상대가 필요로 하는 것을 성공하고 행복하기를 바라는 마음에서 나눠주면 된다.

나는 강의든 충고든, 내가 아는 것을 나눠주는 차원에서 열의와 성의를 다해 임한다. 첫째는 내가 '좋은 것'이기 때문이고, 둘째는 상대에게 '꼭 필요한 것'이라고 여기기 때문이다.

나는 좋은 것을 듣게 되면 24시간 내에 누구에겐가 꼭 이야기해 주라고 주위에 당부한다. 그렇게 이야기해 주면, 내 머릿속의 기억을 다시 한 번 다질 수 있다. 그리고 요령 있게 전하고 조리 있게 알려주면서, 자신도 모르게 나의 기억력과 논리력이 몰라보게 좋아질 수 있다.

어디 그뿐인가? 내 말을 듣고 고마워하는 이가 생길 수도 있다. 그리고 때로는 그 몇 마디 말에 큰 영향을 받아 중간 단계의 성공이 최고단계의 성공으로 바뀔 수도 있다.

평생 배우며 살게 마련이다. 굳이 스승이 없더라도 일상의 사소한 것들에서 셀 수 없이 많은 것들을 느끼고 배우며 살게 된다. 그래서 어제의 나와 오늘의 내가 다르고, 오늘의 나와 내일의 내가 얼마든지 다를 수 있다.

나는 개인적으로 '말을 통해 하는 기부행위'를 적극 권장하는 편이다. 상대의 취향이나 반응을 미리 점칠 필요는 없다. 선의로 시작하면 대개는 선의로 끝나게 되어 있다. 최소한 '말품'만이라도 건질 수 있다. 발품을 팔아야 제게 득이 되는 것처럼 말품 또한 팔수록 득이 된다. 공자님 말씀처럼 셋 중에 누구라도 얼마든지 스승 역할을 맡을 수 있다. 되도록 말품을 팔아 좋은 것을 알려주면서 말로 하는 기부행위를 열심히 실천해 가자. 선의로 시작하면 그 결과에 상관없이 내 것이 되어 성공의 주춧돌이 되는 것이다.

둘째, 가장 잘하는 것을 해야 한다.

어느 책에나 '가장 좋아하는 것을 골라서 매진하라.'고 되어 있다. 좋아하면 당연히 어느 정도의 수고나 희생을 무릅쓸 것이니만큼 자연히 더 많은 실효를 거두며 더 큰 결실을 맺게 된다. 즉,

'좋아하면 스스로 열심히 할 것이다. 따라서 쉽게 남을 앞지를 수 있을 것이다.' 라는 논법이다.

하지만, 내 생각은 그것과 많이 다르다. 나는 주위에서 좋아하는 것을 좇다가 실패하는 경우를 많이 보았다. 그래서 나는 스스로 잘하는 것, 스스로 가장 잘할 수 있는 것에 매달려야 한다고 강조한다. 그 대신 좋아하는 것은 한 쪽에 잠시 미뤄놓았다가 어느 정도의 성공을 거둔 후에 취미 생활로 이어가면 족하다고 본다.

같은 일을 해도 남들에게 피해를 주지 않으면서 잘하는 일을 해야 한다. 다 같은 노력을 해나가더라도 선택이 중요하다는 뜻이다. 누구나 가장 좋아하는 것에 매달리기 쉽지만, 가장 잘하는 것에 몰입하고 집중하면 몇 배나 성공률이 높았다는 것이 지금까지 살아오면서 지켜본 결과이자 경험이다.

쉬운 길 대신 어렵지만 긴 안목으로 보아 좋은 쪽을 택하자. 좋아하는 것에 이끌리고 매달리는 것은, 쇠가 자석을 향해 움직이다가 결국 그 자석에 찰싹 달라붙게 되는 것과 같다. 그러니 누구나 빠지기 쉬운 그 당연한 덫에 갇히지 말고, 차라리 가장 잘하는 것에 매달림으로써 블루오션에 가까운 길을 걸어 꼭 성공에 이르자.

(2) 돈에 관련된 공식

돈에 대한 이야기는 참으로 많다. 무식해도 돈에 대한 이야기는 어느 정도 할 수 있으며, 어린 아이도 돈에 대한 제 느낌 정도는 쉽게 이야기할 수 있다. 돈의 필요성과 편리함, 효율성에 대해 모르는 이가 대체 어디 있을까.

첫째, 일심(一心)이 중요하다.

누구나 처음에는 그럴듯하게 시작한다. 99% 이상의 사람들이 처음에는 다들 최선을 다하려 애쓴다. 그런데 시간이 지나면서 처음의 결심이나 태도를 그대로 유지하는 비율이 눈에 띄게 줄어든다. 핑계거리가 하나둘 늘면서 차츰차츰 첫 다짐으로부터 멀어진다.

누가 실패하기 위해 첫 발을 내딛는가? 누가 실패할 것을 뻔히 알면서 시작을 하겠는가? 처음의 몇 단계만 보면, 우열을 가리기 어려울 정도로 엇비슷하다. 준비 자세와 준비 정도, 마음가짐과 다짐, 비전과 목표 등이 대동소이하다.

그렇다면 어디서 차이가 생기게 되는가? 대체, 어디서 평행선을 달리던 이들이 하나둘씩 어긋나게 되고 이탈하게 되고 중간에 주저앉게 되는가?

내 생각에는 기억력 부족이 주된 원인인 것 같다. 첫 다짐을 잊게 되고 첫 발을 내디딜 때의 마음가짐을 잊게 되니 자연히 끈기마저 흐지부지 사라지게 된다. 처음 오픈할 때의 마음가짐과 다짐을 잊지 않는 것이 무엇보다도 중요하다. 그래서 그 기억에 기대서 핑계를 대며 끈기마저 잃어버리지 말고, 어떻게 해서든 첫 시작 때의 모습을 간직해야 한다.

올챙이 시절을 잊어버린 개구리는 쉽게 따돌림 당하기 마련이다. 제 성장과정을 까맣게 잊게 되면 누구나 범 무서운 줄 모르는 하룻강아지가 될 수 있다.

온 세상을 다 경영하는 일도 아닌데, 어째서 오픈할 때의 제 모습, 제 다짐, 제 꿈을 송두리째 잊는다는 말인가? 그 성공을 통해 더 넓은 세상으로 나아가고 더 많은 것을 얻게 될 텐데, 어떻게 첫 디딤돌 위에 올라서자마자 그리도 손쉽게 무너뜨려버리는가?

딱한 일이다. 기억을 못해서 스스로 무너지는 이들이 너무 많다. 처음 자신의 모습, 자신의 다짐을 잊은 탓에 어렵게 찾아온 기회를 잃어버리고, 참으로 오랜만에 날아온 희망의 천사를 함부로 내쫓고 마는 일들이 너무도 많다.

둘째, 하심(下心)이 중요하다.

하심은 자기 자신을 낮추고 남을 높이는 마음이다. 그러나 유감스럽게도 우리는 겸손과 자만 사이에서 쉽게 오락가락 한다. 마음으로는 겸손하자고 하면서도 실제로는 오만하기 쉽다. 무엇보다도 겸손이 몇 배나 좋은 전략임을 잘 알면서도, 이상하게 반대쪽으로 내달리며 오만하게 굴다가 큰 상처를 입게 되거나, 심지어는 돌이킬 수 없을 정도의 큰 흠결을 각인시키고 마는 수가 의외로 많다.

잘 될 때일수록 겸손해야 한다. 하심은 그런 면에서 우리가 쉽게 입에 올리는 겸손과 조금은 다르다. 즉, 하심은 겸손의 실천을 뜻한다. 겸손이 그저 하나의 멀리 놓인 푯대이고 표지판이라면, 하심은 아예 제 마음속 깊숙이 '겸손을 실행하는 일'을 문신처럼 새겨 넣고 몸속 장기처럼 우리 몸 깊은 곳에 단단히 붙여놓고 매달아 놓는 것이다.

겸손하면 거울 속 제 모습을 제대로 볼 수 있다. 오만하면 거울이 아무리 커도 제 모습을 제대로 볼 수 없다. 흔히들, '눈이 삐었느냐?'고 말한다. 겉눈도 중요하지만 속눈이 더 중요하다는 암시다. 자세를 낮추고 마음을 다잡은 뒤 찬찬히 살펴야만 정확하게 볼 수 있다. 만일, 어설프게 시건방을 떨다 보면 알게 모르게 잃는 것, 흘리는 것, 새나가는 것, 빠뜨리는 것, 놓치는 것이 반드시 생겨난다.

하심은 좋은 것들의 종합선물세트다. 하심은 사람이 지켜야 할 가장 기본적이면서도 가장 중요한 덕목들의 총집합이고 최소공배수다. 하심 하나만 제대로 지키고 간직해도, 다른 모든 면에서 최소한 평균치 이상을 얻게 되고 목표치 바로 아래까지 다가갈 수 있다.

하심처럼 좋은 전략이 없다. 돈을 끌어드리려면 먼저 하심해야 한다. 돈을 남들보다 더 많이 불러들이려면 우선 하심하는 마음부터 갖춰야 한다. '돈 벌려면 간도 쓸개도 다 빼놓고 나서야 한다.'는 말과는 전적으로 다르다.

하심은 그런 무조건 굽히거나 이익을 위해 잠시 자기의 본마음을 감춰두는 것이 아니다. 내가 나를 잘 알고 가장 많이 아끼기에 나를 성공시키기 위해, 내가 바라는 것을 얻기 위해 나를 오만한 곳에서 끌어내려 겸손한 자리로 안내하는 것이다. 잇속 때문에 잠시 그렇게 꾸미고 그런 식으로 위장하거나 포장하는 것이 아니다. 나를 낮춰 나를 돋보이게 하는 일이 곧 하심이다. 또한 나를 최대한 낮춰서 상대를 높여주는 일이기도 하다. 겸손한 자 앞에서 존중받은 상대는 마음에서 우러난 도움을 줄 것이다. 그리고 모두가 얻을 것을 얻고, 이를 곳에 이를 수 있다. 하심은 나 혼자서도 얼마든지 가능한 쉬운 변화이다. 작게는 심성 가꾸기, 마음 키우기가 되고, 크게는 스스로의 가치를 높이는 일이므로 우리 모두 실천할 수 있어야 한다. 하심을 해야만 지금보다 더 공부를 할 수 있고 그래야만 지금보다 실력이 더 늘 수 있다.

셋째, 대심(大心)이 중요하다.

마음을 크고 넓게 가지라는 뜻이다. 어떠한 경우이건 백 퍼센트 마음에 드는 일도 거의 없고, 또 그런 사람도 많지 않다. 최고의 엘리트를 모아놓아도 열 명 중 둘만 기대치에 맞고, 나머지 여덟은 기대치 이하에 머문다고 하지 않는가? 개미나 꿀벌도 한데 모아놓고 잘 관찰하면 열에 둘만 제대로 일하고, 나머지 여덟은 헛일이나 하며 헛바퀴나 돈다고 하지 않는가?

백화점이든 어디든 상위 몇 퍼센트의 고객이 매출의 대부분을 차지하게 되는 일과 비슷하다. 모두가 다 같을 수는 도저히 없다. 그래서 한 쪽 눈을 질끈 감아야만 덜 다치고 덜 주저앉게 된다. 우화적으로 조형한 원숭이 조각상처럼 두 눈도 가리고 두 귀도 막고 거기에 또 입까지 아예 봉하고 살 수는 없는 노릇이지만, 최소한 제 기대치를 현실에 맞게 조정하고 제 목표치를 상황에 맞게 적절히 조절하는 것만은 꼭 필요하다.

위로 올라갈수록, 책임량이 커질수록 대심이 중요하다. 아랫사람
들에게 실망하게 되어 스트레스를 과도하게 받게 되면 결국 고객
에게 올인할 수 없게 된다.

도미노 게임처럼 윗사람이 무너지면 아랫사람이 무너지는 것보
다 조직이나 집단에 더 심대한 타격을 입힐 수 있다. 따라서 대심
은 모두에게 필요하나 특히 윗사람일수록 더 중시해야 한다.

(3) 행복의 조건

행복 전도사라는 말도 있다. '행복하세요.' 라는 말을 여기저기 강
조하고 다니면서 체험담에 교훈거리를 얹어 행복 공식으로 제시
하는 사람이다. 다들 그 말을 듣는다고 곧바로 행복해지지 않는
다는 것을 잘 알면서도 행복전도사의 행복 강연, 행복 공식을 열
심히 경청했다.

내게도 물론 행복 공식이 있다. 내 행복 공식 또한 생생한 나의 경
험에서 우러나온 것이다.

첫째, 자신감이 중요하다.

자신감은 일종의 지기(知己)에 충실한 것이다. 나는 이러저러한
장점과 특징이 있으니 그런 일에 알맞다. 나는 남들보다 이러저

러한 점이 앞서니 충분히 성공할 수 있다.'는 이성적 자각이다. 또한, '나도 할 수 있다.'는 생각도 당연히 필요하다. 그런 점에서 자신감은 매우 중요하다. 국가적으로나 사회적으로도 '하면 된다.' '할 수 있다.'는 자세로 나가면 훨씬 더 좋은 결과를 이룰 수 있다. 각양각색, 천차만별의 사람들이 모여도 그러한데, 하물며 개개인의 경우에야 마음가짐 하나가 그 얼마나 중요한 동력이 되고 동기가 되고 성공 가능성을 끌어올리는 지렛대가 되겠는가?

나는 1만 시간의 법칙을 믿는다. 하루 3시간, 일주일 약 20시간씩 10년을 쏟아 부으면 1만 시간이 된다고 한다. 자신의 일이나 목표에 1만 시간을 투자하면, 전문가가 되고 싶은 분야에서 성공할 수 있다는 것이다. 이 시간을 얼마나 집중하며, 열정적으로 충실하게 보내느냐에 따라 삶이 달라진다고 한다. 물론, 세상에는 타고난 사람도 많다. 재능을 비롯하여 건강과 심성까지 이상적으로 잘 타고난 경우도 아주 많다. 그러나 그런 경우에도 후천적인 노력이 보다 더 중요한 결정요인이 될 수 있다.

발명왕 토마스 에디슨도 말하지 않았는가? 타고난 영감과 직관력이 1%라면 나머지 99%는 땀방울이었다고. 무엇을 하던 사람들이 상상하는 것보다 꼭 10배, 100배 이상으로 실패를 거듭한 결과, 마지막에 행운을 거머쥐게 되고 포기 직전에 성공을 거두게 된 경우가 허다하다. 노력이 모든 것을 좌우한다. 끈기가 최후의 승리를 보장하는 유일한 수단이고 바탕이다.

대개의 경우 우리는 노력해서 얻게 된다고 보아야 한다. 따라서 자신감은 그 노력을 뒷받침하는 가장 든든한 버팀목이다. 자신감만 갖추면 같은 노력, 같은 끈기로라도 훨씬 더 나은 결과를 만들어낼 수 있다.

공 하나를 던지고 차더라도 자신감이 뒷받침되면 훨씬 더 낫게 할 수 있다. 자신감의 유무와 그 정도가 개개인을 움직이는 동력이고 개개인을 이끄는 동인이기에, 나는 늘 자신감을 가장 강조하는 편이다.

행복하려면 먼저 자신감부터 충분히 갖춰야 한다. 자신감이 곧 행복이기도 하지만, 보다 더 큰 행복을 가져오는 흥부네 집의 강남 제비이기 때문이다. 흥부네 집의 제비는 기적의 박 씨를 물어다 주었지만, 자신감은 행복을 큰 보따리 채로 가져다준다.

둘째, 중용(中庸)이 중요하다.

사람은 이성적인 동물이다. 기분에 좌우되어 살 수만은 없다. 또한, 사람은 사회적 동물이다. 제 둥지만을 지키며 혼자 살 수는 없다. 하기 싫어도 해야 할 때가 많다. 좋아도 하지 말아야 할 것들이 너무 많다. 더욱이 남다른 위치에 올라서고자 노력하는 처지라면, 더더욱 까다로운 공식을 지니고 엄격하고 철저하게 자신을 맞춰 가야 한다. 그리고 무엇보다도 끊임없이 갈고 닦아서 스스로를 최대한 향상시키고 발전시켜야 한다. 중용은 바로 그런 차원에서 대단히 중요하다.

때로는 신중함일 수도 있고 때로는 절제일 수도 있다. 먹고 싶은 것을 참으며 예쁜 몸매, 건강한 몸을 지니고자 하는 일과 비슷하다. 누구나 한때의 욕구를 못 참은 탓에 두고두고 후회하게 된 경험이 있을 것이다. 좀 더 자고 싶어도 벌떡 일어나게 되는 경우도 마찬가지다. 지각하고 결근하게 되면 훨씬 더 부작용이 크고 피해가 크기에, 더 자고 싶은 욕망을 이겨내고 얼른 일어나는 것이다.
결국, 중용은 행복을 차지하기 위한 자기 극복의 노력인 셈이다. 그리고 누구나 더 큰 행복을 바라기에, 자기 극복의 노력인 중용을 새로운 차원, 새로운 단계로 자꾸만 높여가고 바꿔가게 마련이다.

국가대표 선수들을 보라. 늘 훈련에 훈련을 거듭하고 연습에 연습을 되풀이하면서도 시합 날이 가까워지면 합숙훈련을 통해 훈련과 연습의 강도를 최대한 끌어올리지 않는가? 그런 점에서 보면 인생이 마라톤에 견줘지는 것처럼, 우리 모두는 어쩔 수 없이 행복 마라톤 출전 선수들인 셈이다. 즉, 행복 마라톤에서 완주하고, 가능한 한 완주 시간을 단축하기 위해 끊임없이 체력을 단련하고 달리기 연습에 열중해야만 한다.

행복해지고 싶은 욕망을 고이 간직한 채 그 욕망을 잠시 억누르기도 하고 그 욕망에 이끌리기도 하면서 열심히 달리기 연습을 하고 있는 것이다. 그러다가 어느 정도의 거리를 마치고 미리 생각해둔 장소에 이르면 마지막 스피트를 올려야 한다.
중용은 이처럼 행복 마라톤에서 완주하되, 최대한 기록 시간을 줄이려는 자기 관리이자 자기와의 싸움이다. 관리를 제대로 안 하면 자기와의 싸움에서 지는 것은 물론이고, 남들과의 싸움에서도 형편없이 질 수밖에 없다. 그러면 불행해질 수밖에 없다.

셋째, 지혜로워야 한다.

지혜롭기 위해서는 나를 알고 남을 알아야 한다. 지피지기(知彼知己)면 백전백승(百戰百勝)이라는 말이 있다. 사람들은 보통 남을 평가하거나 이야기하는데 스스럼이 없다. 남을 평가하는 것은 나를 평가하는 일보다 쉽기 때문이다. 하지만 성공을 하는데 가장 중요한 것은 나의 장단점을 정확히 파악하고 있는 것이다. 장점을 두드러지게 하고 약점을 보완해야만, 어느 정도 성공의 길에 들어설 수 있는 자격 요건이 주어진다고 생각한다.

그래서 약손명가의 교육 프로그램에는 나의 이러한 생각이 고스란히 녹아있다. 일명 '너 자신을 알라.' 교육이다. 내가 생각해낸 것 조금은 다른 인사고과 방법이다. 대개의 기업들이 그렇듯 선임이 후임을 평가하는 것을 인사고과라 부르며, 그 결과는 선임만이 알고 있다. 하지만 약손명가는 다르다.

우선 인사고과를 실시하여 평가가 좋으면 모범사원이나 다양한 혜택으로 보상하는 것은 물론 그 결과를 본인에게도 알려준다. 이유는 상사가 자신을 어떻게 생각하는지 알라는 의미에서다. 또 자신 스스로 인사고과표를 작성하기도 하는데, 평상시에 업무나 생활을 돌아보고 내 스스로의 점수를 매겨보는 것이다. 남이 하는 평가가 아닌 자신이 한 평가기에, 스스로 얼마나 뿌듯하고 대견한가를 알 수 있게 된다.

또 한 달에 한 번, 8시간 전 지점의 원장들은 본사의 아카데미에서 일요 교육을 실시한다. 이때 원장들이 서로서로 관리사와 고객이 되어 관리를 주고받는데, 이때 고객의 입장으로 되돌아가 보는 것이다.

또한 직원들도 같은 교육 방법을 실시하고 있다. 상대방에 대한 배려와 고민은 자연히 감동으로 이어진다. 그리고 상대방이 감동

하면 나 또한 행복해진다. 결국 나를 알고 남을 아는 것이 행복해
지는 지름길이다.

03

성공이 가져다주는
좋은 점

큰 성공 하나로 만족하는 경우도 있고, 작은 성공을 연거푸 만들어 더하기, 곱하기 식으로 놀랍게 성공의 금자탑을 쌓아가는 경우도 있다.

나는 적은 돈으로 시작하여 순수한 내 자력으로 성공을 이뤄냈기에 성공에 대한 느낌이나 행복감이 보통의 경우와 많이 다르다. 그래서 성공하도록 자극하고 격려하고 응원하기 위해 '성공이 가져다주는 좋은 점'에 대해 더 많이 강조하게 된다.

대부분의 사람들은 부모님이나 형제자매, 친척들이 눈에 띄는 이들을 성공의 모델로 삼으며 성장한다. 그러다가 자연스레 닮고 싶은 롤모델이 인기인, 유명인, 위인, 성현 등으로 옮겨가게 된다. 즉, 어릴 때는 내가 닮고 싶고 되고 싶은 모델을 찾게 되지만, 성장하면서 그 대상이 점차 모두가 닮고 싶어 하는 인물, 모두가 우러르는 인물을 손꼽게 마련이다.

그리고 사람들은 집을 사거나 자동차를 사기 전부터 일정한 대상을 정해놓고 미리 이런저런 계획을 세운다. 하다못해 휴대폰이나 옷가지를 사더라도 마음에 드는 대상을 마음속으로 그리며 선택을 궁리하게 된다.

나는 '성공이 가져다주는 좋은 점'을 미리부터 많이 생각하면 할수록 그만큼 마음속으로 그리던 성공을 언젠가는 반드시 이루게 된다고 확신한다. 그런 점에서 내가 직접 겪고 있는 '성공해서 좋은 점'을 간략히 정리해 보았다.

하나, 비법을 알려줄 수 있다.

예전에 짚신을 파는 아버지와 아들이 있었다. 부자가 함께 시장에 가서 짚신을 팔게 되면 아버지가 만든 짚신은 빨리 팔리는데 아들이 만든 짚신은 잘 팔리지 않았다. 아들이 그 비법을 알려달라고 했지만 아버지는 임종 때에나 가르쳐준다고 했다. 그래서 세월이 한참 지난 뒤에 아들은 아버지의 임종 직전에야 그 비법을 들을 수 있었다.

그런데, 아버지는 모기소리처럼 작은 소리로 "털, 털, 털…"이라는 말만 되풀이했다. 짚신을 다 삼은 뒤에 보푸라기를 말끔하게 없애기 위해 짚신을 털라는 뜻이었다. 보기에도 좋게 마무리 하는 것이 바로 아버지의 비법이었던 것이다.

이처럼 비법은 아주 간단하지만 자식에게마저도 잘 가르쳐 주지 않는 것이다. 또한 성심껏 가르쳐주었는데도 성공으로 이어지지 못했다면, 그 비법을 그대로 따라 하지 않았을 것이다. 왜냐하면, 비법을 통해 얻고자 하는 목표나 이득은 분명하지만, 비법 그대로 짚신을 업그레이드시키려면 더 많은 수고가 필요할 것이기 때문이다.

하지만 나는 다행히도 내 나름의 비법을 무기 삼아 성공을 거두었다. 따라서 이제는 나만의 비법을 주위에 가르쳐줄 수 있게 되었다. 내 비법을 그대로 따라하여 성공을 이루고, 내 비법에 또 다른 비법을 덧붙여 더 큰 성공을 이룩하는 약손명가 약손인들이 많다.

누구나 내가 가르쳐주는 비법을 제대로 잘 익혀서 우선은 나처럼 성공을 이루고, 나중에는 나 이상으로 크게 성공하게 되기를 바란다.

둘, 스승의 날 행사

스승의 날이 되면 약손명가의 모든 직원들은 사부님(이병철 회장님과 나, 정문순 이사에게 편지를 써서 준다. 또한, 스승의 날 파티도 열어준다. 어디 그뿐인가? 스승의 은혜를 기리는 '스승의 날 노래'도 부르고 진심 어린 선물도 준다.

나는 개인적으로도 스승의 날에 받는 노래와 편지와 선물이 내 생일날 받는 것들 이상으로 더 뜻 깊게 생각한다. 아니, 솔직히 더 좋다.

같은 선물과 편지와 노래라도, 스승의 날에 모든 직원들로부터 받는 것이 성공한 내 모습을 새삼스레 되돌아보게 하기 때문이다. 그리고 나름대로 잘 살았다는 보람도 함께 느끼게 되기 때문이다.

'가문을 빛낸다.' '이름을 빛낸다.' '부모님을 비롯하여 조상님들의 은혜에 보답 드린다.'는 말에는 숨은 뜻이 있다. 바로 순수한 개인 차원의 사생활 측면보다도, 오히려 남들과 어울려 살고 세상을 헤쳐 나가면서 겪게 되는 온갖 인생사에서 나름대로 자랑거리도 만들고 빛도 내라는 뜻이 그것이다.

하여튼, 나는 그 어떤 경사스러운 일들보다도 스승의 날에 우리 직원들로부터 받는 그 경사스러운 일이 훨씬 더 기쁘고 가슴 뿌듯하다.

우선, 스승이 되었다는 점이 좋다. 그리고 내가 나름대로 성공을 이뤘기에 자신 있게 가르칠 수 있다는 사실이 기쁘다. 가르칠 수 있는 기회가 주어진 것도 감사할 일이지만, 무엇보다도 직원들이

나 교육생들이 그 가르침대로 잘 따라오고 있다는 것이 감사한
일이다.

셋, 책 출간

나름대로 성공하다 보니 성공 스토리를 책으로 펴내자는 제안을
받게 되었다. 처음에는 그런가 보다 했는데, 요즘엔 그런 제안이
점점 더 늘어나고 있다. 출판사와 책 내용을 선정하여 이미 총 5
권의 책을 펴냈다.
그중 하나인 일본책은 '셀프골기'에 대한 책인데, 내용이 좋아
'아마존재팬'에 좋은 평가가 많이 올라왔다. 일본 출판사측에서
서점만 아니라 가판대에서도 팔고 싶다고 하면서, 책 사이즈를
달리하여 초판 2만 5천 부를 다시 출간했는데 일본에서 제법 잘
팔리고 있다.

넷, 인터뷰

성공하다 보니 신문사나 TV 방송국에서 인터뷰 요청이 많다.
예전에 미래를 본다고 알려진 분을 만나서 이렇게 물었다.
"연예인들은 왜 타고난 외모나 학력, 집안 배경 등에 비해서 시집
을 잘 가나요?"

그분이 바로 대답했다.

"세상에 이름과 얼굴을 좋게 알리게 되면 타고난 나쁜 사주가 없어지기 때문이지."

나는 아직도 그분의 그 말씀을 기억하고 있다.

'난 코스메틱' 시절, 신문이나 TV에서 인터뷰 요청을 해도 바쁘다는 핑계로 거절했었다. 그런데 이제 그분의 말씀을 듣고 나서부터는 적극적으로 응하게 되었다. 그분 말씀대로 얼굴과 이름을 열심히 알리다 보면 저절로 운명이 개척될 수 있다고 믿기 때문이기도 하지만, 무엇보다도 그분의 말씀 속에는 '자신을 위해 더 많이 투자하고 더 많이 노력해야 한다.' 는 뜻이 들어있다고 보기 때문이다.

예전부터 입신양명을 효도의 근본이며 가문을 빛내는 일이라고 여겼다. 그런 점에서만 보아도 이름과 얼굴을 널리 알리면 뭔가 좋은 일이 생긴다고 은근히 기대해볼 수는 있을 것이다.

어쨌거나, 나를 널리 알리고 더 많이 소개하는 것은 일종의 '좋은 노력' 에 속한다. 남들에게 피해 입히지 않고 할 수 있는 노력이라는 점에서 좋은 노력이고, 알리면 알리는 대로 의외의 일들이 생길 수 있기에 좋은 노력이다.

그런 과정 속에서 나는 이미 '네이버' 메인에 두 차례나 실린 적이 있다. 이 모든 일들이 바로 내가 하는 사업에서 나름대로 성공

했기 때문일 것이다. 자서전 성격의 이 책을 펴내게 된 것 또한 인터뷰 덕분이었다.

내가 '머니투데이' 신문사에 인터뷰한 기사를 본 출판사(프로방스) 대표님이 "경기도 안 좋고 힘든 이 시기에 젊은이들에게 꿈과 희망을 줄 수 있는 책을 펴냅시다." 라고 제안해주셨다. 나는 이 책이 대표님의 말씀처럼 젊은 세대에게 큰 용기와 희망을 심어주리라 믿는다.

다섯, 내가 좋아하는 연예인을 관리할 수 있다.

약손명가에서 관리를 받으면 사진도 잘 나오고 건강해진다는 이유로 많은 연예인들이 약손명가에서 관리를 받는다. 덕분에 여러 방면의 연예인들을 만날 수 있다.

나는 개인적으로 서경석씨를 좋아한다. 한 방송국에서 출연 요청이 들어와 출연했더니 서경석씨가 바로 그 프로그램의 MC이었다. 그 덕분에 나는 내가 좋아하는 서경석씨를 관리하게 되었다. 압구정점 원장은 가수 '비' 를 좋아한다. 그래서 '비' 가 압구정점에 오기를 바라며 기도까지 하게 된다고 들었다. 어디 그뿐인가? 약손명가의 '약손들' 중에는 조인성씨가 고객으로 오기를 바라는 이들이 의외로 많다. 앞으로 약손명가의 어느 지점에 가게 될지는 모르지만, 우리 '약손인들' 은 하나같이 그런 날이 빨리 오기를 바라고 있다.

김현숙 대표
저서 현황

01. **골기 테라피로 작은 얼굴 & 미안골격 DVD BOOK**–일본어판 발행
   骨氣セラピーで小顔&美人骨格 DVD BOOK
   저자 : 이병철, 김현숙 공동저작
   발행 : 2012년 2월 16일 초판 인쇄 발행, 7쇄까지 발행 총 70,000부
   가격 : 1380엔
   내용 : 셀프 골기로 작은 얼굴 & 미안골격이 되는 방법(DVD 포함)

02. **피부미용인이 쉽게 따라하는 재미있는 미용영어**–국내판 발행
   저자 : 김현숙, 최해숙, 김경미, 문진남 공동저작
   발행 : 2011년 9월 23일 초판인쇄 1,000부 발행
   가격 : 14,000원
   내용 : 미국 현지 에스테틱 샵에서 사용하는 실용 미용영어 교재

03. **동안 시크릿**–국내판 발행
   저자 : 이병철, 김현숙 공동저작
   발행 : 2011년 11월 04일 초판인쇄 발행, 3쇄까지 발행 총 8000부
   가격 : 11,000원
   내용 : 셀프 골기로 작은 얼굴 & 미안골격이 되는 방법

04. **초작은 얼굴! 약손명가의 골기 테라피**–일본어판 발행
   超小顔！藥手名家の骨氣セラピー骨氣初!! 小顔マスク&ベルト2個セットつき
   저자 : 이병철, 김현숙 공동저작
   발행 : 2012년 12월 18일 초판 인쇄 10,000부 발행
   가격 : 1,800엔
   내용 : 셀프 골기로 작은 얼굴 & 미안골격이 되는 방법(작은 얼굴
         마스크 & 벨트 2개 세트 포함)

05. **작은 얼굴이 될 수 있어! 골기 테라피 DVD BOOK**–일본어판 발행
   小顔になれる！ 骨氣セラピー-DVD BOOK
   저자 : 이병철, 김현숙 공동저작
   발행 : 2012년 12월 18일 초판 인쇄 25,000부 발행
   가격 : 790엔
   내용 : 골기 테라피로 작은 얼굴 & 미안골격 DVD BOOK과 동일한
         내용 작은 사이즈의 책자

04

돈이 좋은 이유

나는 배금주의자가 절대 아니다. 더욱이 '돈이면 다 된다.' '돈이면 귀신도 부린다.' '돈이면 죽은 목숨도 살린다.'는 식의 황금만능주의는 더더욱 나와 거리가 멀다. '돈이 많으면 포부를 펼 수 있다.' '돈이 넉넉하면 꿈을 이룰 수 있다.'는 식으로 생각하는 편이다. 내가 느낀 '부자의 좋은 점'을 몇 가지만 요약해보자.

하나. 편하다.

나는 종종 지방에 갈 때 고속버스를 이용한다. 그럴 때면 나는 티켓 두 장을 사서 혼자 좌석 두 개를 차지한다. 긴 시간 잠을 자고 모처럼 늘어지게 쉬고 싶은 욕구 때문이기도 하다.

어쨌거나, 나는 그런 소박하지만 약간 분에 넘치는 호강을 통해 '돈은 역시 사람을 좀 편하게 하는 것 같다.'는 생각을 굳히게 된다. 결코, 과시나 사치가 아니다. 몸을 편히 눕힐 자리를 만드는 일이다. 시간을 최대한 잘 활용하기 위한 내 나름의 꾀다. 돈을 최대한 유용하게 쓰기 위한 내 나름의 씀씀이 원칙이다.

둘. 대접 받는다.

은행에 가면 금방 알 수 있다. VIP 고객이라며 특별히 잘 해준다. 지점장이 인사도 하고 차 대접도 한다. 같은 예금이라도 되도록 높은 이자를 주려고 하고, 같은 대출이라도 싼 이자로 빌려주려고 한다. 나는 종종 부자는 그래서 더 부자가 되는 모양이라며 혼잣말처럼 중얼거린다. 누구나 최고의 대우를 받기 위해 그토록 비지땀을 흘리는 것이 아닌가? 돈을 벌면 일단 아주 사소한 일에서부터 알게 모르게 대접을 받을 수 있다. 은행과 고객은 서로 상부상조하기 때문이다. 이왕이면, 돋보이는 고객이 되는 것이 더 낫지 않겠는가? 성공한 자에게 돌아오는 주변인의 대접은 자연히 달라진다. 대접받는 성공인은 그 맛에 더 열심히 일하게 될 것이다.

한 노숙자가 한 말이 생각난다. 뭔가를 열심히 기록하고 있으면 다들 상대가 노숙자인 것조차 잊은 채 가까이 다가와 굳이 확인하려 한다고 했다. 사람들은 그가 노숙 체험담을 기록하고 있다고 생각한다는 것이다. 부담스럽지만 왠지 싫지는 않다고 했다. 다른 노숙자들과 달리 좋은 의미로 좀 별난 노숙자라고 보더라는 것이다.

사람이 원하는 것은 알고 보면 그리 멀리 있지 않다. 아주 작은 차이지만 색다른 느낌과 의외의 만족을 체험할 수 있다. '대접 받는다.'는 확인이나 '대접 받고 싶다.'는 욕구는 사실 아주 단순하고 원초적인 것인지도 모른다.

셋. 사고 싶은 것을 살 수 있다.

돌아보니 내 버릇에 좀 변화가 생긴 것 같다. 20대에는 가격표를 보고 상품을 골랐다. 하나, 30대, 40대에는 가격표에 그리 신경 쓰지 않게 되었다.

어느 날, 미국 교포로부터 아주 유익한 이야기를 전해 들었다. 그는 유대인 친구로부터 '30대에 가격표를 보지 않고 사게 되면 40대에는 가격표를 보고 사게 된다.'는 말을 들었고, 그 말이 너무도 의미심장하여 나에게도 전한 것이다. 또한 처음에는 별로 귀담아 듣지 않았지만 스스로도 그 말을 인정하게 되었다고 했다.

즉, 30대에는 돈 걱정 없이 풍족하게 썼는데, 사업이 부진하게 되자 40대에는 자기도 모르게 가격표를 보고 저울질하게 된 것이다.

나는 그 말을 들으며 나름대로 생각해 보았다. 그리고 그 말을 가슴에 새긴 후 곧 실천에 옮기기로 했다. 비록 지금 남부럽지 않을 정도로 성공을 이뤘지만, 오히려 지금은 꼭 가격표를 보고 산다. 좋은 시절에 나쁜 시절을 돌아볼 줄 아는 것이 지혜로운 생활일 것이다. 나는 지금 나를 더욱 더 가다듬기 위해 20대처럼 가격표를 늘 꼼꼼히 살피면서 쇼핑한다. 돌고 도는 것이 돈이 아닌가? 잠시 내게 맡겨지고 잠시 내가 맡아둔 것이라고 생각하고 더욱 겸손하고 더욱 알뜰하게 굴 것이다.

가끔은 공수래공수거(空手來空手去)라는 말과 함께, 다들 '돈의 꼬리, 성공의 갈기, 승리의 그림자, 출세의 치맛자락 정도만 살짝 붙들고 있는 것'이라는 생각을 하기도 한다. 그래서 올라갈수록 내려갈 때를 생각해야 하고, 있을수록 없던 시절과 없게 될 날을 생각하라고 가르쳤을 것이다.

일기예보를 듣고 우산을 챙기는 이도 있고 그저 건성으로 듣기만 하는 사람도 있다. 인생살이, 세상살이도 마찬가지인 것 같다. 유비무환(有備無患)이라는 말, 늘 올챙이 시절을 생각하라는 말, 호랑이 등을 타고 있다고 생각하라는 가르침 등이 있지만, 우산을 미리 챙기느냐, 아니면 좋은 쪽으로만 생각한 채 무방비로 나서 느냐는 결국 각자 선택의 몫이다. 나라도 어려웠을 때를 생각하며 주변을 돌아보는 하심을 지니고 싶다.

넷. 소원이 이루어진다.

나는 어렸을 때 장학금을 많이 받았다. 그때 일찌감치 결심한 것이 있다. 어른이 되면 장학금을 많이 주는 사람이 되자는 다짐이었다. 그래서 어른들이 꿈이 무어냐고 물으시면 곧잘 "자선사업가가 되겠습니다."라고 답했다. 나처럼 가난하지만 공부를 열심히 하는 아이들에게 내가 받은 것 이상으로 꼭 되돌려주고 싶었다.

물론, 다른 아이들처럼 나 또한 나이가 들면서 대사 부인이 되고 싶다는 등 여러 방면으로 꿈이 가지를 치게 되었지만, 어렸을 때의 자선사업가가 되겠다는 꿈, 가난하지만 공부 열심히 하는 아이들을 돕고 싶다는 생각에는 변함이 없었다.

그런데 다행히도 지금은 어릴 적부터의 그 꿈을 실현하고 있다. 나도 이제는 남들을 도와줄 수 있다. 성공을 이뤄내자 남들을 도울 수 있는 여력이 생긴 것이다. 나는 지금도 수입의 절반은 꼬박꼬박 저축을 한다. 그리고 그 가운데 5~10% 정도는 생활비로 쓰고 , 나머지 40~45%정도는 공익을 위해 기부한다. 현재의 나의 기부는 약손명가 직원들과 미용을 전공하는 대학생들을 주대상으로 하고 있다.

앞으로는 나의 어릴 적 꿈을 실현하기 위해서라도 좀 더 폭넓게 기부하고 싶다. '성공할수록 공익을 위해, 이웃을 위해 더 많이 기부해야 한다.'는 것이 평소의 내 소신이다. 남들이야 어떻게 하든, 나만이라도 그 약속을 꼭 실현하고 싶다.

다섯. 애국자가 되었다.

투자할 자금이 쌓이게 되니 자연히 일본에도 샵을 오픈하게 되었다. 현재 5개의 샵을 오픈한 상태다. 그리고 2개의 샵은 오픈을 위해 이미 계약을 마친 상태다. 이제 곧 2개의 샵(시부야, 에비스 지역)이 더 오픈하게 되면, 일본에서만 총 7개의 샵이 한국의 에스테틱 사업을 알리며 약손명가 브랜드를 일본인들에게 착실히 심어나가게 될 것이다.

현재도 일본에서 벌어들이는 수입이 연 몇 십억이 될 정도로 빠르게 신장하고 있다. 물론, 일본과 한국 양쪽에 공히 세금을 내고 있다. 그리고 한국에서 파견한 직원들에게는 월급을 최소 260만 원(초봉)에서 1천만 원까지 주고 있다.

일본에서 벌어서 한국에 세금을 내니 애국자요, 취업난 때문에 고민하는 한국 여성들을 일본에 취업시켜 월급을 많이 주니 그 또한 애국자가 아닌가? 나는 개인적으로 그런 일이 바로 진짜 애국하는 길이라고 확신한다.

일본에 샵을 오픈할 때는 망하고 나간 샵을 인수하여 오픈했기에 인테리어 비용 같은 초기비용이 거의 들지 않았다. 이것 또한 애국자다운 일이었다고 생각한다. 애국하는 마음으로 한 푼이라도 더 아껴 우리 돈이 최대한 덜 빠져나가게 했던 것이다.

무엇보다도, 한국의 미용관리, 피부관리의 우수성을 일본 고객들에게 널리 알릴 수 있었다. 많은 일본인들이 이미 방송을 통해 약손명가의 특별한 점을 잘 알고 있다. 그래서 그런지, 신기하게도 약손명가의 약손테라피는 한국에서보다도 일본에서 더 널리 알려져 있는 편이다.

알다시피, 일본인들만큼 원조를 선호하는 국민이 별로 없다. 그런 탓에 약손명가의 약손테라피를 받겠다고 일부러 방한하는 경우가 의외로 많아졌다. 이런 일 또한 한국의 우수성을 일본에 널리 알리는 것이므로 자연히 애국하는 일이라고 확신한다. 여러 우수성 중에서도 한국의 특별한 '약손'을 알리게 되니 그 얼마나 좋은가? 똑같은 손이지만 뭔가 특별하다는 점이야 말로 진정한 우수성인 셈이다.

앞으로 일본에서도 샵이 점점 더 늘어나게 될 것이다. 그리고 일본 이외의 여러 나라에서도 약손명가가 빠르게 확산되어갈 것이다. 그에 따라, 약손명가의 애국하는 마음 또한 나날이 그 진가를 더 발휘하게 될 것이다. 또한 한국에서 만든 약손테라피를 세계에 알려 많은 외국인들이 배우고, 관리를 받으러 한국을 방문할 수 있도록 만들 것이다.

05

행복으로 얻어지는 것

미국의 여가수 메리 제이 블라이지(Mary J. Blige)의 노래 중에 'Be happy!'('비 해피')라는 것이 있다. 미국의 재즈 보컬리스트 바비 맥퍼린(Bobby McFerrin)은 'Don't worry be happy!(돈 워리 비 해피 : 톰 크루즈 주연의 1988년 영화《칵테일》삽입곡)'라는 노래 하나로 사람의 목소리가 최고의 악기일 수 있다는 사실을 증명했다.

사람들이 모두가 행복하기를 바라는 것이 '행복'을 강조하는 노래나 글의 공통점이다. 그렇다면, 좀 싱거운 질문이지만 '왜 사람들은 그토록 행복하기를 바라느냐?'고 반문할 수 있을 것이다. 대답은 아주 간단하다. 행복이 가져다주는 선물들이 너무도 많기 때문이다. 카페인, 니코틴, 알코올 같은 특별한 성분만 들어가도 금방 차이를 보이는 것이 기분이고 마음이다.

사람의 행복감을 연구한 이들은 '나는 행복하다.'고 느끼는 것만으로도 몸의 컨디션 자체가 달라지고 잠재력이 눈에 띄게 상승한다고 한다. 나도 그러한 발견과 주장에 전적으로 동감한다. 한 마디로, 행복해지면 덤으로 얻게 되는 좋은 점들이 너무도 많다.

첫째, 미래에 대한 두려움이 없다.

많은 사람들은 이상하게도 행복해지면 오히려 더 두려워하게 된다고 한다. 나 또한 지금 남편과 연애할 때 너무 행복한 나머지 혹시나 무슨 일이 생겨 불행해지면 어쩌나 하며 고민한 적이 있었다. 하지만, 성공을 어느 정도 거둔 지금은 전혀 불안하지 않다. 한 번의 사업 실패를 거울삼아 앞으로는 좀 더 신중하게 사업을 전개를 할 계획이기 때문이다. 실패를 밑거름 삼아 일에 대한 자신감이 크게 늘었기에 가능하다.

둘째, 떳떳하다.

행복해지니 모든 것이 다 떳떳하다. 그래서 남들에게 내 이야기를 자신 있게 할 수 있게 되었다. 나를 싫어하고 비방하는 사람이 있더라도 언젠가는 진실이 밝혀진다는 신념을 갖고 있기에 항상 행복한 마음을 지닐 수 있다.

셋째, 고마움을 느낀다.

나는 행복하다고 여길 때마다 먼저 사부님(이병철 회장님)에게 감사함을 느낀다. 빚쟁이로 살던 나를 120억대의 알부자로 만들어 주었다. 미래에 대한 괜한 걱정도 사라졌다. 아들에게도 떳떳한 엄마가 되었다. 이 모든 것을 생각하며 감사함을 늘 행동으로 보여주고 있다.

약손명가를 믿고 찾아주시는 고객들에게도 감사함을 느낀다. 물건을 사는 것도 아니고 오로지 우리 약손명가만 믿고 인정해 주시는 것에 대해 진심으로 감사하다. 그 모든 나의 감사한 마음을 최대한 잘 보답해드릴 수 있도록 앞으로도 최선을 다해 노력할 것이다. 결코 뒤처지거나 부끄럽지 않은 약손명가를 만들어갈 것이다.

넷째, 아이도 같이 행복해 한다.

어느 날, 우리 아들의 얼굴이 너무 편안하고 행복해 보였다. 그래서 "조건홍, 행복하니?" 하고 물어 보았다. 아이는 곧바로 "응, 엄마." 하고 답했다. 그래서 다시 "너는 행복해서 참 좋겠다." 고

말했다. 그랬더니 아이는 "그래서 내가 엄마한테 잘 하잖아."라고
말했다.

아이의 그 말을 듣는 순간 빙그레 웃지 않을 수 없었다. 그러면서
속으로 '아하, 내가 그 동안 회사 일에 올인한 것이 결과적으로는
아들에게 아주 잘한 일이구나.' 하는 생각을 하게 되었다.

'나는 행복하다.' 고
느끼는 것만으로도 몸의 컨디션 자체가
달라지고 잠재력이 눈에 띄게 상승한다고 한다.
나도 그러한 발견과 주장에 전적으로 동감한다.
한 마디로, 행복해지면 덤으로 얻게 되는
좋은 점들이 너무도 많다.

다섯째 장

사람향기
나는 약손명가

01

약손명가와의
운명적 인연

약손명가를 만나기 이전의 나

　　나는 이십 대 후반에 결혼했다. 그리고 여고 졸업 이후 시작한 직장생활도 결혼과 함께 끝이 났다. 결혼 당시 남편은 대학 4학년 재학 중이었으므로, 나는 다시 생활전선에 나서야만 했다. 그래서 자그마한 내 사업을 시작했지만, 사업 시작 두 달 후 아이를 갖게 되었다. 빚을 얻어 사업을 시작했기에 아무리 아껴 써도 늘 마음이 무거웠다.

임신한 무거운 몸으로 전철보다 백 원이 싼 버스를 탔다. 그때는 정말이지 단돈 백 원이 그렇게 커 보일 수 없었다. 나는 아이 낳기 하루 전까지도 일을 했다. 가을에 출산하고 곧 겨울이 되었지만 형편상 아이에게 가을 옷을 그대로 입힐 수밖에 없었다. 아이를 이불로 감싸고 덮은 후 품에 꼭 껴안고 출퇴근했다.

봄이 와도 형편은 그리 달라지지 않았다. 아이에게도 미안하고 속상했지만, 지난 가을에 입던 옷을 그대로 입혔다. 여름이 왔다고 형편이 달라졌을까? 이젠 아이에게 입힐 옷이 없어 속옷만 입힌 채 데리고 다녀야만 했다. 그런 내 모습을 본 한 고객이 보기에 너무 딱했는지 여름옷을 두 벌 사다 주셨다. 나는 그 두 벌을 얼마나 애지중지했는지 모른다. 그해 여름에는 아이에게 훨씬 덜 미안할 수 있었다. 여름이 가고 가을이 왔지만, 다시 입던 옷을 찾아서 입혀야 했다. 이후 3년 동안 그렇게 최대한 아끼며 살았다. 그런 생활 덕분에 3년 만에 빚과 이자를 다 갚을 수 있었다.

그 후 3년 동안은 집에도 가지 않고 피부 관리실에서 잠을 잤다. 아이 와도 떨어져 지낼 수밖에 없었고, 토요일 저녁에 남편이 아이를 데려오면 그제야 품에 안아 애틋한 마음을 달래곤 했다.

그렇게 3년을 고생하고 나니 10평 가게에서 50평 가게로 옮겨갈 수 있었다. 규모면에서도 자그마치 다섯 배가 늘게 된 것이다. 다시 50평 가게를 바탕으로 열심히 일했다. 노력의 대가는 너무도 정직했다. 이번에는 위치가 좋은 건물 2층 240평으로 옮겨갈 수 있었다.

이사하면서 나는 직원들에게, 그 동안 고객 위주로 일했다면, 2층에서는 직원 위주까지는 아니더라도 전보다 더 직원의 목소리에 더 좀 귀기울여주고 아껴주겠다고 약속했다.

하지만 곧 찾아온 직원들의 오해와 건물주의 횡포로, 하나 둘 내가 15년간 쌓아온 노력의 결실들이 눈앞에서 와르르 무너지고 있었다. 파도 앞에선 힘없는 모래성처럼 손쓸 겨를 없이, 허무하고 비참하게 쓰러져갔다.

대체, 무엇 때문에 그토록 성심성의껏 최선에 최선을 다하며 살았던가? 대체, 누구 좋으라고 그렇게 오랜 세월 서로 정을 붙이고 정을 나누며 지냈던가? 내 삶의 전부였던 인간관계나 내 꿈의 전부였던 샵이라는 공간마저도 내 마음과 전혀 다르게 나를 냉정하게 뿌리치고 나를 허허벌판으로 내몰았으며, 급기야 옴짝달싹 못하게 만들고 말았다. '이렇게 살면 안 되겠구나.' 라는 생각에 몸서리를 쳤다. 무조건 한 우물을 판다고 해서 꼭 성공이 보장되는 것은 아니었다.

초인적인 자세로 임하며 후루룩 타 없어지는 장작불처럼 자신을 무섭게 내몰아도 어느 순간엔가는 방향을 바꾸지 않으면 안 되는 시점이 오고, 변화 해야만 하는 환경이 생기는 것 같았다.

나는 그런 와중에도 '뭐든 다 배워야 한다.' 는 어머니 가르침을 되새기며, 나를 업그레이드시킬 새로운 교육 프로그램, 새로운 교육자를 찾기 시작했다. 잠시 머리도 식히고 새로운 진로도 찾을 겸, 일단 나 자신부터 재무장하고 재충전하는 기회로 활용하고 싶었다. 또한, 그 동안 너무 오래 고객들과 직원들에 둘러싸여 마치 포위된 듯이 정신없이 살았으니 이제는 좀 나를 위해 투자해 보고 싶었다.

그래서 그 당시 새로운 요법으로 떠오르기 약손테라피를(Golgi Therapy)를 만든 이병철 회장님의 교육장을 찾게 되었다. 불혹(不惑)의 나이인 마흔을 살짝 넘기면서 생긴 일이었다. 처음에는 '그런 가보다. 그런 테라피도 있을 수 있겠구나.'라고 생각하며, 그저 여느 피교육생들과 엇비슷하게 굴었다.

그런 후, 갑자기 샵이 직원 문제로 인해 어려워져 약손테라피를 배우는 것을 그만두고 1년 동안 바쁘게 지내면서 '약손테라피에는 내가 모르는 뭔가 색다른 것이 있다.'는 것을 스스로 깨닫게 되었다. 대개는 여기저기 쫓아다니며 열심히 배우는 이들이 다 그러하듯이, 일단 한 번 배우고 나면 좀처럼 배웠던 시절, 배웠던 교사, 배웠던 내용을 다시 얘기하지 않는 법인데, 이병철 회장님과 그가 만든 약손테라피에 대한 반응들은 아주 달랐다. 오래도록 이병철 회장님을 기억하고 약손테라피 강의를 이야기했다.

"뭔가 다른가 보다. 이병철 회장님을 깍듯이 '사부님'으로 부르는 것도 다르고, 두고두고 약손테라피법에 대해 말하는 것도 분명 다르지 않은가? 그래, 뭔가가 있어. 뭔가 색다른 것이 있는 것이 분명해."

2개월여 간 배우다 그만둔 기억을 더듬으며 2년 만에 서울 대치동의 약손테라피 교육장을 찾으니 실로 만감이 교차했다. 하지만, 얼마 지나지 않아 샛별 같은 희망의 불빛이 내 머릿속을 환하게 밝히기 시작했다.

'미래에 투자하려면 약손테라피를 배워야 한다.', '보다 큰 날개를 달고 높이 날아오르려면 약손명가의 날개 밑으로 들어가야 한다.'고 생각했다.

교육기간을 통해 전국 각처에서 올라온 에스테틱 사업자들을 많이 만날 수 있었다. 모두들 기존의 미용관리, 피부관리에 이병철 회장님의 약손테라피를 첨가하여 건강관리, 체형관리를 21세기형의 새로운 사업 아이템으로 삼으려는 큰 포부를 품고 있었다.

'화장품 도포 후 피부관리를 해서 바아픔다운 체형을 만들게 되면 자연히 건강과 아름다움이 동시에 보장된다.'는 약손명가의 약손테라피(골기요법)는 누가 들어도 실로 환상적이었다. 아름다움으로 건강미를 갖추려던 기존의 패러다임에서 전혀 새로운 접근방식, 전혀 색다른 패러다임으로 바뀌는 순간이었다. 아울러 '건강과 아름다움이 동시에 챙겨지는 것은 물론 보다 장기적이고 근본적이며 가장 안전한 해결책이 된다.'는 21세기형의 새로운 패러다임이었다.

그렇게 해서 나는 이병철 회장님을 평생의 '사부님'으로 삼게 되었고, 약손명가라는 큰 날개를 달게 되었으며, 약손테라피의 진정한 애호가이자 전달자가 되었다.

02
새로운 날개,
그 비상의 꿈

8년여 전 어느 날이었다. 이병철 회장님은 오래 숙고해온 한 아이디어를 불쑥 내놓았다. 첫 마디는 "교육도 중요하지만, 그에 못지않게 돈벌이도 중요하다."는 말씀이었다. 그러면서 "앞으로는 돈벌이에 관한 이야기를 좀 더 많이 하겠다." 고 했다.

그렇게 해서 나는 약손명가의 약손테라피 확산에 본격적으로 달려들게 되었다. 우선 의기투합한 세 명의 제자들이 모여 사부님이 운을 뗀 '돈벌이'에 관해 본격적으로 논의하기 시작했다.

그래도 내가 제일 나은 입장이었기에 우선 광고부터 하기로 하고 광고비를 모았다. 사부님은 제외하고 제자 셋(서울, 인천, 광주)이 모으기로 하고, 내가 우선 매달 2천 1백만 원을 내놓았다. 나머지 두 사람에게는 백만 원씩만 부담하게 했다. 그리고 2천 3백만 원을 매달 지불하여 지하철 광고와 온라인 키워드 광고를 시작했다. 하지만, 약손명가 상호를 내건 업소가 많지 않고 약손테라피에 대한 확산이 아무래도 부족하던 때라 그런지 광고효과는 그렇게 기대한 만큼 드러나지 않았다.

"약손테라피는 건강과 아름다움을 동시에 겨냥합니다."

"맞습니다. 약손명가는 약속을 금처럼 생각합니다. 약손명가는 약속을 하늘처럼 생각합니다. 책임지고 원하는 효과로 보답합니다. 약손테라피는 고객제일주의 위에서 책임지고 반드시 효과를 보게 만듭니다."

우리가 품은 이상은 하늘을 찌를 듯이 높았지만, 현실의 벽은 의외로 두텁고 높기만 했다. 백만 원의 광고비도 여간 부담스럽지 않다면서 얼마 안 되어 세 사람 중 하나가 빠져나가게 되었다. 하지만, 나는 고집스레 밀어붙였다. 사부님인 이병철 회장님은 전형적인 교육자 타입이라서 이래저래 또순이 스타일로 무장된 내가 앞장 설 수밖에 없었다.

마산, 서울(수유리), 인천 등지를 거점으로 삼고, 약손명가를 한국 제일의 에스테틱 업계 선두주자로 민들기 위해 불철주야 억척스럽게 매달렸다.

이병철 회장님의 정열적인 교육과 나의 억척스런 마케팅으로 6개월이 지나자 단단하던 토양이 차츰 부드러워지기 시작했다. 그리고 약손명가라는 상호가 단순한 상호를 넘어 에스테틱 업계에 새바람을 일으키게 되었으며, 약손(骨氣, Golki) 테라피(therapy: 요법)가 어느덧 입소문을 타고 에스테틱 업계의 주목을 받게 되었다.

피부관리에만 줄기차게 매달리던 에스테틱 업계, 화장품 개발과 보급에만 몰입하던 우리 뷰티 업계가, 약손테라피에 눈을 뜨기 시작하면서 드디어 20세기 아날로그 영업방식과 사고방식을 뛰어넘어, 21세기 디지털 영업방식, 21세기 디지털 사고방식으로 발 빠르게 옮겨가기 시작했다.

에스테틱 산업은 자격증을 소지해야만 영업을 할 수 있다 그래서 '본사가 백 퍼센트 전국의 지점들과 해외의 지점들을 총괄하는 영업방식' 이 법적으로 금지되어 있다. 원장들의 개인 직영체제로 하거나, 아니면 자영업자 식으로 업소별 독립운영체제, 업소별 책임운영체제로 해야 한다.

'체인 샵' 은 광고와 시스템 개발 같은 주요 항목만 본사에 의존하고, 나머지는 백 퍼센트 '원장' 으로 불리는 업소 주인의 재량에 맡겨져 있다.

무엇보다도, 두 가지 결정적 요인이 약손명가의 성공의 실체를 만들어 냈다.

하나는 내가 앞장서서 서울 청담점을 낸 것이 도약의 발판이 되었다. 내 책임 하에 30여 평을 얻어 사부님께 덥석 맡겼다. 1주일에 2일은 마산에서 관리를 하시고, 5일은 서울에서 관리를 하시면서 교육생들을 교육하는 방식을 채택했다.

두 번째의 결정적 요인은 한 마디로 '오픈마인드' 내지 발상의 대전환이었다. 눈부시게 뻗어나가려면 우선 진입장벽부터 없애야 한다고 생각 했다. 물론, 약간의 심적 갈등도 있기는 했다. 약손명가의 출범 초에는 서울에는 오직 수유점 하나만 약손명가의 상호를 걸고 영업할 수 있게 했다. 약손명가를 믿고 관리를 받는 고객들에게 빠른 효과와 책임제로 인해 약손명가의 브랜드 가치가 점점 더 높아지는 판인데, 그 많은 잠재적 고객을 왜 놓치고 싶고 눈에 뻔히 보이는 성공을 왜 무수한 사람들과 공유하고 싶었겠는가?

하지만 과감하게 나 혼자만 벌겠다는 마음을 버리고 오픈하기로 했다.

서울의 경우에는 소아적 집착을 극복하고 역세권마다 지점을 허락하기로 했다. 지금은 주요 역세권에 자그마치 104여 개의 지점들이 성업 중이고 저마다 괄목할 만한 발전을 해 가는 중이지만, 처음에는 그런 결정이 그리 말처럼 쉽지만은 않았다. 사실, 처음에는 일생일대의 모험이었지만, 파이가 커지면 자연히 모두가 배를 채우게 될 것으로 보았다.

"함께 날아올라야 바람의 방향을 유리하게 바꾸고 실바람을 센바람으로 고쳐 다 함께 더 높이, 더 가볍게 날아올라 마침내 히말라야 최고봉을 가뿐히 넘는 두루미 가족들을 닮을 수 있다. 기회는 요술 양탄자와 같다. 혼자서 날아오르면 더 쉽고 빠를 것 같아도 오히려 그 양탄자를 비행선으로 바꾸고 점보기로 교체하면 더 많은 이들이 더 쉽게 더 빨리 최적의 비행공간에 이를 수 있다."

잘했다고 생각한다. 광고를 통한 현대적 마케팅에 최우선 순위를 둔 것도 지나고 보니 잘한 일 중 하나다. 그리고 무엇보다도 '파이를 최대한 키워 모두가 만족하게 한다.'는 신념으로 샵(지점)을 최대한 늘린 것도 사부님이 항상 말씀하시는 수수의 법칙을 이행한 것이다.

건강을 위한 대체요법으로 시작된 약손테라피는 그 동안의 에스테틱 사업과 결합되면서 '미용 사업'을 확장하는 주요한 축으로 자리 잡게 되었다.

이 모든 성과는, 이병철 회장님의 '타고난 능력'이 나의 오랜 에스테틱 사업 경험과 이어지고, 나의 잠재력과 합쳐져 놀라운 시너지 효과를 발한 결과라고 자부한다.

나는 어릴 적부터 무엇을 하던 응용력을 십분 발휘하는 기질을 가지고 있었다. 그리고 소녀시절부터 직업전선, 생활전선에 겁 없이 뛰어든 덕분에 결단력과 지도력에 기초한 남다른 희생심을 지니게 되었다.

어느 한 곳이 건강해지면 전체가 건강해지는 우리 몸처럼 모래알 처럼 흩어져서는 도저히 불가능하지만, 각자의 독특한 장점과 장 기가 순조롭게 결합되면 그 속에서 건강과 아름다움은 자연스럽 게 얻어지고 순리적으로 취해지는 것이다.

약손명가의 경영방식은 투명하고 합리적이다. 모두가 바라는 것을 얻게 되고 노력하는 만큼 거두게 되는 'Win-Win 전략'이 기본이다.

앞서 설명했지만, 약속명가의 약손인들은 일정 기간을 거쳐 원장이 되면, 자신만의 샵을 맡아 독립경영체재로 운영할 수 있다.

그래서 '성공 기업 만들기', '성공한 사업가 만들기'라는 약손명가의 기업정신, 경영목표에도 딱 들어맞게 된 것이다.

특히, 약손명가는 돈은 없지만 실력이 있는 직원에게는 무료로 보증금과 인테리어 비용을 빌려준 후 원장이 되어서 샵을 운영하면서 번 이익금의 일부를 갚게 하는 제도를 만들어서 직원들에게 혜택을 주는 것을 복지로 운영하고 있다.

03

약손명가에서
배울 점들

약손명가의 공동경영 파트너는 셋이다. 약손
테라피 창시자인 이병철 회장님과 대표이사를 맡고 있는 나, 그
리고 정문순 이사다.

세 사람 모두 개성과 장단점이 있다. 약손명가는 세 사람의 장점
과 장기만으로 결합되어 있다. 서로가 서로를 이끌어주고 서로에
게 배운다.

물론, 그 중심은 늘 이병철 회장님이다. 이병철 회장님은 돈을 쓰
는 일과 저축하는 일에서 타의 추종을 불허할 정도로 특별하다.
내 생각에는 워낙 풍족한 환경에서 성장한 덕분인 듯하다. 일찍
부터 돈을 다루어 본 분이기에 저축과 절약이란 개념이 아예 몸
에 배어 있다. 나는 이병철 회장님으로부터 '돈을 저축하는 비법'

을 배웠다.

정문순 이사는 어려서부터 아주 부지런했는데, 용돈을 모아 좋은 일에 쓰는 편이었다고 한다. 그리고 직장을 다니면서는 혼자 다 쓰지 않고, 형제자매와 조카를 비롯하여 부모님께 꼬박꼬박 용돈을 드리는 성실한 사람이었다. 지금도 그때의 습관이 남아 한 번 주기 시작하면 규칙적으로 지속하기에 받는 쪽에서도 아주 고맙게 기억한다. 나는 정문순 이사를 통해 '돈 잘 쓰는 비법'을 배우고 있다.

마지막으로 나 김현숙은 소녀시절부터 직접 돈을 벌어가며 공부도 하고 살림도 도왔기에 독립심이 아주 강한 편이다. 한 번 하기로 했으면 줄기차게 이어가는 끈기가 남다르다.

또한, 어릴 적부터 불평불만을 모른 채 어른 말씀에 순종적이었기에, 지금도 누가 무슨 말을 하던 결코 건성으로 듣는 법이 없다. 남들보다 소위 '숫자에 밝아' 돈의 흐름이나 돈 버는 방법도 잘 아는 편이다. 나는 주위 사람들에게 "돈 버는 방법은 저한테 배우세요."라고 말하곤 한다.

그만큼 억척스럽게, 전형적인 또순이로 살아왔기에 남들보다 소위 물정(物情) 돌아가는 것에 통달한 편이다. 누군가 세상 물정 제대로 모르고 힘겨워 하면, 나는 그 사람을 정말 피붙이, 살붙이를 보살피고 돕듯이 모든 노하우를 아낌없이 가르쳐주고 있다.

내가 했던 고생을 면할 수야 없겠지만, 최소한 줄이거나 건너뛸 수는 있을 것이다. 그리고 그렇게 하면서 내가 거쳤던 지난날의 과정을 많이 생략한 채 훨씬 더 쉽고 빠르게 스스로의 성공을 거두게 될 것이다. 그래서 나는 내 모든 노하우를 아낌없이 주고 있는 것이다.

04
약손명가의
기업문화 몇 가지

한때 '그곳에 가면 뭐가 있다.'거나 '그 섬에 가면 뭐를 볼 수 있다.'는 식의 말이 유행이 된 적이 있었다. 마찬가지로, 약손명가에 가면 뭔가 색다른 것, 특별한 것이 있다는 것은 이제 상식이 되었다. 바로, 약손명가만의 독특한 기업문화를 두고 하는 말이다. 약손명가 식구들이 살아가는 모습, 일하는 방식에는 어딘가 색다른 것이 있고 배울 것이 많다.

하나. 장차 아름드리나무로 자라날 기부문화

남들보다 더 많다면 나눠야 한다. 배려만으로는 부족하다. 내 것을 덜어서 남에게 줘야만 비로소 기부가 된다. 약손명가는 '내가 아는 것'을 기부하면서 기부문화를 싹 틔웠다.

이병철 회장님을 비롯하여 약손명가의 세 공동경영 파트너는 언제나 '내가 아는 것'을 아낌없이 기부할 마음가짐이 되어 있고, 실제로도 그렇게 하고 있다. 조금이 아니다. 모두가 아랫사람을 위해 백 퍼센트 기부한다.

예를 들어, 내가 원장에게 지식과 경험을 백 퍼센트 기부하면 , 원장 또한 실장에게 똑같이 기부한다. 실장은 또 주임에게 그렇게 하고 주임은 또 관리사에게 그렇게 한다.

약손명가의 '약손인'은 그처럼 이어지고, 그렇게 해서 마침내 평준화, 규격화를 완성하게 된다. 그래서 모두의 지식과 경험은 위에서 아래까지 고루 퍼지고 똑같이 공유된다. 물 흐르듯 자연스럽게 이어지는 것이다.

내가 못하는 것은 다른 원장이 하면 된다. 예를 들어, 한 원장(광명원장)이 커피숍에서 일하며 친절교육을 체계적으로 받았다는 것을 알고, 약손명가의 친절교육은 전부 광명점 원장에게 책임을 맡겼다.

둘. 고마움을 반드시 행동으로 옮기는 행(行)의 문화

약손명가는 말로 하는 감사 인사로 만족하지 않는다. 반드시 행동으로 옮기도록 이끈다. 믿고 찾아오는 고객에 대한 감사함도 반드시 행동(만족스러운 관리효과와 친절·청결)으로 보답한다. 그래서 고객 입장에서 문제도 해결하고 건강도 끌어올리고 아름다움도 약속한다.

고객의 기대에 맞추기 위해 휴일도 없이 교육을 받는다. 미소 연습을 통해 고객의 기분을 좋게 해드리고자 애쓴다. 청결이 중요하기에 그때그때 정리하도록 하고 있다. 매주 토요일은 대청소를 실시하여 사각지대 없는 청결한 환경을 만들고자 애쓰고 있다.

또한 부모님께 대한 감사 표현도 꼭 행동으로 옮기도록 가르친다. '하라.'고 말만 하지 않고, 직접 용돈과 선물을 드리도록 이끈다.

셋. 하루 10분의 수련 문화

매일 최소한 10분을 할애하여 손가락과 손아귀의 힘을 기른다. 같은 시간이라도 더 높은 효과를 내기 위한 노력의 일환이다. 바른 자세 갖기, 약손 만들기에 힘씀으로써 준비된 고객 관리가 되고 자신감 넘치는 고객 맞기가 되도록 하고 있다.

손을 수련하면 좋은 점들이 의외로 많다. 손가락이 예뻐지고 손의 모양 자체가 아주 좋게 변한다. 즉, 관상(觀相)처럼 수상(手相)이 좋아진다는 말이다. 그러면 손금마저도 덩달아 좋게 변하기 마련이다.

그뿐만이 아니다. 모두 알다시피 손가락은 경락(經絡: 몸 안의 기혈이 순환하는 통로)의 시작이자 끝이다. 따라서 손가락의 관절과 근육을 수련하면, 그에 따라 우리 몸속의 기혈 순환이 몰라보게 좋아질 수 있다.

어디 그뿐인가, 일하면서 몸에 좋은 수련을 하게 되니 일석이조이고 금상첨화인 셈이다. 일본인들은 예전부터 '일하면서 수행하는 것을 가장 큰 행복'이라고 생각했다. 즉, 일 자체를 단순한 일로만 여기지 않고 수행의 과정으로 생각하면 일거양득(一擧兩得)이니 그보다 좋은 일이 없다고 했다.

10분 수련을 통해 반듯한 손 모양과 몰라보게 좋아진 수상(手相)을 지닐 수 있고, 그 위에 또 경락을 좋게 하여 손가락까지도 알게 모르게 예쁘게 변한다면, '건강과 아름다움과 행복'을 동시에 만들어낼 수 있다. 또 그 위에 흉한 상(相)을 길하게 바꾸고, 평범한 상(相)을 특별한 상(相)으로 업그레이드시키게 된다.

넷. 약손명가의 기업문화 중 하나인 합장인사는 약손명가만의 트레이드마크다.

약손명가에서 합장 인사하는 이유에는 여러 가지가 있다. 만나게 되어 기쁘고 찾아주셔서 감사하는 마음과, 모든 일에서 성공하기를 기원하며 건강하고 아름답게 사시라는 의미이다. 또한 우리 약손이 도울 일이 있으면 힘껏 돕겠다는 표시이기도 하다. 여기에는 매사에 겸손하겠다는 마음가짐과 모든 고객을 한결같이 대하려는 노력도 포함되어 있다.

사부님은 하심하는 마음으로 합장을 하라고 한다. 누가 합장인사를 하든 그 인사를 받는 사람은 왠지 느낌이 좋기 마련이다. 그리고 합장을 하며 스스로를 잘 다독이고 잘 추스를 수 있기에 일석삼조다.

누구나 나를 남과 견주며 차별하면 씻을 수 없는 상처를 받기 쉽다. 그래서 약손명가에서는 합장인사를 통해 우선은 스스로를 다소곳하게 하고, 다음으로는 상대편을 나보다 윗자리에 모시는 것으로 예우를 다한다.

두 손을 모으며 정성과 열의도 함께 모으고, 책임지고 약속을 실천하겠다는 다짐을 한다. 믿고 찾아주셨으니 그에 걸맞게 최선을 다해 보답해 드리겠다는 약속을 하고 맹세를 한다.

간혹 종교 행위로 오해하는 분도 계시시만 전혀 그렇지 않다. 그저 약손명가 나름의 감사하는 마음과 겸손함을 지향한다는 하나의 상징적 표현일 뿐이다.

05
약손명가의
편의와 복지

(1) 직원들이 생각하는 최고의 복지(자기계발비)

피부 관리 직업의 장점은 늦게 출근하는 것이다. 보통 오전 10시에서 오후 1시에 출근한다. 그래서 아침에 충분히 나 자신의 성장을 위해서 피부 관리나 언어학원, PT를 받을 수 있다.

또한 자기계발비로 1년에 2번 부모님을 모시고 식사를 할 수도 있다. 자기계발비는 오전에 사용할 시는 20만원 주고, 저녁에 사용할 시에는 10만원을 준다. 나는, 고객뿐 아니라 직원도 에너지가 넘쳐야 하기에 잠은 꼭 12시 안에 자라고 한다. 그래서 자기계발비를 가급적 오전에 쓸 수 있도록 하기 위해 오전에 사용 시에는 두 배로 돈을 지급해주고 있다.

직원들이 자기계발비를 최고의 복지로 여기는 것은, 자기계발을 통해 스스로가 변함으로써 스스로의 필요성을 상대에게 부각시킬 수 있기 때문이다.

(2) 회사에서 생각하는 최고의 복지(독서연수)

약손명가는 1년에 3번에서 4번은 임페리얼호텔에서 3박4일 동안 오전 10시에서 오후 10시까지 하루에 10시간 이상 책을 읽고 토론하고 발표하게 한다. 특히 구정, 추석, 7월 말경에는 평소보다 저렴한 비용으로 호텔을 이용할 수 있기에, 직원들을 최상의 환경에서 책을 읽게 함으로써 스스로의 자존감을 높이기 위해 노력하고 있다.

『성공하는 사람들의 7가지 습관』이라는 책을 기본으로 하여 요점 정리 후 스스로 깨달은 것, 앞으로 어떻게 할지에 대해 정리 후 발표함으로써 좀 더 자신감을 갖게 한다. 더불어 다른 직원들의 발표를 통해 서로 생각이 다름을 스스로 깨닫게 만든다. 특히 직원들이 독서연수를 최고의 복지라고 생각하는 이유는, 독서연수 후 직원들의 변화가 제일 크기 때문이다. 또 가장 오랫동안 좋은 습관을 스스로 간직하며, 주위까지 긍정적으로 바뀌게 되기 때문이다.

여섯째 장

남다른 생각과
행동의 기업

01

사부님으로부터
자주 듣는 말씀들

나를 비롯하여 약손명가의 모든 식구들은 이
병철 회장님을 '사부님'으로 부르고 '사부님'으로 섬긴다. 우리
는 사부님으로부터 귀감이 되는 좋은 말씀을 많이 듣고 마음에
새기게 된다. 그 많은 소중한 가르침들 중에서 몇 가지만 요약해
보자.

하나. 많이 벌었다고 자랑하지 말고 많이 저축했다고 자랑하세요.

어느 날이었다. 내가 어느 원장과 대화하면서 돈 번 이야기를 했더
니, 회장님은 조용히 내 곁을 지나가시면서 한 말씀 툭 던지셨다.
"많이 벌었다고 자랑하지 말고, 많이 저축했다고 자랑하세요."
그 당시 빚이 2억 원이나 있었는데, 회장님의 그 말씀이 귀에 송

곳처럼 꽂힐 수밖에 없었다.

나는 회장님에게 조용히 물었다.

"사부님, 그러면 어떤 식으로 저축해야 하나요?"

"수입의 절반은 무조건 저축하세요."

"일단 빚부터 다 갚고 나서 그렇게 하면 안 되나요?"

"그렇게 하면 영영 저축하는 습관이 안 생겨요. 지금부터 당장 수
입의 절반은 무조건 저축을 하고 그 나머지로 생활하며 빚을 갚아
나가도록 해보세요."

회장님의 조언대로 즉시 실행에 옮겼고 빚도 더 빨리 갚을 수 있
었다. 그 결과, 어느새 내 통장에는 3억 원이라는 큰돈이 쌓였다.

둘. 감사한 마음을 행동으로 표현하세요.

누구나 말로만 끝나기 십상이다. 그래서 '감사하게 생각하면 그
즉시 행동으로 표시하라.'고 가르치게 되셨다고 했다.

약손명가의 고객 관리는 바로 그런 정신에 기초하고 있다. '감사
하면 행동으로 표현하라.'는 말씀에 기초하여, 공부를 해도 고객
을 위해서 하고 약속을 해도 고객 위주로 하게 마련이다. 소위,
약손명가만의 '행(行) 철학'이다.

그러니 고객의 고민, 고객의 문제를 곧 내 고민, 내 문제로 받아
들이고, 고객의 기쁨, 고객의 만족을 곧 나의 기쁨, 나의 만족으

로 생각한다.

그뿐만이 아니다. 부모님께도 감사한 마음을 선물이나 편지 등으로 표현하도록 가르친다. 말뿐이 아닌 행동으로 옮겨야만 그 감사한 마음이 제대로 드러나게 된다는 것을 늘 강조하고 있다.

약손명가의 어버이날 지키기는 아주 특별하다. 부모님께 현금 20만 원을 선물로 드릴 수 있도록 각 지점에서 책임지고 지급한다. 그리고 케이크를 사서 편지와 함께 부모님께 드리도록 한다. 감사한 마음을 용돈과 선물로 보답하게 만드는 것이다.

물론, 스승의 날에도 일부러 시간을 내서 스승을 찾아뵙도록 적극 권장하고 있다. 각 지점에서는 이를 위해 상품권을 구입해 준다. 케이크는 각자 부담이지만, 각 지점 원장의 편지와 직원들의 편지를 준비시켜 함께 스승을 찾아뵙게 하고 있다.

이 모든 것이 바로 '감사는 말이 아니라 행동으로 표현하는 것'이라는 이병철 회장님의 가르침에 따른 것으로, 약손명가의 전통이자 철칙으로 뿌리내리게 되었다.

셋. 남을 정성껏 배려하세요.

나는 솔직히 어려서부터 독립적인 생활을 해왔기에 남을 배려하는 면에서 좀 약한 편이었다. 그저 남에게 피해를 줘서는 안 된다는 원칙만 굳게 지키며 살았다. 사부님은 다르셨다. '그렇게 하면 안 된다.'고 하셨다. 피해를 줘서도 안 되지만, 한 걸음 더 나아가서 적극적으로 남을 배려할 줄 알아야 한다고 하셨다.

어느 날, 회장님의 말씀을 실제 행동으로 옮겨보기로 했다. 식당 문을 열고 들어가며 평소와 달리 뒤에 따라오는 이를 위해 일부러 문을 손으로 잡고 있었더니, "감사합니다."라는 인사가 돌아와 나를 기분 좋게 했다. 남을 배려하는 것이 무엇이고 과연 어떤 결과를 빚어내는지를 그 간단한 실험으로 아주 쉽게 깨달을 수 있었다.

넷. 수수의 법칙

사부님(이병철 회장님)으로부터 배운 여러 교훈 중 하나가 바로 '수수(授受)의 법칙'이다. 먼저 줘야만 나중에 나도 받을 수 있다는 가르침으로서 나에게 크게 와 닿았다.

먼저 줄 수 있는 위치에 있을수록 먼저 주고자 애써야 한다. 먼저 줄 수 있는 처지가 아니더라도 '먼저 주어야 받을 수 있다.'는 가르침만은 늘 간직하고 살아야 한다.

나는 개인적으로 '줄 수 있는 위치에서 먼저 주기 위해 꼭 성공해야 한다.'고 생각한다. '무작정 성공하고 보자.'는 식보다는 '먼저 주기 위해서는 반드시 성공해야 한다. 그리고 성공할수록 늘 먼저 주는 일에 앞장서야 한다.' 는 마음가짐으로 성공해야 할 이유, 성공하기를 바라는 목적 등을 미리 정립해 두는 것이 바람직하다고 생각한다.

다섯. 첫째도, 둘째도, 셋째도 하심입니다.

사부님은 늘 하심을 강조하신다. 나 또한 기회 있을 때마다 하심을 하라고 가르치고 있다. 하심을 그토록 강조하고 역설하는 이유는 너무도 분명하다. 첫째는 약손테라피의 특징 자체가 바로 빠른 효과에 있기 때문이다. 그러다 보니 실력이 뛰어난 줄 착각하기 쉽다. 자연히, 더 이상의 교육을 불필요하게 여기기 쉽다. 그렇게 되면 더 이상의 발전이 없기에 그 화는 고스란히 고객들에게 돌아가게 되어 있는 것이다. 한 사람의 부실한 약손으로 인해 회사 전체는 물론이고 약손테라피 자체에도 심각한 피해를 입게 되는 것이다.

그래서 항상 하심을 하도록 가르친다. 효과가 높다고 말씀해주시는 고객님께 잘난 척하지 말고, 항상 감사한 마음으로 꾸준히 실력향상에 매진하라는 뜻이다. 스스로 뛰어나기 때문이 아니라, 약손테라피 자체의 테크닉이 훌륭함을 깨달아 그럴수록 더욱더 정진해야 한다는 것이다. 꾸준히 약손테라피를 배우는 것은 물론이고 늘 손 수련에 힘쓰라는 것이다.

둘째는, 고객님이 재등록을 하는 경우 내 실력이 뛰어나서가 아니라, 약손테라피의 효과를 보고 등록을 해주시는 것이니 그럴수록 겸손해야 한다는 것이다. 효과가 드러난 일에 감사함을 느끼며 더욱더 잘 보답하고자 노력해야 한다는 것이다. 이왕 드러난 효과를 더 크게, 더 빠르게 이끌기 위해, 하심하는 자세로 실력 배양에 더 정진하고 약손테라피 관리에 더 정성을 기울여야 한다는 것이다.

02

약손명가의 목표

약손명가는 자타가 공인하는 업계 최고의 브랜드로 자리매김하고 있다. 당연히, 그렇게 되기까지에는 남다른 목표와 노력이 있었다. 여기서 일일이 다 소개할 수는 없지만, 가장 대표적인 몇 가지만 간략히 소개하고자 한다.

하나. 고객이 중심이다.

첫째, 초인적인 교육을 통해 끊임없이 약손명가의 약손 만들기를 지속한다.

고객에게 효과를 주기 위해 다들 쉬는 날도 없이 본사를 찾아와 교육을 받는다. 원장과 점장은 매주 일요일 오전 10시 30분부터 오후 6시까지 이론과 실기를 교육받고 있으며, 직원들은 2주 교육, 16주 교육과 두 달에 한 번씩 일요일에도 교육을 실시하고 있다.

그리고 언제든 부족한 것이 발견되면, 샵 자체적으로 원장, 실장, 주임이 수시로 교육에 앞장선다. 오로지 더 높은 효과, 더 큰 만족을 고객에게 드림으로써 약손명가의 책임을 다하고, 약손명가의 약속을 백 퍼센트 완벽하게 이행하기 위한 노력들이다.

둘째, 말로만 하는 친절에서 실제 행동으로 옮기는 친절을 앞세운다.

국내외의 모든 약손명가 샵(지점) 안에 '친절 직원 투표함'을 만들어 놓고 고객의 직접적인 평가를 받는다. 이때, 해당 샵(지점)에서 제일 많은 표를 받은 직원에게는 20만 원짜리 상품권을 지급한다. 그리고 그 상품권을 부모님께 드려서 친구 분들과 함께 약손명가의 관리를 받을 수 있게 한다. 나의 친절이 곧바로 부모님께 효도가 되고, 그에 따라 자랑스러운 자녀가 되기에 다들 경쟁적으로 친절을 실천한다.

처음에는 노력이 따르겠지만, 어느 단계를 지나면 아예 몸에 배게 되어 저절로 친절하게 될 것이다. 그러면 무슨 경쟁이 필요하겠는가? 그저 선의의 경쟁일 뿐이지 실제로 경쟁할 일은 거의 사라지게 될 것이다.

셋째, 청결을 중요시한다.

약손명가는 처음엔 청결에 신경 쓰지 못했다. 무조건 효과를 주는 데만 급급했다. 그렇지만 지금은 아니다. 많은 반성을 하고 지금은 청결해지도록 노력하고 있다.

그 일환으로, 청결을 생활화하도록 하기 위해 『하루 15분 정리의 힘』이 라는 책을 사서 읽게 하고 있다. 그리고 6개월에 한 번씩 리포트를 써내게 하여 우수한 사람에게 상금을 수여하고 해외여행을 보내 준다.

리포트를 쓰는 형식은, 우선 한 달 동안 각자의 샵에서 청소와 정리를 한 후, 전후 사진을 찍어서 리포트를 작성하여 제출한다. 그러면 제출된 리포트는 다른 지점에서 그것을 읽고 평가를 해서 전 지점의 청소와 정리를 보고 노하우를 습득한다. 이 노하우는 곧바로 지점에서 활용한다. 또한 활용 사례를 이전 리포트와 합쳐 또 다른 지점으로 보내고, 계속 릴레이 해주며 돌려본다. 이렇게 릴레이 평가된 자료들을 6개월 동안 모아 최종 평가하고 있다.

둘. 직원 사랑이 으뜸이다.

약손명가의 모든 식구들은 약손명가가 인정하고 자랑스러워하는 '약손들'이다. 따라서 그 약손들을 지키기 위해 전심전력하고 있다.

일을 통해 보람도 느끼고 성공도 확신하게 하기 위해 성공으로 통하는 온갖 비법들, 교육들, 수련들을 아낌없이 제공한다. 인격, 품위, 마음가짐, 정신자세가 곧 약손으로 통하고 성공으로 통하는 길이기에, 긍정적인 사고, 기부하는 마음가짐, 잠재력을 최대한 끌어올리는 일 등에도 아낌없이 직원들을 위해 투자한다.

셋. 약손테라피는 약손명가의 꿈이다.

사부님(이병철 회장님)은 1979년에 약손테라피를 만들었다. 대한민국에서 만든 약손테라피를 전 세계에 알려서 모두가 그 혜택을 고루 누리기를 간절히 바라고 있다. 해외에 널리 확산되는 것은 물론, 특히 가난한 나라들에서 '약손들'이 많이 나와야 약손테라피의 정신에 걸맞다고 생각한다. 장차, 해외유학생들도 크게 늘게 될 것이다. 그리고 해외의 유명 도시에 약손명가가 알려지고 약손테라피가 소개될 것이다.

사부님은 가난한 나라에서 실현할 무료 교육, 무료 시설을 간절히 바라고 있다. 학업은 둘째고 구걸로 연명하는 불쌍한 아이들이 무료 시설에서 교육을 받고, 어엿하게 다시 일어서기를 기대한다. 구걸해서 얻던 돈을, 가르치면서 주게 되면 구걸도 하지 않게 되고 교육은 교육대로 성실히 받게 될 것이다.

그 아이들이 제대로 잘 배워서 헌신 봉사하게 될 날을 꿈꾸시는 사부님을 보면 저절로 가슴이 저려온다. 미약한 나의 힘이지만 반드시 그 소망을 이루시도록 열심히 도와드리고 싶다.

그리고 개인적으로도 약손테라피를 받고 세계 인류가 모두 건강하고 아름다워지기를 바라고 있다. '꿈을 꾸면 꼭 이뤄진다.'는 말이 있지 않은가? '바라면 바라는 대로 된다.'는 말이 있지 않은가? 나는 믿는다. 약손명가의 약손테라피가 태권도 이상으로 퍼져나가고 한류 이상으로 사랑받게 되는 날이 반드시 올 것이다.

약손명가가 이룬
놀라운 일들

약손명가의 성공 스토리는 현재진행형이기도 하고 미래완료형이기도 하다. 언제든 또 다른 성공 스토리가 탄생할 수 있다. 언제가 됐든 근면하고 성실하게만 임하면, 교육생에서 직원, 직원에서 실장, 실장에서 원장으로 발전해 갈 수 있다. 어디 그뿐인가? 성실과 실력과 땀방울이 합쳐지면, 이상적인 사업가, 모두가 부러워하는 기업인으로 얼마든지 변신할 수 있다.

약손명가는 몇 개 안 되는 지점에서 출발하여 어느덧 국내외를 통틀어 130여 개에 이를 정도의 샵들을 지니게 되었다. 연 매출이 900억이지만, 멈춰 있는 숫자가 절대 아니다.

그 동안은 산술적으로 늘었다면 이제부터는 기하급수적으로 늘 것이다. 지금까지 오직 '약손의 손끝'으로만 개미나 꿀벌처럼 성공에 다가섰다면, 이제 거대한 중장비로 산을 깎아내고 낮추듯이 그렇게 큰 걸음, 큰 날개로 성공의 역사를 다시 쓰고 있다.

고생이든 희생이든, 정해진 기간이 지나 홀홀 털어버릴 수 있다면, 누가 겁을 내고 누가 꾀를 부리겠는가? 나는 가장 어려운 시절에 뛰어들어 벽돌 한 장부터 쌓고 징검다리 하나부터 놓았다. 지금의 약손명가, 약손테라피는 전적으로 다르다.

약손명가는 한류스타들이 단골이다. 한두 명의 스타만 고객으로 둔 것이 아니다. 유명 연예인이자 대중스타로서 건강과 아름다움을 중시하는 사람이라면 누구나 약손명가 약손테라피를 알고 있다.

또한, 이미 고객이 되어 그 효과를 보았다. 주위에 입소문을 내서 '강남 스타일' 이 유튜브를 달구듯이 달아오르고 있다.

이제는 열성 팬들이 고객이다. 지금부터는 인기연예인을 성원하는 열렬 팬들이 약손명가의 '약손' 을 선전하게 되고, 약손테라피의 놀라운 효과를 국내외로 퍼 나르고 입소문 내게 될 것이다.

약손명가 아카데미를 보면 약손명가의 미래가 보인다. 다양한 연령대, 다양한 소망이 한데 모여 용광로처럼 끓어오르는 것을 보면, 약손테라피의 세계화를 손쉽게 예견할 수 있다.

특별한 손일 필요는 없다. 한국인이라면 누구나 약손을 만들 수 있고 약손을 지닐 수 있다. 원한다면 누구라도 약손명가가 바라는 '수준 높은 약손', '효과를 책임지는 약손'이 될 수 있다. 물론, 효과 검증, 효과 입증은 투명하고 객관적인 가운데 이뤄진다. 관리 후 일일이 사진으로 남겨 약손과 고객이 함께 효과를 점검한다.

책임지고 비법을 전수하고 양자로 들인 것처럼 사랑과 정성으로 보살피고 이끌어 나가기에 누구나 약손명가가 기대하는 수준, 고객이 인정하는 단계에 이를 수 있다. 남의 자식을 입양했다고 여기며 친자식 이상으로 돌보고 이끄는데, 어째서 성공 스토리의 주인공이 되기가 그리 어렵기만 하고 멀기만 하겠는가?

이병철 회장님이나 나 그리고 교사들과 선배들이 바라는 것은, 오로지 전적으로 매달리려는 올인 정신이고 마음가짐이다. 가르치는 대로 잘 따라 오면 된다. 가리키는 방향으로 뚜벅뚜벅 황소걸음을 걸으면 된다.

약손명가의 시스템은 지속발전형이다. 약손테라피는 그 자체로 이미 자생적이고 진화적이다. 고객의 눈높이에 맞춰 기민하게 적응하고, 세상의 욕구에 맞춰 민첩하게 진화한다. 즉, 고객의 수요와 필요에 따라서 끊임없이 업그레이드 중이다.

하나하나 잘 따라하다 보면 정해진 시기에 약손이 된다. 어디에서나 그렇듯 특별한 요령이나 지름길은 없다. 근면과 성실 이외에 '배우겠다.'는 일념만 있으면 된다. 정성어린 손길, 따뜻한 손이면 족하다.

무엇보다도 심성이 약손명가의 약손 만들기에 적합해야 한다. 고객의 건강과 아름다움을 책임지고 보장하는 일인데, 선하고 고운 심성이 빠진 채 어찌 약손다운 약손이 가능하겠는가? '지성이면 감천'이라는 말, '하늘은 스스로 돕는 이를 돕는다.'는 말은 약손 만들기에도 통한다.
원한다면 누구나 '약손'을 지닐 수 있고, 그에 맞춰 효과도 약속 이상, 기대 이상, 표준 이상, 규격 이상으로 얼마든지 높여나갈 수 있다.

약손명가의 성공역사는 누적되어 있다. 현재는 드문드문 있더라도 앞으로는 밤하늘의 유성처럼 무수히 생겨날 것이다.
한번은 이런 사건도 있었다. 어머니가 약손명가의 단골 고객이었는데, 세월이 지나 딸이 다시 단골 고객이 된 후 약손테라피를 배우고 싶다고 찾아왔다.

하나, 4개월 교육을 받더니 '적성에도 맞고 장래성도 있다.'며 반겼다.

둘, 체인 샵에서 1년 직원생활을 한 후 자신감과 비전이 생기자, 3년을 더 연장하여 총 4년을 채우며 원장으로서의 실력과 자질을 갖췄다.

셋, 드디어, 직원생활을 마치고 서울의 한 유명대학 앞에 샵을 얻어 원장 생활을 하게 되었다. 직원일 때는 평균하여 매월 260여만 원을 가져갔지만, 원장으로 일하면서는 매월 300만 원 이상의 이익금을 가져갈 수 있었다.

나의 경우에는 입문에서부터 8년이 걸려 교육이사, 대표이사에 이르렀다. 한 평짜리에서 시작하여 240평과 그 다음의 여러 차례 변신까지 종합한다면, 실상 평생 걸려 이룩한 공든 탑인 셈이다.

돌이켜보면, 약손명가 입문 후에야 진정한 성공과 그에 따르는 보람을 맛보았다. 이제, 전문화장품 브랜드 '에오스보떼'가 본격적으로 제 단계에 이르면, 모든 샵에서 나오게 될 성공의 밝기도 지금과 많이 다르고, 공든 탑의 위용도 확연히 차별화될 것이다. 나는 현재 약손명가의 공동경영 파트너 신분으로, 7개의 개인 직영 샵을 관리 중이다.

앞으로 이익금을 재투자해나간다면, 회사의 성장에 맞춰 나의 이야기도 120억 성공의 주인공에서 더 놀랍게 변신하여 새롭게 쓰게 될 것이다. 고객이 원하는 서비스를 하나하나 따라잡다 보면, 에스테틱 사업도 진화하고 뷰티 사업도 변신할 것이 분명하며 새로운 성공은 당연한 수순이다.

물론, 약손명가의 대표 브랜드인 약손테라피 또한 21세기 디지털 시대의 요구에 맞춰 업그레이드를 계속해 나갈 것이며, 그러다보면 언젠가는 차원이 다른 '약손'이 탄생하리라 믿는다. 그렇게 건강과 아름다움을 책임지는 단계에서 행복과 장수를 보장하는 단계로까지 진화하고 변신해야만 한다.

이병철 회장님이나 나의 경영방침은 일관성, 공평성, 신뢰성이다. 고객을 한결같이 대하는 마음, 공정하고 공평하게 대하는 마음, 누구에게나 신뢰를 받고 신뢰를 주려는 마음을 항상 굳건하게 한다. 이런 경영이념이 바탕이 된다면, 약손명가와 약손테라피의 미래는 틀림없이 새로운 신화를 다시 쓰게 될 것이라 믿는다.

작은 얼굴 만드는 약손 테크닉

그 어느 때보다 작은 얼굴이 각광을 받는 시대입니다. 때문에 외과적 의술이나 보톡스 등의 약품 시술이 대중화되기도 하였습니다. 하지만 집에서 간단한 약손 테크닉으로 작은 얼굴의 효과를 만나볼 수도 있습니다.

첫째, 사각턱을 갸름하게 하여 V라인을 만들어 주는 테크닉입니다. 손가락 끝의 뼈 부분으로 잇몸의 위아래를 마사지 합니다. 턱 밑과 턱 위의 뼈에 손가락뼈가 강하게 닿는 느낌으로 입 주변을 풀어 줍니다. 이어 손 전체로 한쪽 턱과 광대를 지탱하고(턱과 뺨을 감싸는 듯한 느낌), 반대 손으로 주먹을 쥐어 첫 번째 관절과 두 번째 사이의 평평한 부분으로 턱부터 귀 뒤까지 강하게 쓸어 올립니다.
마지막으로 손바닥 끝 뼈(수근)를 턱뼈에 밀착시킵니다. 그대로 턱에서 관자놀이까지 강하게 쓸어 올려 관자놀이에서 손을 뗍니다. 반대편도 똑같이 2~3회 반복합니다.

일곱째 장

미래에 투자하는
약손명가

01
약손테라피가
곧 미래

약손명가는 현재 국내는 물론이고, 일본과 베트남 등에서도 인기를 얻으며 두터운 마니아층을 형성해 가고 있다. 특히, 일본의 경우에는 메이크업 아티스트로 유명한 이꼬 (IKKO) 상의 도움이 참으로 컸다. 이꼬 상은 공식적으로 한국의 BB크림이 좋다는 말을 자주 함으로써, 한국 화장품의 매출 신장에 도움을 준 사람이다.

이꼬 상은 직접 약손명가에서 관리를 받아본 후 골수팬이 되었고, 일본 내 매스컴을 통해 그 효과에 대해 증명했다. 덕분에 약손명가의 브랜드 가치가 높아졌으며, 약손테라피 또한 두터운 열렬 팬 층을 확보하게 되었다.

오늘날 약손명가가 세계적인 인지도를 얻게 된 데는 '고객과의 약속'을 철칙으로 삼는 약손명가 특유의 기업정신과 경영철학이 큰 힘을 발휘했다.

약손명가 세계 어느 지점을 가더라도 철저한 관리서비스를 제공받을 수 있다. 고객 신뢰도가 높아지는 것은 당연하다. 앞으로도 약손명가는 고객만족에 모든 것을 걸고, 이와 관련된 일들을 체계적이고 지속적으로 관리할 것이다. 철저한 교육이수도 그런 목표 중의 하나다.

지금은 명실공히 '김현숙 대표 시대' 다. 1차 브랜드의 성공 바통을 이어갈 2차 브랜드 론칭을 성공적으로 매듭짓는 일이 급선무다.

몸이 둘이라도 부족할 지경이지만, 내 경우에는 일이 늘어날수록 승부욕 또한 비례하여 강해지는 면이 있다. 누구보다 바쁜 나날을 보내고 있지만, 그만큼 보람도 크다.

약손명가가 한국을 대표하는 고유의 테라피로 자리매김골 하기까지는 실로 수많은 우여곡절을 겪어야 했다. 이병철 회장님 곁에서 17년여 긴 세월을, 제자로서, 파트너로서 지켜보면서 중요한 고비마다 어떤 어려움을 겪어야 했는지, 그리고 나날이 성장하면서 어떤 보람을 느낄 수 있었는지를 생생히 체험했다. 저절로 자라는 나무가 없고, 거저 주어지는 보람이나 성공이 없다는 그 분명한 진리를 스스로 터득해가는 과정이었다.

나는 늘 말한다.

"뷰티, 에스테틱(aesthetic) 산업에 대한 기초 지식과 끊임없는 학습이 수반되어야 고객에게 인정받을 수 있습니다. 단순히 테크닉만 잘 하는 것을 넘어 기본적인 소양과 피부에 대한 지식 등을 고루 잘 갖춰야 전문 관리사가 될 수 있고, 한 걸음 더 나아가 어엿한 전문가로 대접받을 수 있습니다."

약손명가 아카데미를 통해 매주 서비스교육과 약손테라피 교육을 실시하는 것도 이런 이유에서다. 현재 약손명가는 전국 60개 대학교에 피부 미용발전기금을 지속적으로 전달하고 있다.발전기금을 전달하며 내가 자주 하는 말이 있다.

"지금처럼 기반이 확고해졌을 때, 시장의 발전을 위해 재능을 기부하고 미래 인재를 육성하는 것이 중요합니다. 쇠도 달궈졌을 때 두드려야 제대로 강한 쇠를 만들 수 있습니다. 제갈공명이 적벽대전에서 동남풍이 불 때 화공법을 펼쳐 조조의 대군을 물리친 것처럼, 매사에는 다 그 알맞은 때가 있습니다. 지금이 바로 투자할 적기입니다. 지금이 바로 물을 주고 거름을 줄 적기입니다."

약손명가 브랜드가 피부관리와 체형관리에 중점을 두었다면, 2

차 신규 브랜드인 '달리아스파'는 피부미용에 포커스를 맞추고 있다.

약손명가의 미래는 너무도 밝다.

첫째, 이병철 회장님이 몸소 현장을 누비며 고객들과 일대일로 만나고 있고, 직접 전국의 지점을 돌며 노하우를 전수하고 있다.

둘째, 한류스타들을 집중 관리함으로써, 한류의 세계화에 일조하고 있다. 장차, K-pop에 상응할 정도의 K-beauty로 승부할 날도 그리 멀지 않다고 확신한다.

셋째, '작은 얼굴'을 바라는 모든 젊은이들의 열렬한 기대와 성원이 있다.

넷째, 이미 3년 연속 900백 억 매출을 달성한 성공적인 기업으로 자리 매김하고 있다. 특히, 일본 내에서의 약손명가 인기는 예상을 깰 정도로 아주 높다. '일본인이 있는 지역이라면 전 세계 어디서라도 약손명가는 성공할 수 있다.'라고 단언할 정도다. 무엇보다도, 일본 매스컴의 도움을 톡톡히 받을 수 있었다. 일본의 인기그룹 스마프(SMAP)의 핵심멤버인 신고 상이 약손명가에서 직접 관리를 받은 체험담이 TV에 방송된 이후부터였다. 이 덕분에 일본 내에서의 약손명가 브랜드 인지도가 몰라보게 올라갔다.

약손명가의 지난 발자취가 곧 현재 발전의 토대이다. 약손명가의 현재 브랜드 가치가 곧 약손명가의 눈부신 미래다. 이제는 시야를 국내에서 세계로 돌려야 할 때라고 본다. 그 동안 약손 명가가 집중적으로 관리해온 한류스타들의 치솟는 인기를 생각하면, 약손명가의 미래, 달리아스파의 미래는 한없이 밝기만 하다.
그 동안의 발자취 덕분에 한류스타들의 발걸음과 보조를 맞출 수 있으며, 장차 K-pop이 있는 곳이면 당연히 약속명가의 'K-beauty'가 있다는 말이 당연시 될 것이다.

일본에서의 인기를 발판으로 이제는 베트남의 고객들에게 본격적으로 다가갈 것이다. 하노이의 제 1호 지점을 시작으로 비약적으로 확대할 계획이다. 나는 이미 베트남과 한국을 오가며 최적지를 물색했다. 그리고 그에 발맞춰 부동산 계약을 직접 체결 하는 등 해외진출 사업으로 바쁜 하루를 보내고 있다.
상상만으로도 가슴이 너무 벅차다. 약손명가가 세계인의 사랑을 받으며, 세계인의 건강과 아름다움을 지켜주는 날이 곧 오게 되리라 믿는다. 한국에서 만든 약손테라피가 세계에서 제일 유명한 테라피가 되어 한국의 위상을 드높이게 될 것이다.

약손명가
성공의 이유

어떤 성공에든 그 나름의 이유가 있다. 약손명가의 성공을 두고 많은 사람들이 궁금해 할 것이다. 처음부터 지금까지 회사의 발전을 지켜보며 말 그대로 1인 다역을 한 내게 약손명가의 성공 이유를 묻는다면, 다음과 같은 몇 가지로 요약할 수 있다. 이는 성공할 수밖에 없는 약손명가만의 노하우다.

하나. 약손테라피의 효과가 빠르다.

약손테라피의 특징은 다른 관리보다 효과가 빨리 나타난다는 점이다. 이 빠른 속도가 한국의 고객들에게 만족을 줄 수 있는 것이다. 약손테라피는 피부의 성질을 이용해서 피부관리를 통해 피부와 체형을 아름답게 해주는 관리이다. 그런데 약손테라피의 단점이 있다. 손에 마음이 심어지는 곳이다. 그러다 보니 관리사가 관리할 때 혹시라도 고객에게 집중을 하지 않고 딴 마음을 가지면, 고객님은 금방 관리사의 마음을 읽고는 불쾌해 하신다. 이 때문에 약손명가의 고객님의 특징이 크게 두 가지로 나누게 된다. 약손명가가 너무 좋아서 팬이 되어 혹시나 언론에서 약손명가가 나쁘다고 나오면 마치 약손명가의 주인이라도 되는 것처럼 약손명가를 위해 대신 싸워주신다. 그럴 때마다 나는 약손명가의 대표임이 자랑스럽고, 고객에게 감사함을 어떻게 보답을 할까 항상 생각하게 만들어 주신다. 반면, 항상 좋았다가도 한번 싫어지게 되면 '안티' 가 되고 만다. 그래서 약손명가에서는 단 한 번의 실수도 하지 않기 위해 항상 긴장하면서 관리를 하고 있다.

둘. 아낌없는 노하우 공개가 성공의 이유다.

약손명가는 '내 지점이 잘 되면 다른 지점도 잘되고, 다른 지점이 잘 되면 내 지점도 잘되기 마련' 이라는 경영철학 위에서 성공에 이르는 비결을 백 퍼센트 공개한다. 성공한 사례를 공유함으로써 실패 없는 성공이 보장되는 것이다.

앞선 성공자의 사례와 노하우가 훌륭한 교과서와 참고서, 학습서가 되게 하고, 그것을 바탕으로 약손들을 끝없이 업그레이드시켜 고객을 위한 효과 올리는데 몽땅 쏟아 붓게 한다. 즉, 각자의 실력이나 경험과 성공사례가 어떠하든, 최선의 것이 백 퍼센트 공개되고 공유되기에 결국 고객은 언제나 최선의 관리를 받고 최고의 효과를 누릴 수 있다.

고객이 원하는 것은 언제나 최선의 관리와 최고의 효과다. 따라서 약손명가의 이러한 방침은 고객의 기대와 소망을 충족 시켜주는 역할을 한다.

그뿐만이 아니다. '내가 잘못하면 다른 지점에도 피해를 줄 수 있고, 다른 지점에서 잘못하면 내 지점 또한 피해를 볼 수 있다.'고 생각하면서 실수하지 않기 위해 최대한 노력한다.

만에 하나 실수하게 되었다면 그 내막을 즉시 공개하고 공유해서 다른 지점은 내 지점처럼 실수 하지 않도록 한다. 약손명가의 교육시간은 그래서 성공한 사례와 실수한 사례를 백 퍼센트 공개하고 공유하는 자리가 될 수밖에 없다.

셋. 긍정적인 마인드를 심어준다.

매주 월요일 아침 각 샵에서 하는 조회시간과 한 달에 한 번 8시간씩 하는 본사 교육에서 관리사들에게 인성교육을 시키고 있다. 그래서인지 처음에 입사할 때보다 많이들 긍정적인 마인드가 된다. 관리사들이 긍정적인 마인드를 갖는 것을 어떻게 알 수 있을까?

첫째, 고객님들이 약손명가의 관리사들은 대단하다고 한다. 그렇게 힘든데도 힘든 내색 하나 없이 항상 웃고 열심히 일을 한다는 것이다. 그래서 약손명가에서 관리를 받는 것이 행복하다고 하신다.

둘째, 매년 스승의 날에 교수님들을 찾아뵙게 하는데, 그때마다 교수님들이 나에게 전화를 주신다. 그동안 많은 제자들을 배출을 했지만 이렇게 해마다 제자들이 스승의 날을 찾아서 오는 것은 약손명가 밖에 없다고 하신다. 또 아이들이 올 때마다 해마다 표정이 더 밝아지고 어른스러워진다고 말씀을 전하면서, 나에게 아이들을 긍정적으로 만들어 주어서 고맙다는 말씀을 하시곤 한다. 긍정적인 마인드의 최고의 장점은, 나의 것을 남에게 줄 수 있는 것이라고 생각한다. 그래서 약손명가는 성공할 수밖에 없다. 직원들이 알고 있는 약손테라피의 장점을 고객님들에게 주기 때문이다.

넷. 약손명가의 일 순위는 특별하다.

나를 비롯하여 약손명가의 모든 경영진과 직원들은 무슨 일을 하든, 두 가지를 먼저 생각한다. '이 일이 약손명가에 도움이 될 것인가?' 를 따지고, 다음으로 '이 일이 약손명가 직원들과 고객들에게 얼마나 도움이 될까?' 를 생각한다.

물론, 두 개의 변수는 대등한 비중을 지니게 마련이다. 하나가 좋으면 다른 것도 당연히 좋을 것이기 때문이다. 그래서 오히려 결정하기도 쉽고 판단하기도 수월하다. 나를 앞세우기보다 약손명가를 먼저 생각하고, 약손명가의 고객들과 직원들을 먼저 챙긴다.

너무 당연하다고 본다. 나를 비롯하여 단 한 사람 빠지지 않고 모두가 '약손명가의 미래가 곧 내 미래'라고 생각한다. 그리고 그 생각은 단순한 생각을 넘어서 이미 신념과 철칙이 되었다.

다섯. 약손명가만의 관리가 있기에 차별화될 수밖에 없다.

약손명가는 다른 곳과 달리, 피부와 체형을 예쁘게 해주는 약손 테라피로서 피부의 특성을 활용하여 건강과 아름다움을 보장한다. 특히 화장품의 좋은 점을 최대한 이용하여 높은 효과를 준다. 또한, 우리의 피부는 스트레칭을 하게 되면 엘라스틴(elastin: 포유동물의 결합조직에 들어 있는 탄력성이 높은 단백질)인 탄력 세포가 혈액을 통해 영양을 공급받아 탄력 있는 피부가 된다. 요가 등을 하여 피부에 탄력을 생기게 하는 원리와 같다.

약손명가에서는 얼굴에 화장품을 도포한 후, 피부의 랑거선(Langer's Line: 신체의 부위에 따라 달라지는 체섬유의 배열, 피부할선(皮膚割線))에 따라 피부 스트레칭을 해준다. 그러면 얼굴 피부에 탄력을 주게 되어, 얼굴형뿐만 아니라 얼굴선까지 부드럽게 변하기에 예뻐질 수 있다.

약손명가의 관리가 이처럼 과학적이고 체계적이기에 고객은 처음 기대보다 큰 만족을 얻게 되고 신뢰가 더 쌓이게 되는 것이다. 어디 그뿐인가? 직접 관리를 맡은 약손명가의 약손인들 입장에서도 기대 이상으로 만족하며 행복해하는 고객을 보면서 더욱더 자신감을 갖게 된다.

여섯. 백 퍼센트 고객과의 약속제도로 승부한다.

약손명가의 약손테라피에는 고객과의 약속제도 관리가 들어있다. 정해진 관리 횟수까지 목표한 효과를 올리겠다는 약속이다. 그리고 정해진 관리 횟수 안에 목표한 효과를 못 올리게 되면, 나머지는 무료로 약속한 목표를 달성하기 위해 책임을 다 한다.

작은 얼굴 만들기, 얼굴 균형 관리, 윤곽 조각 관리, 동안 관리, 일자 다리 관리, 사각형 골반을 하트모양으로 바로잡아주는 '힙업' 관리 등이 약손명가의 고객과의 약속제도이다.

얼굴의 경우에는 20회 정도의 관리, 하체의 경우에는 30회 정도의 관리를 기본으로 하고 있다. 따라서 그 관리 횟수 안에 목표한 효과를 못 내면, 그 다음부터는 무료로 목표에 도달할 때까지 관리해준다.

처음에는 반대가 심했다. '꼭 집어서 이것이다 하고 정할 잣대가 없는 마당에 어떻게 고객과의 약속제도를 원칙으로 정하느냐?'는 반론이 있었다. 그러나 나는 약손명가이기에 고객과의 약속제도가 가능하다고 밀어붙였다. 그 결과, 고객과의 약속제도 시행 1년 후에는 다들 '그렇게 하기를 참 잘했 다.' 며 인정하게 되었다. 그만큼 자신이 있었고, 실력이 있었고, 마음가짐 또한 특별했다. 무엇보다도 다들 고객과의 약속제도에 맞춰 약손 만들기에도 여념이 없었고 효과 올리기에도 자발적으로 열의를 다 하게 되었다.

약손명가에서는 그래서 서비스라는 말 대신 '관리' 라는 말을 쓰고, 그 앞에 '고객과의 약속제도' 라는 말을 덧붙인다. 책임이 뒤따르는 일이기에 서로가 서로를 이끌어주며 교육도 시키고 비법도 아낌없이 전수할 수밖에 없다. 더불어 '어떻게 하면 목표한 기간 안에 목표한 효과를 올릴 수 있을까?' 라는 과제를 놓고, 불철주야 고민하고 훈련하고 연구하고 있다.

일곱. 약손명가는 붕어빵 전략으로 유명하다.

나의 장점은 '내가 아는 것을 남에게 빨리 쉽게 알려주어 상대방도 나처럼 잘하게 만드는 일' 이다. 그래서 누구나 약손명가와 인연을 맺게 되면, 나는 그 즉시 내가 아는 모든 관리방법과 상담방법을 알려주고 있다.

4년 전, 약손명가 직원들과 함께 워커힐호텔 수영장을 갔다. 그런데 이상하게도 다들 수영하기를 꺼려하는 눈치였다. 이유를 물으니, 머리를 물속에 집어넣지 못한다거나 개헤엄 밖에 못 한다는 것이었다. 나는 그 자리에서 두 명에게 내가 6개월 동안 배운 수영실력을 10분 만에 다 가르쳐 주었다.

처음에 머리를 물속에 집어넣는 것부터 시작해서 손과 다리로 물장구치는 것까지 단 10분 만에 다 가르쳐주었다. 그런 후 수영장 레인을 완주할 수 있도록 돌봐주었다.

그 정도로 하고 나는 "어서들 재미있게 보내라."고 한 뒤 수영장에서 나와 1시간 반 정도 낮잠을 잤다. 낮잠을 자고 일어나 수영장에 나가보니 모든 직원들이 다 수영을 하고 있었다.

내게 배운 2명이 다른 4명에게 가르쳐주었고 그 4명이 다시 8명에게 가르쳐주다 보니 어느새 다들 수영을 하게 된 것이었다. 내가 생각해도 참 신기했다. 교육이란 누가, 어떻게 시키느냐에 달려 있다는 사실을 다시 확인했다.

약손명가는 바로 그런 면에서 다른 곳과 크게 다르다. 여기서 바로 약손명가만의 '교육의 힘'이 샘솟게 된 것이다. 하나의 성공을 붕어빵처럼 똑같이 공유한다. 이런 붕어빵 전략이야 말로 약손명가만의 특징이자 자랑이라고 믿는다.

여덟. 재등록과 소개가 60~80%에 달한다.

어떤 경영학 책을 보니 '단골 비율이 전체 고객의 60%만 차지해도 대단한 성공'이라고 쓰여 있었다. 나는 그 기준에 맞춰 약손명가의 현재 상황을 생각해 보았다.

약손명가는 현재시점에서 앞의 기준에 비해 상당히 높은 편이다. 즉, 온라인, 오프라인 광고를 보고 오시는 신규 고객보다 재등록과 소개 고객의 비율이 60~80% 정도 더 높다.

특히 약손명가는 지인의 추천으로 처음 접하고 단골이 되는 경우가 많은데, 한번은 이런 일도 있었다.

6년 동안 약손명가의 단골을 자처해 오신 서울대학교 교수님이 계셨는데, 자신이 관리를 받은 후 막내따님을 함께 데려 오셨고, 이어 큰 따님도 함께 약손명가를 찾았다. 관리에 특히나 만족했던 큰 따님은 남편까지 데려오기에 이르렀는데 낯이 익었다. 알고 보니 방송인 조영구 씨였다. 연예인을 관리한다는 마음도 있었지만, 내게 더 큰 의미는 한 가족을 함께 관리한다는 것이었다.

약손명가만의 높은 재등록과 소개 고객의 비율은 해외에서도 마찬가지이다. 예를 들어 일본의 경우가 그러하다. 유명인사들의 경우에도 소개를 통해 고객이 된 경우가 많다. 연결, 연결로 단골이 된 경우가 많다는 뜻이다.

미용 전문가인 다까노 유리 상이 관리를 받고, 트랜스젠더인 하루나 아이 상에게 약손명가 관리에 대한 것을 이야기해 주었다. 그 후 하루나 아이상이 약손명가에서 관리를 받았다. 그리고 유명 메이크업 아티스트인 이꼬 상이 하루나 아이 상의 소개로 약손명가의 단골이 되었다.

약손명가는 매사에 '잘 될 때 더 잘하자.' 는 주의로 임한다. 늘 긴장을 늦추지 말고 관리에 최선을 다하기 위해 노력한다. 그 결과, 다른 곳은 불경기로 고민이 깊지만 약손명가는 거뜬히 피해갈 수 있게 되었다.

그 동안의 경험으로 '잘 될 때 더 잘하는 것이, 안 될 때 잘하려고 애쓰는 것보다 에너지 소모도 적고 좋은 결과도 더 많이 기대할 수 있다.' 는 사실을 터득하게 된 것이다. 그래서 겸손한 자세와 마음가짐을 뜻하는 하심을 지속하여, 잘 될 때일수록 더 많이 신경 쓰고 더 잘하려 애쓰고 있다.

약손명가에서는 얼굴형 관리를 할 때 특별히 상이 좋아질 수 있도록 신경을 더 쓴다. 즉, 관상을 부자 상(相)으로 만들기 위해 애쓴다. 그리고 실제로 성공을 거두고 있다. 이런 약손명가의 남다른 노력에는 여러 가지 이유와 목적이 있다.

첫째, 고객이 부자가 되면 자연히 약손명가에서 계속 관리를 받을 수 있으니 약손명가도 더 발전하게 될 것이다. **고객의 승승장**

구와 함께 약손 명가도 더불어 도약을 거듭해 갈 수 있다.

둘째, 고객에게 감사함을 보답하기 위해서 약손명가를 만나서 부자가 되라는 뜻으로 부자상으로 만들어 주고 있다.

열하나. 약손명가의 약손테라피는 흉내낼 수 없다.

약손테라피를 하는 우리 약손인들이 생각하는 약손테라피의 장점이자 단점은 아주 간단하다. 즉, 꾸준히 손 수련을 하지 않으면 약손테라피의 맛을 제대로 줄 수 없다는 것이다.

열심히 수련하면 고객님에게 만족을 줄 수 있지만, 수련을 게을리 하게 되면 만족을 줄 수 없다. 노력한다고 다 효과가 나타나는 것이 아니지만, 약손테라피는 그와 전혀 다르다. 즉, 노력한 것에 비례하여 효과를 줄 수 있다. 그런 점이 바로 약손테라피의 가장 큰 장점이다.

반면에 약손테라피의 단점은 너무도 자명하다. 수련을 그만두거나 게을리 하면 효과는 고사하고 아예 이미 애써 배우고 수련한 것마저도 쉽게 잊어버릴 수 있다는 것이다. 배운 깃을 다 잊었는데 무슨 효과를 낼 수 있겠는가? 약손테라피는 그래서 첫째도 수련이고 둘째도 수련이다.

약손인들의 특징은 아주 명확하다. 늘 쉴 새 없이 손 수련에 힘쓴다. 그래서 약손명가가 아무리 잘 되어도 경쟁업체가 쉽게 생길 수 없는 것이다. 일반적인 체인점은 잘 되면 금방 흉내를 내서 바로 옆 건물에 오픈할 수 있지만, 약손테라피는 금방 흉내를 낼 수 없기에 경쟁업체가 생길 수 없다.

간혹 약손명가가 잘 되니 체인을 하고 싶다고 상담하러 오시는 분들이 계시다. 그러면 나는 약손명가에서 직원으로 최소 1년에서 4년은 근무해야 한다고 말한다. 또한 매주 밤 새워 공부해야 한다고 강조한다. 그리고 10년 이상은 약손명가에 올인해야 한다고 강조한다. 그러면 많은 분들은 너무 힘들어 체인을 못하겠다면서 돌아가게 된다.

내가 약손명가의 체인을 하고 싶다는 사람들에게 까다롭게 하는 이유가 있다. 체인 시스템은 어느 한 지점이 잘 되면 다 잘되지만, 반대로 어느 한 지점이 잘못하면 다 같이 힘들어지기 때문이다. 그래서 체인을 늘리고 싶은 유혹을 뿌리치고, 약손명가의 교육 시스템을 자세히 설명해 준다.

그리고 또 하나, 약손명가에는 오래 된 고객님들이 많다. 그래서 약손명가의 모든 프로그램을 수시로 업데이트한다. 그래야만 고객님들에게 전보다 더 나은 효과를 줄 수 있기 때문이다.

그러다보니 바뀌는 프로그램을 소화하지 못하면 따라가지 못하게 된다. 그래서 약손명가의 프로그램을 쉽게 흉내낼 수 없는 것이다.

특히, 약손명가에서만 받을 수 있는 약손테라피는 더 흉내내기 힘들다.

왜냐하면, 약손테라피는 관리의 방법도 중요하지만 고객을 위하는 마음을 같이 실어서 해야 하는 관리이기 때문이다. 다른 곳에서 흉내낼 수 없기에 약손명가만을 찾는 고객님들이 많아지고 약손명가는 저절로 성공할 수밖에 없다.

결론적으로, 나는 누구에게나 자신 있게 말할 수 있다. 약손명가는 성공할 수밖에 없다. 따라서 누가 됐든 일단 약손명가와 인연을 맺게 되면, 이미 성공확률이 안정적으로 보장된 셈이다. 한 마디로, 성공할 가능성이 대단히 높아졌다는 것이다.

인생을 바꾸는 '관상' 과 '수상' 만들기

오랜 시간 다양한 사람들의 아름다움을 가꾸어주며 깨달은 것이 있습니다. 그것은 세상 그 어느 것보다 위대한 우리 몸의 가치에 대한 것입니다. 사람의 외형은 단순히 장기와 뼈, 신체의 주요한 부분을 감싸고 있는 껍데기가 아니라, 그 사람의 인생을 말해줄 수 있는 가장 정확한 '기록' 의 하나입니다. 어떤 성격과 직업을 가지고 있는지, 인생은 어떻게 살아왔는지, 그리고 앞으로 어떻게 살아갈 것인지에 이르기까지. 특히 사람의 얼굴과 손에는 우리가 가늠할 수 없을 정도로 많은 정보가 담겨져 있습니다. 그 정보를 읽는 방법 중 하나가 바로 '관상' 과 '수상' 입니다.

'관상' 과 '수상' 의 이론은 내부의 모든 것이 외형으로 드러난다는 이론에 기초를 두고 있습니다. 즉 마음속에 일어나는 온갖 것들이 무의식중에 밖으로 드러난다는 전제를 두는 것입니다. 쉬운 예를 들자면, 얼굴의 혈색으로 병을 판단하는 것도 같은 이치라 할 수 있습니다. 많은 사람들이 관상이나 수상을 미신쯤으로 생각하지만, 이 모든 상법(相法)은 우리 몸에 대한 깊은 이해와 오행, 천문, 풍수 등 동양 특유의 철학이 더해져 완성된 것입니다. 우리가 흔히 비슷하다 생각하는 '점', '무당' 등의 개념과는 발상 자체가 다른 것입니다.

사람을 태어날 때 고유한 외형을 가지고 태어나며, 자라면서 환경과 부딪혀 가며 그 외형을 완성합니다. 하지만 예로부터 신체발부

수지부모(身體髮膚受之父母)라 하여 우리 몸은 온전히 부모님이 주신 것이라 생각해, '관상'과 '수상' 또한 바꿀 수 없는 불가변력의 '운명'이라 생각했습니다. 하지만 많은 위인들의 자서전이나 다큐멘터리에서 보듯, 현대인에게 '운명'이라는 단어는 이제, 의지에 따라 언제고 바뀔 수 있는 유동적인 미래일 뿐입니다. 저 또한 운명과 삶은 자신의 노력으로 충분히 변화와 개척이 가능하다고 생각합니다. 일을 하여 '관상'과 '수상' 또한 자신의 노력 여하에 따라 충분히 변화할 수 있음을 제 스스로 체험했기 때문입니다.

흔히 관상을 이야기 할 때 웃는 상인지, 우는 상인지에 대해 먼저 이야기합니다. 이는 입 꼬리의 형태가 복을 좌지우지하기 때문입니다. 관상학에서는 입꼬리가 올라가야 복을 담고, 내려가면 복이 밑으로 흘러내린다 말합니다. 이는 근육의 성질과 관련이 있습니다. 근육은 많이 쓰면 쓸수록 수축되는 성질을 가지고 있습니다. 한국인의 경우, 우리말의 특성상 아래턱을 많이 움직이기 때문에 아래턱이 수축된 사람들이 많습니다. 아래턱의 근육이 수축되었으니 입꼬리도 당연히 밑으로 처질 것입니다. 이는 아래턱의 근육을 늘리는 스트레칭으로 완화할 수 있는데 '기, 니, 디, 리' 등 모음 'ㅣ'가 들어간 음절을 소리 내어 말하는 방법입니다.

두 번째는 얼굴의 균형이 맞지 않아 비대칭의 모양을 하고 있는 얼굴상입니다. 관상학에 보면, 얼굴이 반듯하지 않는 사람은 정직해보이지 않는다 말합니다. 역으로 오똑한 코와 좌우 대칭이 맞는 광대, 턱선을 가진 사람은 정직해 보이며, 의리와 의협심이 강할 것으로 느껴집니다. 보통 TV 드라마나 영화에서 경찰, 검사와 범

인의 이미지를 떠올리면, 이해가 빠를 것입니다. 얼굴 비대칭의 경우는 식습관에 많은 영향을 받습니다. 또 타고난 얼굴형이라 할지라도 식습관을 통해 개선할 수 있습니다. 방법은, 볼이 더 꺼지고 살이 없는 쪽에 음식을 넣어 씹는 방법입니다. 이때 음식을 넣은 방향 쪽으로만 씹지 않고 양쪽을 같이 사용하는 것이 중요한데, 턱의 좌우를 균형적으로 움직이는 동시에 차이를 두어 발달시킬 수 있기 때문입니다.

다음은 '수상'에 대한 이야기입니다. 수상의 경우 손의 형태나 색, 지문의 모양 등을 통해 장래와 운세를 예견하는 상법입니다. 수상학에서 각 손가락은 본인이 가진 재능에 대한 정보를 가지고 있습니다. 엄지의 경우는 권력, 검지는 풍류, 중지는 건강, 약지는 재물, 마지막 소지는 연애의 재능을 나타내는 것입니다. 또 손가락의 마디마다 다른 재능을 갖는데, 첫마디는 마음, 두 번째 마디는 행동력, 마지막 마디는 이성적인 판단력(머리)에 대한 재능입니다. 아름답고 균형 잡힌 손일수록 다양한 재능과 운명을 성취할 수 있을 것입니다. 곧고 길게 뻗은 손을 만드는 스트레칭 법은 다음과 같습니다.

우선 검지와 중지를 이용해 반대 손가락을 뿌리부터 손끝까지 돌려가며 비틀어 자극하는 방법입니다. 샵에서 네일 서비스를 받거나, 손을 마사지할 때 기본적으로 실행하는 이 스트레칭법은 손가락의 근육과 뼈를 자극하여 손가락이 곧고 길게 자리 잡도록 합니다. 또 하나는 손의 끝인 지문을 자극해 머리가 좋아지는 방법인데, 반대 손을 튕기듯이 잡아 지문을 자극하는 방법입니다. 이와 같이 각자 자신에게 맞는 운명과 재능을 가지고 태어나지만, 간단한 스트레칭을 통해 충분히 개선시키고 발전시킬 수 있습니다.

몸을 아름답고 바르게 가꾸는 것은 아름답고 바른 인생을 설계하는
것과도 같습니다.
내 몸을 사랑함으로써 내 인생을 사랑하는 방법, 잊지 말고 꼭 실천
해 보십시오.

03

약손명가의 신입생
인성교육 자료

이하는 우리 약손교육에서 내가 신입생을 뽑은 후, 가장 중요하게 생각하는 인성교육을 시킬 때 녹음해 놓은 것을 글로 옮긴 자료이다. 강의의 맛을 그대로 유지하기 위해 본문과 달리 경어체를 그대로 사용했다.

이 수업을 하게 된 계기가 있습니다. 실습생들과 이야기를 나눠 본 후, 이러한 내용을 미리 알고 입사교육을 받으면서 준비를 해 놓으면 샵에 적응하기 쉬울 것 같아서였습니다.

첫인상은 굉장히 중요합니다. 하지만 상대방에게 첫인상이 좋지 않게 보인다든지, 여러분이 상대에게 첫인상이 안 좋으면 선입견이라는 것이 생깁니다. 그 선입견으로 문제가 생깁니다. 첫인상은 10초 안에 결정됩니다. 하지만 부정적인 첫인상을 좋게 바꾸기 위해서는 그의 18배의 시간이 걸립니다. 그만큼 첫인상을 바꾸는 것은 꽹장히 어려운 것입니다.

그래서 샵에 입사하기 전에, 여러분들이 긍정적인 태도를 만든다면 도움이 될 것 같아 준비하였으니 잘 듣고 도움이 되길 바랍니다.

빛을 채운다는 뜻의 우리 '빛채그룹' 안에는 '약손명가', '달리아 스파', '여리한 다이어트' 가 속해 있습니다. 그리고 빛채의 모든 직원을 '약손인' 이라고 합니다. 사람들이 "넌 어떤 사람이니?" 라고 묻는다면, 약손인들은 "저는 도움을 주는 자입니다." 라고 대답할 수 있도록 교육을 진행하고 있는데, 그것이 저희의 사명입니다. 그리고 제일 중요한 것은 여러분이 실천해 주시는 것입니다.

성공한 사람들 중에서 후회하지 않는 사람들이 강조하는 것 중에 하나가, '나는 항상 도움을 주려고 노력하며 살았다.' 라면서 자신을 되돌아본다는 점입니다. 그리고 스스로 '나는 참 잘 살아왔다.' 라고 생각합니다. 다른 이들도 성공한 사람에게 '너는 참 잘 살아왔구나.' 라고 합니다. 그러니 약손인들도 스스로 자신을 '도움을 주는 자' 로 만들어야 합니다. 그리고 '어떻게 도움을 줄 수 있을까?' 에 대해서 항상 생각해야 합니다.

도움을 주면 너무 힘들지 않느냐고 생각할 수 있지만, 사람의 보편적인 심리 중에 하나가 받으면 주고 싶어 하는 심리가 있습니다. 사람은 빚을 지면, 갚고자 하는 성품을 가지고 있습니다. 그리고 좋은 것을 받으면 좋은 것을 주고 싶고, 나쁜 것을 받으면 나쁜 것을 주고 싶어 합니다.

인간은 사회적인 동물이기에 다른 사람과 어울리게 됩니다. 그 관계에서 다른 사람을 많이 도울 때 내 삶이 원활해질 수 있습니다. 드라마의 주인공이 항상 도움을 주고 다른 사람에게 도움을 받는 내용이 많은 것처럼, 여러분들도 도움을 주는 자가 되기 바랍니다.

말로는 도움을 주는 자가 되겠다고 하면서 행동으로 옮기지 않는 등, 말과 행동이 다른 경우에 좋지 않은 결과가 나옵니다. 항상 말과 행동으로 '나는 도움을 주는 자가 되겠다.'고 다짐했으면 좋겠습니다.

그리고 우리는 자기 스스로를 피부 전문가라고 표현하여야 합니다. 피부 전문가는 상대방보다 피부에 대해서 잘 아는 사람들입니다. 여러분이 피부 전문가가 되기 바랍니다.

약손명가의 경영철학은 정직, 투명, 책임입니다. 나는 회사를 정직하고 투명하게 경영하고 항상 책임을 지려고 합니다.

최근 코로나 상황임에도 불구하고 전년보다 매출이 상승했습니다. 그 비결은 이 세 가지 철학을 잘 지켜왔기 때문입니다. 그래서 고객들이 계속해서 믿고 찾아 주시는 것입니다. '약손명가는 안전해.' '그곳은 믿을 수 있어.' '그곳은 소독을 잘 할 거야.'라고 믿고 찾아 주시는 것입니다. 17년 동안 위 철학을 갖고 운영을

했기 때문에 고객들의 신뢰를 얻을 수 있었습니다.

관리를 할 때에는 진심과 정성을 다해 주시면 됩니다. 철학이라는 것은 신념이고, 신념은 어떤 지침입니다. 그래서 철학이 있으면 흔들리지 않습니다. 어떠한 상황이 생겨도 진심과 정성을 다해서 관리 하는 것이 우리의 신념, 철학입니다.

이 두 가지 문장은 일을 하면서 반드시 기억해야 합니다.

'나도 잘할 수 있다.' – 여러분중에 자기 자신을 과소평가하는 사람들이 있습니다. 그런 사람들은 '나도 잘할 수 있어.'라고 생각을 해야 합니다. 잘 할수 있는 방법은 시간과 노력이 필요할 뿐입니다. 저희가 어떻게 하면 잘하는지 교육해드립니다. 걱정하지 말고, 잘 할 수 있다는 마음가짐을 가지면 됩니다. 마음가짐이 중요합니다.

'나는 못 할 수도 있다.' – 반대로 자신이 잘한다고 생각하는 분은, 특히 학교에서 '잘했다.'라는 말을 많이 들은 분들은 이런 생각을 합니다. '나는 열심히 잘하기 때문에 나는 실수하지 말아야지. 나는 잘해야만 해.'라는 강박감을 갖고 일을 합니다. 그러면 안 됩니다. 신이 아니라 인간이기에 당연히 실수할 수 있습니다. 이제까지 실수를 하지 않았으며 혼나 본 적이 없었더라도, 앞으로 살아가다 보면 실수할 수 있고, 잘못할 수 있습니다. 잘 하는 사람이더라도 못 할 수도 있다 생각했을 때, '내가 이것은 못하는구나. 그럼 이것도 열심히 해서 잘하게 해야지.'라고 다짐하고 노력하면 됩니다. 그러나 위 문장을 생각하지 못한 채 지적을 받거나 실수를 하게 되면 자존감이 낮아지고, 자괴감이 생기고, 이 직업이 내 길이 아니라는 부정적인 생각이 들기 마련입니다.

＊ 나쁜 습관을 하기 전에 좋은 습관을 먼저 하자

만약에 지금 자신을 과소평가하는 사람들이 '나도 잘 할 수 있어.'라고 생각하며 지내다가도, 어느 순간 자신이 잘하고 있다는 자신감이 생겨 일을 하다 보면 '나는 못 할 수도 있다.'는 생각을 안 하면 실수했을 때 자괴감에 빠져버립니다.

두 문장을 항상 갖고 있어야 합니다.

잘하는 것을 칭찬받으면 '고맙습니다.' 하면 되고, 내가 못하는 것에 대해 지적을 받거나 실수를 하면, '아 내가 이 부분이 부족하구나, 열심히 해서 잘 하게 노력해야지.'라고 생각하고 행동하면 됩니다.

약손명가의 장점 중에 하나가, 잘못하는 것이 있거나 물어보는 것은 꼭 대답을 해주는 것임을 명심하고, 언제든 지레짐작하지 말고 물어보시기 바랍니다.

위의 것을 잘 하기 위해서는 나쁜 습관을 하기 전에 좋은 습관을 먼저 하는 것입니다.

밀가루 음식을 좋아하면 밥을 먼저 먹으면 되고, 찬물을 먹는 나쁜 습관이 있으면 따뜻한 물을 먼저 먹으면 되듯이, 부정적인 생각을 갖고 있다면 먼저 긍정적인 생각을 먼저 하면 됩니다. 나쁜 습관을 하기 전에 좋은 습관을 먼저 하면 됩니다.

약손명가는 자기계발비를 드리고 있으니, 자기계발비를 사용해서 꾸준히 잘하는 것을 늘려나갔으면 좋겠습니다.

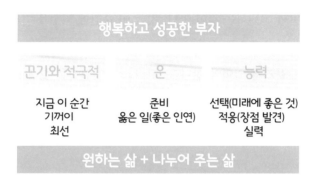

부자와 성공은 다른 것입니다. 성공했지만 가난한 사람도 있습니다. 부자라고 해서 성공한 것도 아닙니다. 약손명가의 장점은 성공과 부를 함께 이룰 수 있다는 것입니다.

성공하기 위해서는 세 가지가 있으면 됩니다.
'끈기와 적극적', '운', '능력' 입니다.

첫째, 내성적인 분은 사람들 앞에서 장난을 치거나 유머러스하진 못합니다. 외향적으로 변하지 않는 것입니다. 하지만 소극적인 성격은 적극적으로 변할 수 있습니다. 적극적이면 원하는 것을 얻을 수 있습니다.

할까 말까 고민하는 것이 아닌, 지금 이 순간에 최선을 다해서 행동하는 것이 중요합니다.

그리고 끈기가 있어야 합니다. 그리고 무엇인가를 할 때에는 힘들어도 이룰 때까지 버텨내는 끈기가 필요합니다.

둘째, 운이 좋아야 합니다.

운은 준비된 자에게 기회가 옵니다.

기회의 신은 머리카락이 앞에만 있다고 합니다. 기회의 신이 왔을 때 그 앞머리를 잡아야 합니다. 지나가는 뒷머리를 잡으려고 하면 미끄러져 잡을 수 없습니다. 그러니 미리 준비해 놓았다가 기회가 왔을 때 잡아야 합니다. 그리고 옳은 일을 하면 운도오고, 기회가 옵니다.

셋째, 능력이 있어야 합니다.

선택을 잘하는 능력이 필요합니다.

옷을 잘 입는 사람과 못 입는 사람의 차이는 이렇습니다. 나에게 잘 어울리고 상황에 맞게 옷을 선택을 잘 하면 잘 입는 것, 그에 맞지 않게 선택을 잘 못했다면 못 입는 사람이 되는 것입니다. 우리 직업은 없어지지 않을 직업, 보람 있는 직업입니다. 기계가 할 수 없는 직업이고 다른 사람을 도와주는 좋은 일이기 때문입니다. 이 직업을 선택한 여러분은 바로 능력 있는 사람입니다.

적응도 능력에 포함됩니다. 내가 생각했던 곳이 아니라고 생각하면 적응을 잘 못합니다. 샵에 나를 적응시켜야지, 나에게 샵이 적응하기를 바라면 안 됩니다.

'왜 원장님이 나에게 말을 잘 안 걸지?' 라고 생각할 필요가 없습니다. 나에게 말을 걸기를 바란다면 내가 말을 먼저 걸면 됩니다. 그것이 적응입니다.

머리가 좋고 관리를 아무리 잘해도 새로운 환경에 적응을 못하면 성공할 수가 없습니다. 적응을 잘하기 위해서는 장점을 찾아봐야 합니다. '내가 적응을 하면 좋은 점은 무엇이지?' 라고 생각하는 것입니다.

〈효과, 친절, 청결〉

약손명가가 추구하는 것에 대해서 말씀드리겠습니다.
약손명가는 세 가지를 추구합니다. 효과, 친절, 청결을 기본으로 고객에게 드리기 위해 교육하고 있습니다.

〈효과를 잘 드리는 방법〉

첫째, 여러분이 배우는 관리를 100% 정확하게 외우는 습관이 있어야 합니다.

1. 관리 테크닉 정확하게 하기

2. 내가 할 수 있는일에서 잘하기

3. 전문 지식 쌓기

대충 하면 효과가 대충 나오고, 관리를 할 때 실수를 하게 됩니다. 실수나 실패를 하면 자신에게도 피해이지만, 고객이 나를 만나서 피해를 입는 것입니다. 100% 도움을 주어야 하는데 내가 80%만 외우면 80%만 도움을 주는 것이 되기 때문입니다. 그렇기 때문에 관리 테크닉을 정확하게 100% 외워서 해주시면 됩니다.

둘째, 내가 할 수 있는 일에서 잘하기입니다.

많은 사람들이 자기가 할 수 있는 일에서만 잘 하면 되는데, 자기가 할 수 없는 영역까지 하려고 합니다. 예를 들어서 제가 대표로 있지만, 요리는 잘 못합니다. 운전도 잘 못하고요. 그런데 잘 하고 싶다고 해서 요리를 억지로 하려고 한다거나 운전을 무리해서 하려고 하면 사고가 생겨 다치는 등 많은 힘든 일이 생길 수 있습니다.

여러분이 샵에 가면 내가 잘하는 것 안에서, 배운 것 안에서 잘해

주면 됩니다. 모르는 것이 있으면 선배들에게 물어보시면 됩니다. 내가 할 수 있는 것을 잘하면 가장 좋은 것인데, 여러분들은 그 이상을 잘하고 싶다 생각하니 스스로 능력을 과소평가하게 됩니다.

누구나 다 성공하고 싶어 합니다. 그 성공의 기준점은 내 또래보다 더 나으면 됩니다. 또래보다 실력이 좋고, 진급을 하면 잘 하는 것입니다.

마지막으로, '전문지식 쌓기' 입니다.
전문지식을 쌓으면 깊이 알게 됩니다. 고객이 질문을 했을 때, 대답을 잘 하기 위해서는 깊게 아셔야 합니다. 고객의 질문에 답을 했는데, 고객이 그 꼬리를 물고 더 물어볼 수 있습니다. 그것에 또 대답하기 위해서는 깊게 아셔야 합니다. 전문지식을 모르면 깊게 알 수 없습니다.
그래야 전문가가 될 수 있습니다. 비법을 하나 알려 드린다면 약속 명가 홈페이지의 전문가 Q&A란에 고객들의 질문을 피부전문가인 원장들이 답변해 놓았습니다. 꼭 자주 읽어서 여러분도 피부전문가가 되시기 바랍니다.

그다음은 '친절' 입니다.

인사할 때는 합장을 합니다. 종교와는 상관없이 할 수 있는 인사의 행위입니다. 그리고 견관절을 살짝 내려주면 됩니다. 고개를 낮추는 것이 아니라 견관절을 내려주는 것입니다. 오행에서 견관절은 마음을 뜻합니다. 인사는 결국 마음을 낮추는 것입니다.

인사를 하지 않으면 고객은 친절하다고 느끼지 않고, 인사를 할 때 마음을 낮추지 않으면 친절을 베풀 수 없습니다.

"나도 자존심이 있어요." "난 자존심이 좀 세요." 라는 사람이 있다면, 오늘부로 자존심을 부리는 것은 하지 말아야 합니다. 그리고 자존심은 절대 내비치면 안 됩니다. 자존심을 밖으로 내비쳐지면 자격지심이 되는 것입니다. 자존심은 나를 높이는 사람들에게 있는 것입니다. 부정적인 의미입니다. 하지만 자존감은 나의 존재 가치를 필요한 사람으로 만드는 것, 긍정적인 의미입니다.

둘째, '미소 짓기' 입니다.

미소를 지을 때에는 '방실이' 와 '강아지' 를 발음하면서 윗니가 8개가 보이도록 웃습니다. 아랫니가 보이게 되면 얼굴의 이미지가 달라집니다. 그리고 광대를 올리면서 웃게 되면 눈웃음이 저절로 생깁니다.

상대방이 내가 원하는 것을 들어주길 바란다면 '방실이' 를 하면 됩니다. 나의 웃는 모습을 보면 그것을 지켜주기 위해서 내가 원하는 것을 상대가 해주게 됩니다.

'강아지'는 입을 활짝 벌려 웃도록 도와줍니다. '방실이', '강아지'를 외치면서 10초 유지를 하면, 웃는 근육이 단련되어서 호감가는 얼굴로 변하게 됩니다. 꼭 거울을 보면서 연습해 주시기 바랍니다.

셋째, '멘트 외우기' 입니다.

교육을 하면서 전화 받는 멘트, 고객 응대하는 멘트를 배우게 됩니다. 그 멘트를 잘 외워 놓으면, 더듬거리지 않고 자연스럽게 고객을 응대할 수 있게 됩니다. 고객을 응대할 때 더듬거리면 고객이 친절하다고 느끼지 않습니다. 그러니 꼭 멘트를 외워서 자연스럽고 능숙하게 응대하기를 바랍니다

청결
1. 내가 고객이다(신규의 눈으로 본다)
2. 정리, 정돈, 청소
3. 내가 사용하는 곳 청소하기

그다음으로는 '청결' 입니다.

출근할 때에 신규 고객의 입장에서 샵을 살펴보고 깨끗하게 유지하도록 신경 써야 합니다. 직원의 눈으로 보았을 때는 보기 좋지 않은 것이 잘 안 보입니다. 꼭 고객의 입장에서 샵을 바라봐야 합니다.

둘째, 필요 없는 것은 버리고 필요한 것은 구비하여 깨끗하고 보기 좋게 정돈하고, 깨끗하게 닦는 청소를 잘 해야만 모든 고객이 만족할 수 있습니다.

그리고 고객만 중요한 것이 아니라, 우리가 사용하는 곳을 깨끗하게 하는 것도 중요합니다. 고객이 사용하는 곳만 깨끗하고 내가 사용하는 곳을 더럽게 한다면, 나의 가치와 자존감을 떨어뜨리는 행위가 됩니다. 그러므로 자신이 사용하는 공간도 깨끗하게 정리, 정돈, 청소를 하기 바랍니다.

사람은 어떤 일이 있으면 생각과 감정을 갖게 됩니다. 대부분 기쁨, 슬픔, 분노, 두려움, 혐오, 흥분, 성적 흥분 중에 하나를 겪게 됩니다. 나에게 어떠한 변화가 생기면(환경 변화), 위 7가지 중 하나가 마음속에 생깁니다. 이 마음은 부정이 아닌 감정일 뿐입니다. 감정이 생긴다는 것은 좋은 것입니다. 그대신 '내가 기쁜가?' '내가 슬픈가?' 등을 생각하면서 언어로 전환시켜야 합니다.

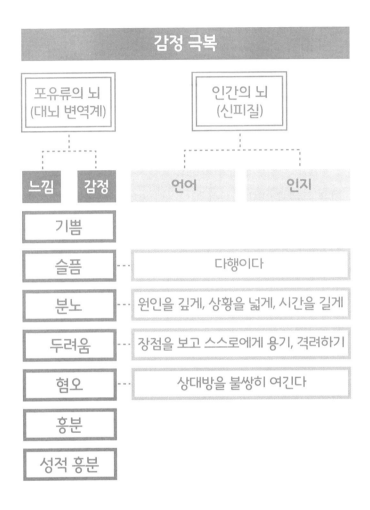

감정 극복

포유류의 뇌 (대뇌 변역계)		인간의 뇌 (신피질)	
느낌	감정	언어	인지
기쁨			
슬픔		다행이다	
분노		원인을 깊게, 상황을 넓게, 시간을 길게	
두려움		장점을 보고 스스로에게 용기, 격려하기	
혐오		상대방을 불쌍히 여긴다	
흥분			
성적 흥분			

내 기분이 어떤지 단어로 기억하면 인간의 뇌, 신피질에서 기억하게 됩니다. 그렇게 되면 신피질에서 언어와 인지능력이 좋아져서 판단력과 지식을 쌓는 능력이 발달합니다. 또 말도 잘하게 되

고 판단, 선택도 잘하게 됩니다.

감정이 생겼을 때는 언어로 인지하고 받아들여야만 힘들었을 때 극복할 수 있습니다.
하지만 지금 여러분의 나이에서는 경험이 부족하여 그 방법이 어려울 수 있고, 어떻게 해야 하는지 모를 수도 있습니다. 교육이라는 것을 통해서 앞서 경험한 사람들의 방법을 알면, 미리 경험한 사람들의 노하우를 미리 경험하고 도움이 될 수 있기에 제가 사용하는 방법을 알려 드리겠습니다.

첫째, 여러분들에게 슬픈 일이 생기면 오히려 '다행이다' 라고 생각하면 됩니다. 예를 들어 오른손을 다쳤으면 '다행이다. 왼손을 안 다쳐서' 라고 생각하면, 슬픔이 줄어들게 됩니다.

둘째, 화가 나면(분노) 화가 났다고 흥분하지 말고, '왜 이런 일이 생겼지?' '원인이 뭐지?' 라고 생각해 보고, 상황을 넓게 보고, 시간을 길게 두고 해결해 나가면 됩니다.

셋째, 두려울 때, 예를 들어 교육을 듣는 것에 대한 두려움이 생겼다면, 그 교육에 대한 장점을 보고 스스로에게 용기와 격려를 주면 됩니다.

회사 출근하는 것에 대해 두려움이 있다면, 그 샵의 장점을 보고 자신에 대한 용기를 불어넣고 격려하면 됩니다.

넷째, 혐오감이 들 때, 예를 들어 나에게 못되게 구는 선배, 친구, 고객이 있을 수 있습니다. 그럴 때 그 사람을 불쌍히 여기면 됩니다. 그러면 그 사람으로부터 스트레스를 받지 않게 됩니다.

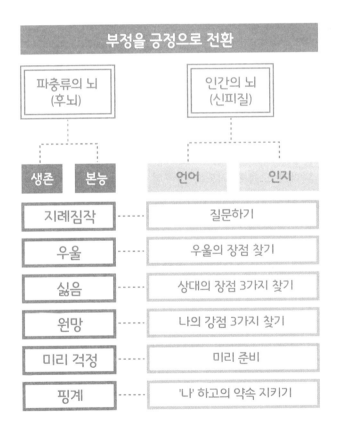

위와 같이 생각해 보셨다면 다행이고, 아직 해보지 않았다면 이제 해보시면 됩니다. 그것이 바로 교육의 힘입니다.

〈부정을 긍정으로 전환〉

긍정의 뜻은 '즐길 긍(肯)', '정할 정(定)'으로 이루어진 말입니다. 내가 즐거울 수 있도록 정하는 것입니다. 하지만 그것을 못 정하면 바로 부정이 되며 ' 지레짐작, 우울, 싫은, 원망, 미리 걱정, 핑계 ' 6가지의 행동이 나옵니다.

우리의 뇌는 크게 파충류의 뇌, 포유류의 뇌, 인간의 뇌로 이뤄져 있습니다. 포유류의 뇌에서 감정을 느끼면, 그게 인간의 뇌로 가서 나에게 도움이 되도록 바꾸면 됩니다. 하지만 그렇지 못하면, 파충류의 뇌로 가는 겁니다. 그럼 무의식중에 본능적으로 위와 같은 6가지 행동이 생기는 겁니다. 그럴 때 우리는 내가 노력하면 다시 신피질, 인간의 뇌로 갈 수 있습니다.

첫째, 지레짐작이 들면 물어봐야 합니다.
나의 인사를 안 받아서 지레짐작이 생겼다면 "아까 제가 인사를 했는데 인사를 받아주지 않은 이유를 알 수 있을까요?" 라고 물어봐야 합니다. 그래야 나의 지레짐작이 사라지게 됩니다.

그리고 "제가 도와드릴 일이 있을까요?" 라고 물어봐야 합니다. 그러면 엉뚱한 일을 해서 일이 잘못되는 일이 없어집니다. 모르면 끊임없이 물어봐야 합니다.

둘째, 우울할 때에는 '이 우울이 나에게 도움이 되나?' 라고 생각하면 됩니다.

그렇게 생각하면 인지가 됩니다. 그러면 인간의 뇌에서 알려줍니다. '이것은 나에게 도움이 안 돼.' 라고 생각하게 되면 다른 행동으로 바꿀 수 있도록 인간의 뇌가 도와줍니다.

셋째, 어떤 사람이 싫다면 상대방의 강점을 3가지를 찾으면 됩니다. 누구나 강점을 갖고 있습니다. 좋은 면을 찾으면 상대의 싫은 모습은 안 보이게 됩니다.

넷째, 반대로 누군가가 원망스러울 때에는 나의 강점을 찾으시면 됩니다. 원망은 주로 나보다 잘난 사람, 높은 사람에게 하게 됩니다. 나의 강점을 찾아보면 내가 커지기 때문에 상대방을 향한 원망이 줄어들게 됩니다.

다섯째, 미리 걱정을 하는 사람들이 너무 많습니다.
'혹시 내가 일을 잘 못하면 어쩌지?'

'혹시 내가 따돌림을 당하면 어쩌지?'

'혹시 내가 클레임에 걸리면 어쩌지?' 등의 걱정을 합니다.

그러면 미리 준비를 하면 됩니다.

'내가 일을 잘하려면 어떻게 해야 하지?'

'내가 동료들과 잘 지내려면 어떻게 해야 하지?'

'내가 클레임에 걸리지 않으려면 어떻게 해야 하지?' 등의 생각으로 미리 준비하시면 됩니다.

여섯째, 핑계가 많다면 '나'와 약속을 잘 지키는 사람이 되어야 합니다.

학창 시절에 시험 전에 친구에게 "공부 많이 했어?"라고 물으면, 화를 내면서 "아니! 공부 하나도 안 했어!"라고 하는 사람이 있습니다. 공부를 해놓고도 안 했다고 하는 것은 시험을 잘 못 봤을 때 핑계거리를 만들려는 심리에서 비롯됩니다.

그러나 완벽하게 공부를 한 사람은 핑계거리 만들 필요 없이 '나는 분명히 시험을 잘 볼 거야.'라고 생각하면서 스스로하고의 약속을 잘 지킨 자신을 바라보며 오히려 자신감이 높아 질겁니다.

기억력 높이기
1. 고객 이름 외우기
2. 글자 거꾸로 읽기
3. 숫자 + 3

위 내용을 잘 기억해서 꼭 행동을 하면 좋겠습니다.

〈직접적 실천하는 것들에 대하여〉

1. 기억력 높이기

살아가면서 기억력은 굉장히 중요합니다.

미국 100대 기업 CEO들의 공통적인 특징은 기억력, 긍정, 일관성입니다. 위 세 가지는 모두 기억력과 관련이 있습니다. 기억력이 좋아야 이전에 했던 행동과 말을 기억해서 일관성 있는 사람이 되고, 긍정적으로 전환하는 것이 좋다는 것을 기억했다가 긍정적으로 행동하게 되고 그래야 원하는 것을 갖을 수 있기 때문입니다.

기억력이 나쁘면 손해 볼 것이 너무 많습니다.

기억을 못 하면 실수할 수밖에 없습니다. 기억력 전문가들이 발견해 낸 것 중에 하나가, '기억력은 기억할수록 기억력이 좋아진다.' 는 것입니다.

첫째, 우리가 가장 먼저 해야 할 것 중에 하나가 샵 직원들의 이름과 고객의 이름을 일부러 기억하는 것입니다. 고유명사를 외워야 기억력이 좋아집니다. 그중에서 샵에서 도움이 되도록 고객의 이름을 자꾸 외우면 됩니다.

둘째, 글자를 거꾸로 읽는 것입니다.

기억력 → 력억기

높이기 → 기이높

약손명가 → 가명손약

걸어 다니면서 간판을 거꾸로 외워보고 점차 글자 수를 많게 하여 읽으시면 좋습니다.

셋째, 숫자 +3입니다.

자기 전에 누워서 다음과 같이 0부터 진행해 보면 됩니다.

'0,3,6,9,12,15,18,21 ....87,90,93,96,99,102'

'2,5,8,11,14,17,20,23......,86,89,92,95,98,101'

숫자 3을 더했을 때 기억력이 제일 좋아진다고 합니다.

집중력 높이기

1. 높음 ➡ 틀린그림찾기

2. 낮음 ➡ 색칠공부

＊집중력이 부족하면 잘못 알아듣거나 잘못 이해해서 실수를 하게 되어
나 뿐만이 아니라 남에게도 피해를 줍니다.

〈집중력 높이기〉

집중력이 부족하면 지시사항을 듣거나, 일을 할 때 잘못 이해하는 경우가 생겨 실수를 하거나 일처리를 못하게 됩니다. 그럴 경우 본인뿐만이 아니라, 샵 전체 그리고 고객에게 피해를 주기 때문에 일을 할 때에는 반드시 집중해야 합니다.

집중력이 부족하다면 색칠공부를   하면서 집중력을 높이는 훈련을 하기 바랍니다. 그리고 집중력이 너무 높으면 상대방 말을 듣지 못할 수 있습니다. 집중력이 높다면 틀린그림찾기를 해보세요. 한 가지에 열중해서 다른 것을 못보는 나쁜 습관을 고칠 수 있습니다.

〈지적받았을 때〉

1. 경청– '선생님, 수건을 엉망으로 개었군요!'

지적 받았을 때
1. 경청
2. 인정
3. 개선할 점 질문 하기
4. 해결 하기
5. 점검 하기
6. 감사 인사 하기

2. 인정– '죄송합니다. 제가 엉망으로 개었네요.'

3. 개선할 점 질문하기– '그러면 제가 어떻게 하면 예쁘게 갤 수 있을까요?'

4. 해결하기–상대가 알려준 방법으로 개선하여 행동한다.

5. 점검하기– '주임님, 알려주신 방법으로 수건을 개었는데 맞나요?'

6. 감사인사하기– '알려주서서 고맙습니다.'

정신력이 건강해지는 방법으로, 못하는 것을 지적 받았을 때 고쳐나가기 위한 방법입니다.

고객이 만족 설문지를 작성해 주었을 때 보통이 나왔다면 고객에게 물어봐야 합니다.

"고객님 죄송합니다. 오늘 제가 만족을 드리지 못했습니다. 만족스럽지 못하신 부분을 말씀해 주시면 개선하여 만족을 드릴 수 있도록 노력 하겠습니다." 라고 물어봐야 합니다.

직접 하지 못하겠으면 원장님께 부탁드려 대신 알아봐달라고 해야 합니다.

알아낸 내용을 토대로 개선, 연습한 후 원장님께 점검 후 고객에게 관리를 들어가야 합니다.

또한, 항상 위 지적 받은 것을 기억하고 행동하면, 다시는 실수를 안하고 계속 고쳐나가면 어떠한 스트레스도 받지 않고 자기 자신도 발전하는 것입니다.

〈체력을 좋게 하는 방법〉

건강한 체력에 건강한 정신력을 갖는다는 말처럼, 체력이 좋지 않으면 좋은 생각을 할 수 없습니다.

1. 12시 전에 자야 합니다.

잘 때 '오늘 힘드니까 12시에 전에 잘래.' 라는 생각으로 자면 안

체력
1. 12시 전에 자기
2. 아침 먹기
3. 아침에 운동하기
4. 영양제 먹기
5. 바른 자세 하기

됩니다. 그런 생각을 하면서 자면 일어나서 '어제 너무 힘들어서 그냥 잤네.'라는 생각이 들어서 좋은 생각이 안 듭니다.

일부러 '오늘도 내일을 위해서 12시 전에 잘래.'라고 생각하고 자면, 다음날 아침에 '내가 생각한 대로 12시 전에 잤네.'라는 생각이 들어 기분이 개운하고 좋아집니다.

쉬는 날 '오늘 푹 쉬어야지.'라는 마음으로 쉬면, 저녁에 '오늘 푹 쉬었다.'라는 생각에 기분이 좋아집니다. 하지만 쉬는 날 아무 생각 없이 쉬다가 저녁이 되어 '나 오늘 한 것 하나도 없네?'라는 생각에 늦은 시간에 다른 활동이 하고 싶어져서 힘들어집니다. 또는 허무하게 보냈다는 생각이 듭니다. 그러면 안 됩니다.

내가 즐겁다고 생각하는 행동을 정해서 하는 것입니다. 계획적으로 규칙적으로 정해서 12시 전에 잔다는 규칙을 정한다면, 체력도 좋아지고 기분도 좋아집니다.

2. 아침식사 하기

아침을 못 먹을 경우, 샵에 가면 삶은 계란이 있으니 2개 드시면 됩니다.

3. 아침에 운동하기

운동을 하여 근력을 좋아지게하고, 열이 발생하고 노폐물이 빠지고 에너지가 생깁니다. 저녁에 운동하면 에너지가 생기니 숙면하지 못합니다. 아침에 운동하면 나의 삶에, 직업에 에너지를 쏟을 수 있습니다. 약손명가에서 주는 자기계발비를 이용해서 운동하시면 됩니다.

4. 영양제 먹기

모든 샵에 영양제가 비치되어 있으니, 꼭 챙겨 드시기 바랍니다.

5. 바른 자세하기

무릎을 발등 중앙에 오게 서는 것, 관리할 때 손목을 움직이지 말고 견관절을 같이 움직이는 것, 손가락도 엄지만 움직이지 말고 4

지를 함께 움직이는 것 등, 교육 시에 알려드리고 포스터도 드리니 바른 자세를 해주시면 됩니다.

바른 자세를 했을 때 아프지 않게 됩니다. 아프기 전에 미리 바른 자세를 하면, 건강도 좋아지고 관리시 고객 만족도도 좋습니다.

〈손 수련〉

피부 업계에서 10년을 일하면 고객이 '손맛이 좋다.'고 합니다. 이유가 있습니다. 계속 일을 하다 보면 손맛이 좋아집니다. 저희 약손명가는 10년 일하면서 움직일 손수련을 미리 하여, 10년 된 손맛을 낼 수 있도록 노하우를 알려드리고 있습니다. 2주 교육을 받으면서 손 수련을 매일 하시면, 입사하자마자 고객들이 '10년 손맛이다.'라고 느낄 것입니다.

1. 손 압이 약하면 '엄지를 꺾고 주먹을 쥐었다 폈다.'를 300번

하시면 됩니다. 내 손 압이 너무 약하다 싶을 때에는 600번 하시면 됩니다.

2. 손이 작은 사람은 손이 커질 수 있도록 '반짝반짝' 100번 하시면 됩니다. 기본적으로 엄지손가락과 새끼손가락을 펼쳤을 때의 길이가 20cm가 되어야 합니다. 본인 손 길이가 20cm가 넘으면 안 해도 되지만, 손 길이가 짧으면 꼭 하셔야 합니다. 손을 펼쳐서 앞, 뒤로 정확하게 '반짝반짝' 해주시면 됩니다.

3. 손의 폭이 좁으면 밀착력이 좋지 않기 때문에 고객 만족도가 떨어집니다. 허벅지에 손바닥을 밀착시켜서 30분 쥐고 있으면 밀착력이 좋아집니다.

이 방법으로 여러분의 손맛을 높일 수 있습니다.

그리고 손가락 마사지기를 드릴 텐데, 손가락 뼈를 건강하게 해주는 것이니 꼭 사용하셔야 합니다.

〈스피치〉

내가 원하는 것을 얻기 위해서는 말을 잘 해야 합니다.

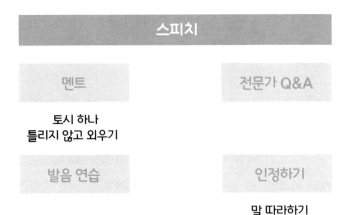

첫째, 교육에서 배운 멘트들을 토씨 하나 틀리지 않고 외우는 것입니다. 외우는 것은 기억력에도 좋고, 더듬거리지 않기 때문에 말을 잘하는 사람이 되는 것입니다.

둘째, 홈페이지에 전문가 Q&A가 있습니다. 이것은 고객이 물어보는 내용을 원장님이 답변해 주는 공간입니다. 이것을 매일 읽고 숙지해놓으면, 여러분들이 원장님처럼 이야기하는 것이나 마찬가지입니다.

그다음에는 발음 연습을 해야 합니다.

모음 발음 연습을 잘 하면 좋습니다. 자음 발음 연습도 하면 더 좋겠지만, 지금은 모음 연습을 먼저 해주시고 각 샵의 원장님께 발음 연습을 배우시기 바랍니다.

아 : 혀가 아래로 내려가게 됩니다. 입은 위아래로 벌어져야 합니다.

어 : 혀가 중간에 있어야 하고, 입은 위 아래로 벌어져야 합니다.

오 : 혀가 중간에 있지만, 어보다는 안쪽에 위치합니다.

우 : 혀가 바로 입천장 위로 올라가면 됩니다.

으 : 혀가 위, 가운데 위치하고 입은 옆으로 벌립니다.

이 : 입을 으 보다 더 벌리면서 혀가 앞쪽에 위치합니다.

매일 30분씩 신문 논설을 읽으면서 연습하면 발음이 확실히 좋아질 것입니다. 글의 모음만 발음하면서 연습하면 발음이 정확하게 될 것입니다.

마지막은 상대방의 말을 따라 하며 인정하는 것입니다. 지적받았을 때 인정하는 것처럼(선생님 수건을 엉망으로 갰군요. / 죄송합니다. 제가 수건을 엉망으로 갰네요.), 상대방의 말을 따라 하려면, 상대의 말을 주의 깊게 경청을 해야 합니다.

그리고 상대의 말속에서 포인트를 기억해서 말을 따라 해야 하니 기억력에도 좋습니다. (선생님 저 오늘 ~해서 속상해요. /고객님 오늘 ~하서서 속상하셨군요.)

사람은 자신과 닮은 사람을 좋아합니다. 그러니 상대방의 말을 따라 하는 연습을 하면, 고객이 쉽게 마음을 열게 됩니다.

불안
1. 상사와 상의하기
2. 문제점을 없애도록 계획 세우기
3. 실행하기

〈불안할 때에는 어떻게 할까〉

1. 상사와 상의하기

나와 비슷한 상태의 사람과 상의하는 것보다는 나보다 더 나은 사람, 잘하는 사람과 상의해야 합니다.

2. 문제점이 생기면 물어보고 그 문제를 없애도록 계획을 세우면 됩니다.

3. 그리고 위에 세운 계획은 실행하셔야 합니다.

〈일하는 날, 쉬는 날〉

많은 사람들이 일을 하게 되면, '자기시간이 없다.'고 말합니다.

주변에 성공한 사람들을 보면 '난 지금 행복해.' 라고 하는 사람이 있는 반면, '난 성공했지만 행복하지 않아.' 라는 사람도 있습니다. 후자의 경우 일만 한 사람입니다. 그런 사람은 '내가 왜 일만 했지?' 라고 후회하는 경우가 많습니다.

여러분은 성공하고 나서는 후회하지 않았으면 좋겠습니다.

일하는 날에는 누군가를 만나려 하지 말아야 합니다. 업무 수행을 잘 하지 못하는 직원을 보면, 일 끝나면 친구를 만나러 갑니다. 그렇게 되면 늦게 자게 되고, 다음날 컨디션이 좋지 않습니다. 쉬는 날에는 피곤해서 잠만 자게 됩니다. 이런 악순환이 생깁니다.

그래서 일하는 날에는 일만 하면 됩니다.

하지만 지금 말하는 세 가지는 해주셔야 합니다. 왜냐하면 사람은 일만 하면 공허하기 때문입니다.

누군가에게 일부러라도 안부 문자를 해야 합니다. 최소 한 명 이상 계획을 짜서 안부 문자를 해야 합니다.

그다음은 지식 쌓기입니다. 책 읽기, 좋은 말 해주는 앱 등을 통해 자신을 계발할 수 있고 지식을 쌓는 행동을 해야 합니다.

가능하면 책 읽기를 추천합니다. 영상이나 스마트폰을 보는 것은 우뇌를 작용하게 합니다. 그럴 경우에는 단편적인 사실만 이해하고 넘어가게 됩니다.(예시 : A와 B가 싸웠다. → 아, A와 B가 싸웠구나.)

책을 읽는 것은 좌뇌를 이용하기 때문에 읽고 나서 그것에 대한 생각, 자신의 의견 등을 생각하는 인지능력, 판단력을 키웁니다.(예시 : A와 B가 싸웠다. → 아, A와 B가 싸웠구나, 왜 싸웠을까? 싸우는 것은 좋지 않은데… 등)

운동하는 습관도 들여야 합니다. 아침에 한 두정거장 전에 내려 걷는 것, 샵이 3층이라면 걸어서 올라가는 것, 간단한 운동기구를 이용하여 운동하는 것, PT를 받는 것 등 일부러라도 운동하면 자신을 건강하게 만들 수 있고, 일하는 날을 보람 있게 보낼 수 있습니다.

쉬는 날은 이렇게 합시다.

첫째, 쉬는 날에는 계획을 세워서 꼭 누군가를 만나야 합니다.
친구를 만나는 것도 좋고, 누군가 만날 일이 없으면 편의점에 가
서 물건 사면서 인사라도 하는 등 누군가를 꼭 만나기 바랍니다.
지금은 코로나로 인해서 만나는 것을 자제해야 하니, 주의해 주
시면서 만남을 계획하시면 됩니다.

둘째, 취미생활하기입니다.
나를 위해서 취미생활을 해야 합니다. 운동과 책 읽기를 제외한
다른 취미생활을 해야 합니다. 평상시에 하고 싶었던 것을 해야
합니다.

영적 능력 높이기는 정신력 높이기입니다. 종교 생활을 갖거나
일기를 쓰거나 명상을 하는 행동입니다.

〈자신감〉

스스로 자신감 점수 체크를 해봅시다. (100점 만점)
자신감은' 스스로 자(自), 믿을 신(信), 느낄 감(感)'입니다. 내 자신
을 믿는다는 것을 스스로 느낀다는 것입니다.

자신감

'나' 하고의 약속 100퍼센트 지키기

나를 믿기 위해서는 '나'하고의 약속을 잘 지키는 것이 중요합니다. 다른 사람을 믿는다는 것은 상대방이 약속을 잘 지켰을 때 신뢰가 생기는 것이기에, 나 스스로를 믿기 위해서는 나와의 약속을 잘 지키면 됩니다.

자존감

1. 필요한 사람인가?
2. 실력이 있나?
3. 다른 직원들이 나를 좋아하나?

〈자존감〉

자존감은 '스스로 자(自), 존재할 존(存), 느낄 감(感)' 입니다. 스스로 존재할 가치가 있다는 것을 느끼는 것이 자존감이라고 합니다.

자신의 자존감 역시 점수로 체크해 보시기 바랍니다.(100점 만점)
참고로, 나를 모르면 세상에서 이길 수가 없습니다. 만약에 자신의 점수를 매길 수 없었다면, 자기 자신을 더 알아가려는 노력이 필요합니다.

자존감은 자신의 존재가치가 있느냐 하는 것입니다. 회사에서, 친구들 사이에서, 소속된 곳에서 존재가치가 있는가를 체크해 보는 것입니다.

1. 나는 샵에서 필요한 사람인가?
2. 나는 실력이 있나?
3. 다른 직원이 나를 좋아하나?

위 세 가지를 질문한 후 점수를 매겨 보시고, 만약에 점수가 100점이 아니라면 100점이 되기 위해서 어떤 노력을 해야 하는지 써 보셔야 합니다. 50점이라면 5가지, 60점이라면 4가지, 70점이면 3가지, 80점이면 두 가지, 90점이면 한 가지 노력할 점을 찾아서 행동하시면 됩니다.

〈자기애〉

자기애는 스스로를 사랑하는 것입니다. 사람들은 자기를 사랑하

나한테 도움이 되는 것을 하고
나에게 도움이 되지 않는 행동을 하지 않는다

는 방법을 잘 모르는 경우가 많습니다. 오히려 이기적인 행동을 하는 것을 스스로를 사랑하는 행동으로 아는 사람도 있습니다.

스스로를 사랑하기 위해서는 나에게 도움이 되는 것을 하고, 나에게 도움이 되지 않는 행동을 하지 않아야 합니다. 내가 누군가를 사랑하게 되면 상대방이 좋아하는 행동을 하고 싫어하는 행동을 하지 않는 것처럼, 나를 사랑하려면 나에게 도움이 되는지 아닌지를 생각하고 도움이 되는 행동을 해야 합니다.

나에게 도움이 안 되는 행동을 하는 사람들은 다른 사람도 자기에게 도움이 되지 않는 행동을 합니다. 상대방이 나를 무시하거나 막대하게 된다는 말입니다.

내가 대접받는 사람, 존경받는 사람이 되기 위해서 스스로 도움되는 행동을 하면, 상대방 역시 내가 원하는 행동을 하고, 내가 싫어하는 행동을 하지 않는다는 것입니다.

이기적인 것과 나를 사랑하는 것은 다르다는 것을 반드시 기억하시기 바랍니다.

〈핵심 인재상〉

핵심 인재상은 회사에서 바라는 것입니다.

-애사심 : 회사에 도움 되는 행동을 하고, 회사에 도움이 안되는 행동은 안하는 사람을 원합니다.

-최고지향 : 최고는 흔들림이 없습니다. 어떠한 경우에도 살아남습니다. 약손명가는 매출, 고객수, 효과 역시 다 최고입니다. 여러분도 최고가 되시기 바랍니다.

-책임감 : '요구할 책(責), 맡길 임(任)' 나에게 직책이 있는 것, 상대가 원하는 목표를 이룰 때까지 내 몸을 사용하여 그 목표를 이뤄지게 도와주는 것입니다.

성실과는 차이점이 있습니다. 성실은 '정성 성(誠), 열매 실(實)'입니다. 성실은 나를 위해서 목표를 정하고 그것을 이루기 위해 정성을 다해 열매를 따 먹을 때 까지 노력하는 것입니다.

회사에서는 성실도 중요하지만, 고객을 위해서 목표를 정하고 노력해 주는 책임자를 원합니다.

긍정 : '즐길 긍(肯), 정할 정(定)'으로, 즐거운 일이 생기도록 정하는 것입니다. 많은 사람들이 긍정을 낙관적인 것과 낙천적인 것으로 오해하는 경우가 있습니다. 긍정은 노력을 하지 않아도 될 거라는 믿음을 가지는 것이 아니고 잘 될 수 있도록 계획을 짜서 실천하는 것입니다. 부정은 계획을 짜지 않고 행동을 하는 것이니 오늘부터 즐거운 삶을 원한다면 계획을 짜는 습관을 먼저

갖기를 바랍니다.

—주도적 : 남에 의해서 내가 바뀌지 않아야 합니다.

주도적의 반대말은 반사적입니다. 누군가 기분이 다운되어 있는 것을 보고 나도 기분이 다운되면 반사적인 것입니다.

고객이 '~선생님에게 관리받고 싶지 않아요.' 했을 때 기분이 안 좋아졌다면 반사적인 것입니다.

주도적인 것은 나로 인해서 행동을 결정하는 것, 나로 인해서 좋은 방향으로 갈 수 있도록 하는 것입니다. 고객이 클레임을 걸었다면 기분이 다운될 것이 아니라 어떤 부분이 부족했는지 물어보고 개선하여 앞으로의 수련, 공부의 방향을 결정하는 것이 주도적인 것입니다.

—전문가 : 나의 직업에 필요한 정보를 고객보다 많이 아는 사람이 되는 것이 전문가입니다. 그러하니 기꺼이 공부해서 최고의 피부 전문가가 되시기 바랍니다.

PART

08

마지막 장

책을 마무리하며

'김현숙 표 마케팅' 전략

앞에서도 언급했듯이 나는 참 별난 마케팅 전략을 구사했다. 내가 생각해도 '어디서 그런 좋은 생각들이 나왔을까?' 하며 스스로 놀라워할 때가 있다. 아마도, 남들보다 불리한 여건에서 생존과 성공을 위해 안간힘을 써야 했기에 나도 모르게 '김현숙 표 마케팅 아이디어'가 나올 수 있었을 것이다.

사업을 시작하는 사람들이나 매너리즘(mannerism: 틀에 갇힌 태도나 방식)에 빠지지 않기 위해 끊임없이 새로운 아이디어를 구하고 있는 사람들을 위해 몇 가지만 정리하여 소개하고 싶다.

(1) 처음 화장품 가게를 오픈 했을 때는 상호를 '화장품 미니 백화점'이라고 걸었다. 작지만 많은 물건이 있다는 뜻으로 그렇게 정

한 뒤 영업을 시작했다.

(2) 오픈한 후, 당시 유행했던 한 쌍의 마스코트를 동대문 도매상에서 사왔다. 밤새워 명함에 여자 마스코트를 꽂은 작업을 했다. 그리고 그 명함을 가져오면 남자 마스코트도 주겠다고 약속했다. 그렇게 해서 많은 분들이 내 가게를 방문하게 만들었다.

(3) 방문한 고객에게는 고객 차트에 마일리지를 적립해 주었다.

(4) 물건을 사는 모든 분들에게 화장품의 사용 방법을 자세히 알려주었다.

(5) 화장품 가게를 확장한 후, 침대 하나를 들여놓고 마일리지가 5만 원이 넘으면 1회씩 무료로 피부관리를 해주었다.

(6) 피부관리실을 오픈했을 때는 '난(蘭) 코스메틱'이라는 상호를 걸어, 깨끗한 이미지와 날씬한 이미지를 부각시켰다. '난(蘭)'이라는 상호는 잘 잊히지 않는 장점이 있다고 생각해서 정했다.

(7) 가게를 찾은 많은 사람들이 살을 빼고 싶지만 다시 살이 찔까봐 걱정한다는 말을 하는 것을 듣고, 벼룩시장의 지면에 '다시는

살이 찌지 않습니다.'라는 헤드라인으로 광고했다. 다시 찌지 않게 해주겠다는 약속을 지키기 위해 고객이 살이 찐 원인을 찾아 하나하나 고쳐주었다. 그러면서 살만 빼는 것이 아니라, 평상시의 나쁜 습관도 같이 고쳐질 수 있도록 관리했다.

(8) 많은 여성분들이 하체에 대해 고민한다는 점을 알고, 광고 전략을 바꿔 '하체 비만 전문'이라는 타이틀로 광고했다. 이 광고를 보고 많은 사람들이 멀리서도 찾아주었으며 나에게 관리를 받았다. 이 경우에도 약속을 지키기 위해 하체가 찐 원인을 찾아 해결해주면서 하체를 집중적으로 뺄 수 있도록 림프관리와 비만관리를 해드렸다.

(9) TV 방송을 통해 탤런트 김희선 씨가 태닝한 모습을 보고 많은 사람들이 썬텐하고 싶어 했다. 그래서 발 빠르게 썬텐 기계를 3대 사서 많은 고객들이 '난 코스메틱'에 올수 있게 만들었다.

(10) IMF구제금융사태로 인해 실업자가 많이 생기면서 단골들이 눈에 띄게 줄었을 때, 나는 오히려 시설 확장과 더불어 광고비에 더 많은 돈을 투자했다. 주위에서는 다들 말렸지만 나는 불경기일수록 과감하게 투자해야 한다고 생각했다. 우리 가게에는 인테리어가 잘 되어 있는 것은 물론이고 여러 가지 장점들도 많다고

홍보했다. 내 생각이 적중했다. 나는 IMF사태 때 오히려 더 많은 매출을 올릴 수 있었다.

(11) 여드름 관리를 하면서 모공 축소까지 같이 해주었다. 그랬더니 고객들이 친구들 중에서 여드름은 없지만 모공이 넓어 고민하는 사람들을 많이 소개해주었다. 이후 '모공축소 전문'이라는 타이틀로 광고할 수 있었다.

(12) 결혼식을 올린 피부관리 고객들이 한 가지 제안했다. 결혼식장에서 친구들이 몰라보게 예뻐졌다고들 해서 무척 행복했다고 하면서, 신부관리라는 새 관리 종목을 추가했으면 좋겠다고 했다. 그래서 아예 '신부관리 전문'이라는 타이틀로 광고했다, 그 결과, 많은 예비신부들과 신랑들이 찾아왔다. 그리고 그분들의 소개로 더 큰 성공을 거두게 되었다.

(13) 신부관리를 하면서 얼굴이 작으면 사진이 잘 나온다는 것을 알게 되었다. 그래서 신부관리 때 얼굴을 작게 만들어 드렸다. 그랬더니 결혼식장에서 신부의 얼굴을 본 신부의 친구들이 많이 찾아오게 되었다. 결혼은 안하지만 얼굴을 작게 만들고 싶어 하는 새로운 고객들이었다. 다시 '얼굴축소 전문'이라는 타이틀로 광고했다. 대단한 성공을 거둔 것은 물론 이다.

(14) 약손명가의 약손을 배운 후부터는 '얼굴축소 고객과의 약속 제도'를 만들었다.

좀처럼 작아지지 않는 경우에도 일단 약손테라피를 통해 건강이 좋아지면 누구나 작아지는 것을 경험하고는 자신 있게 고객과의 약속제도를 내걸었다.

'작아지지 않으면 작아질 때까지 무료로 관리해 준다.'는 것이 었다. 고객과의 약속제도로 인해 신뢰도도 높아지고 자신감도 늘었다.

(15) 얼굴축소를 하면서 몇 가지 새로운 사실을 알게 되었다.

약손명가 고객들은 한 번 관리를 받으시면 꾸준히 관리를 받아서 얼굴이 작아져서 더 이상 작은 얼굴 관리를 받을 필요가 없어지 게 된다. 그래서 그날그날 피부 상태와 고객이 원하는 것을 디테 일하게 관리해 주는 '맞춤 관리'라는 새 프로그램을 만들었다.

(16) 고객들의 체험수기를 본 분들 중에는 효과를 과장한다고 오 해하여 "혹시 알바를 써서 수기를 쓰게 하느냐?"고 묻기까지 했 다. 그래서 나는 약손명가 홈페이지의 모든 아이피를 공개하게 했다. 단 한 분도 거짓으로 체험수기를 쓰지 않았다는 것을 똑똑 히 알렸다.

(17) 얼굴축소를 받던 고객들이 얼굴 전체가 균형이 잡혀진다고 좋아하셨다. 그래서 다시 '얼굴 균형관리'라는 새 프로그램을 만들어 광고했다.

(18) 약손명가 고객들이 처음에는 20대~30대였는데 지금은 40대~60대의 분들이 많이 오셔서 고객들이 원하는 방향에 맞추어 '동안 관리'라는 새 프로그램을 만들었다.

(19) 관리를 하다 보니 사진이 잘 나오는 것을 원하는 고객이 늘어났다. 그래서 'K뷰티연예인관리'를 만들어서 사진이 잘 나오는 얼굴로 관리해 드리게 되었다.

(20) 관리를 받은 분들 중 골프를 좋아하는 분들은, 관리를 받은 후에 평상시에 잘되지 않던 자세가 잘 된다고 했다. 그래서 '골프관리' 프로그램도 만들어 광고하고 있다.

(21) 약손테라피가 얼굴 축소에 효과가 있다는 사실을 과학적으로 입증하기 위해 일반인 18명을 대상으로 임상실험을 실시했다. 그 결과, 얼굴 축소는 물론 이마와 코가 높아지고, 밋밋한 광대가 가운데로 모여짐으로써 100% 입체적인 얼굴형이 되었다. 이후 임상실험의 정확한 데이터를 기반으로 관리의 과학적인 명확성

을 홍보하고 있다.

(22) 약손명가는 주로 온라인 키워드 광고와 지하철 광고를 하고
있다.

(23) 그 동안 광고해 본 결과, 최고의 광고는 입에서 입으로 전해
지는 구전(口傳)이라고 생각한다. 그래서 예전보다는 광고를 적게
하고, 고객들에게 효과를 줄 수 있는 방법 연구에 더 많은 노력을
하고 있다. 효과를 통해 입소문이 나는 쪽이 더 낫기 때문이다.

02
성공하고 싶은
이들에게

　　성공하기를 갈망하는 이들에게 조금 먼저 성공을 이룬 한 사람으로서 나의 진심어린 몇 마디를 남기려고 한다. 특히, 미래를 걱정하는 젊은이들에게 선배로서 몇 마디 꼭 들려주고 싶은 것들이다.

누구나 스스로 좋아하는 것에 대한 막연한 기대와 열망이 있기 마련이다. 웬만한 베스트셀러나 유명강사들의 강연에서도 쉽게 접할 수 있는 것들 중 하나가 바로 '스스로 좋아하는 것을 하라.'는 말일 것이다. 맞는 말이다. 누구나 본능적으로 좋아하는 것을 선택하게 마련이다. 학교나 직장도 예외는 아니다. 다들 좋아해서 택했다고 말한다.

하지만, 내 생각은 좀 다르다. 좋아하더라도 잘하지 못하면 그만

큰 성공 가능성이 낮아진다고 생각한다. 좋아하는 것과 잘하는 것은 분명히 다르다. 좋아하는 것과 잘하는 것을 가려내는 일은 우리 각자가 지닌 '재능'이 있기 마련이다. 그리고 그 재능은 부모로부터 물려받아 태어나면서부터 모두가 공통적으로 지니게 된다. 따라서 각자가 지닌 '재능'이 바로 타고난 가능성인 셈이다. 남들과 견줘 보아 조금이라도 낫게 평가되는 소위 '잘 하는 것'이란 바로 각자가 지닌 재능을 뜻한다. 그렇다면, 우리 모두는 어느 정도의 재능을 지니고 있다고 보아야 할 것이다. 재능을 타고나지 않았더라도 '만시간의 법칙'처럼 꾸준한 노력을 한다면, 분명히 남들과는 다른 '재능'을 가지게 될 것이다.

반면에, '좋아하는 것'은 재능과 별로 상관이 없는 일종의 '즐거움'에 해당한다. 다들 스스로 기쁘고 행복하고 만족스럽기에 좋아하는 것에 매달리는 것이다. 물론, 좋아하는 것에 매달리는 것 자체만 가지고 나쁘다거나 그릇된 것이라고 말하기는 어렵다. 하지만, 성공을 전제로 이야기할 경우에는 둘을 분명히 나눠놓고 생각해야 한다. 성공하려면 남들보다 단 1%라도 더 잘하는 것에 매달려야 한다. 또한, 좋아하는 것은 싫어질 수 있는 단점도 있다. 하지만 잘하는 일은 못 할 수가 없다. 나 또한 화장품과 에스테틱 분야에 발을 내딛기 전 정말 많은 고민을 했다. 오빠의 말 한마디로 관심을 갖기는 했지만, 솔직히 필요해서 시작한 일이었다. 하지만 내가 남들보다 잘할 수 있다는 자신감이 컸었다. 나는 내가 선택한 '잘할 수 있는 일'을 골라 열심히 매달린 결과, 그리 오래지 않아 내 선택이 옳았다는 사실을 증명할 수 있었다.

노래하기를 좋아한다고 다 가수가 되기를 꿈꾼다면 어떻게 되겠는가? 잘 하는 것을 제대로 알아서 혼신을 다해 매달려 야만 성공의 가능성이 높아진다. 가장 잘할 수 있는 것에 올인하여 일단 성공 가능성을 최대한 높인 뒤에 좋아하는 것은 그저 취미생활로 삼으면 보다 행복한 인생이 될 것이다.

성공하기를 바라는 이들에게 꼭 들려주고 싶은 말이 바로 '좋아하는 것' 대신에 '잘하는 것'에 죽을힘을 다해 매달려야 한다는 것이다. 그래야만 성공 가능성도 커지고, 행복한 생애도 꿈꿀 수 있게 될 것이다. 내 성공 신화의 자그마한 비결이기도 하다. ♛

약손명가 김현숙대표의
남다른 이야기

좋아하는 것보다
잘하는 것에 승부를 걸어라

초판인쇄	2021년 03월 10일
초판발행	2021년 03월 15일
지은이	김현숙
발행인	조현수
펴낸곳	도서출판 프로방스
마케팅	최관호
IT 마케팅	조용재
교정교열	권 표
디자인 디렉터	오종국 Design CREO
ADD	경기도 고양시 일산동구 백석2동 1301-2
	넥스빌오피스텔 704호
전화	031-925-5366~7
팩스	031-925-5368
이메일	provence70@naver.com
등록번호	제2016-000126호
등록	2016년 06월 23일
ISBN	979-11-6480-120-6 03810

정가 16,800원